拝み屋怪談　禁忌を書く

郷内心瞳

角川ホラー文庫
19884

怪異は多彩な顔を持つ

郷里の宮城で、拝み屋という生業《なりわい》を営んでいる。

先祖供養に交通安全、安産祈願に合格祈願。歳末の大祓《おおはら》いに年明けの春祈禱《きとう》――。

肩書きに違《たが》わず、依頼主から乞《こ》われた案件に対し、拝みをあげるのが私の仕事である。

住まいは地元の山の麓《ふもと》にひっそりと佇《たたず》む、古びた小さな一軒家。東日本大震災の年に私はこの古家を借り受け、妻とふたりでつましく静かに暮らしている。

特異な仕事の性質上、いわゆる「怪異」と呼ばれる事象を扱うことも少なくない。

ただ、ひと口に「怪異」と言い表わしても、その性質や表情は実に多彩なものがある。

すでに十年以上もこうした奇特な仕事を続けてきてもなお、そのひとつひとつが有する強烈な個性や特異性に、私は未《いま》だ驚かされることが多い。

先祖の祟《たた》りや障り、土地屋敷の因縁。呪いに生き霊、狐や死霊といった憑依《ひょうい》現象。

拝み屋という響きから世間が連想しがちな〝いかにも〟といった事例は言うに及ばず、思わず背筋がぞっと凍りつくような話から、どう解釈しようと理解の及ばない奇怪な話、時には怖さや違和感などより、ひたすら熱いものがこみあげてくるような優しい話まで、これまでたくさんの「怪異」にまつわる話を聞かされ、時には実地で立ち会ってきた。

本書では「怪異」という、出没自在にして底深い事象が持ち得る多彩な表情の数々を厳選して寄せ集め、たっぷり紹介させていただきたいと思う。

それらと併せて本書には、私自身が二〇一四年の春から初秋にかけて体験した怪異も時系列順に多数収録させていただいた。

この年、私自身が体験した一連の出来事も、振り返れば「怪異」という事象が有する多彩な表情が垣間《かいま》見える、貴重な一例ではないかと考えている。私がこれまで聞き得た第三者たちからの体験談と併読すると、その奇怪な情緒は一層際立つことかもしれない。然様《さよう》な意味でも、最後まで細大漏らさずお付き合いいただければ幸いである。

怪異は多彩な顔を持つ――。

まさしく、この前書きに題したとおりである。

「怪しい」に「異なる」と書いて「怪異」と読む。その語に含蓄されている意味合いは、決して平面的なものではなく、むしろ立体的かつ多面的なものである。

怖いばかりが、恐ろしいばかりが、「怪異」なのではない。

奇妙な事象や不可思議な偶然、あるいは人の情や温《ぬく》もりが織りなす温雅な奇跡もまた、「怪異」が持ち得る紛れもない色であり、顔なのである。

恐《おそ》れや畏れ、驚きに喜び、欲望に願望、悲しさに儚《はかな》さ、驕《おご》りに祈り――。

生者が、死者が、心に有するありとあらゆる想いを糧に灯《とも》される、無限の妖《あや》しい灯火。

人の数だけ、想いの数だけ、「怪異」はその本質を、在り様さえも変えてゆく。

本書を読み進んでいかれるうち、あなたの心にも無数の光が灯されることを祈りたい。

怪しき光の中にも優しい光や哀しい光があることも認めてもらえれば、なおのことよい。

けれども人が怖いと思う、恐ろしいと感ずる異様な光もやはり、「怪異」なのである。

あるいは読めば読むほど、あなたの心の闇はどんどん深みを増していくかもしれない。

しかし決して、案ずることなかれ。

そんな時、あなたの心に明々とした優しい光、おだやかな光がたくさん灯っていれば、恐れることなく、もっと先へと進んでいけるはずである。

多彩な顔を持つ「怪異」に触れて、あなたの心にも色とりどりの光が灯らんことを。

それでは最後まで、ごゆるりとご堪能《たんのう》いただきたい。

もくじ

訪れ

早春のよく晴れた、平日の朝。

夫と子供を送りだしたあと、美紀子《みきこ》さんが台所の食器棚を整理していた時だった。

玄関口のほうから突然、「おはようございまあぁす！」と大きな声が木霊《こだま》した。

声の主は男。声質が若干幼く、なんとなく中学生ぐらいの年代かと考える。

「はーい」と返事はしたものの、ちょうど高価な絵皿を両手に抱えているところだった。

おまけに今は、脚立の真上に直立している。とてもすぐに応対できる状態ではない。

そこへ再び、玄関口から大きな声が木霊する。

「おはようございまあぁす！」

「はーい！　ちょっと待っててくださーい！」

あたふたしながら再び言葉を投げ返す。

すると――。

「勝手に失礼しまああぁぁぁっす！」

玄関口から一際大きな声が轟《とどろ》いた。続いてばたばたと、家内に響く乾いた靴音。

思わず「え」と、素《す》っ頓狂《とんきょう》な声が漏れる。

土足のまま、しかも無断で家内に侵入したらしい。不穏な予感に美紀子さんの顔からみるみる血の気が引いていった。

大慌てで絵皿を所定の場所へ戻すと、台所を飛びだし家中をくまなく捜して回る。

廊下、居間、寝室、バス、トイレ。果ては押入れやクローゼットの中に至るまで――。

思いつく限り、調べる場所がなくなるまで、必死になって侵入者の姿を求めて回った。

けれども結局どれほど捜せど、声と足音の主はとうとう見つかることはなかった。


その日から、なのだという。

時折、誰もいないはずの家内で奇妙な声や足音が聞こえるようになった。

ばたばたと、廊下を駆けずる足音がする。

けらけらと甲高い声で、誰かの笑う声がする。

家族もみんな、音を聞いている。声も聞いている。

だからあの声の主は未《いま》だにずっと、家のどこかに潜んだままなのではないか――。

美紀子さんは、そのように思えてたまらないのだという。

残滓

理容店を営む千葉《ちば》さんから、こんな話を聞いた。

数週間ほど前の深夜。自宅二階の寝室で千葉さんと奥さんが眠っていた時だった。

突然、どーん！ という轟音《ごうおん》とともに、底からずんとくるような衝撃が全身を襲った。

あわてて飛び起き、窓から外の様子をうかがうと、理容店として使っている一階部分の壁面に一台の車が激突し、白い煙をあげていた。

奥さんに警察への通報を指示して、千葉さんが運転手の安否を確認しにいく。

車は店のレンガ壁に鼻から突っこむ形で停止しており、フロントの大半が潰《つぶ》れていた。

怖《お》じ怖じしながら車内を覗《のぞ》きこんでみると、運転席で上下灰色のスウェットを着た男が、ハンドルに顔をうずめてうめいている。

窓ガラスをこつこつとやりながら、「大丈夫ですか？」と声をかける。

すると男はゆっくり顔をあげ、ガラス越しに「大丈夫れぇす」と応《こた》えた。

見ればまだ二十歳そこそこの若い男だった。衝突時の怪我で額からは血が流れている。

意識は一応あるものの、男は若干呆《ほう》けた様子で、挙動もどことなくおかしかった。

「今、警察を呼びました。すぐに救急車も来ると思いますんで、安心してください」

千葉さんが言い終えると、男は急に血相を変え、車のエンジンをかけようとし始めた。

ぐしゃりと潰れたフロントから、がすがすと咳《せ》きこんだような回転音ががなり始める。

「ちょっと、ちょっと！　危ないからやめたほうがいいって！」

爆発でもしたら事だと思い、すかさず千葉さんが制止に入る。

ところが運転席のドアを無理やり開けたとたん、車内に充満したアルコールの臭いが、千葉さんの鼻腔《びこう》を突き刺した。それで男のおかしな挙動に、得心がいったのだという。

こいつはおそらく、逃げようとしているのだ。

状況から察して、男が飲酒運転をしていたことは明白だった。

その後、必死に男を押さえつけているところへようやく警察が駆けつける。

男は飲酒運転に加え、無免許運転という体たらくだった。もちろん、その場で即逮捕。警官に身元を尋ねれば、千葉さんと同じ地元に暮らす無職のボンクラだったという。


それから十日あまりが過ぎた頃だった。

深夜、小用を思いだして千葉さんが一階の店舗へ行くと、窓の外に人の気配を感じる。

反射的に顔を向けると、窓のすぐ外の暗がりに誰かがぬっと突っ立っていた。

見れば、灰色のスウェットを上下に着込み、額から血を流した若い男である。

一瞬、ぎょっとなって身を引くも、よくよく見ると間違いなかった。それはつい先日、店の壁に車を激突させたあの若い運転手である。

場所もまったく同じだった。先日、車の激突した壁の真ん前に男は無言で立ち尽くし、恨めしげなまなざしで千葉さんの顔をじっと見つめている。

千葉さんが驚く傍ら、男は数秒ほどで煙のように掻《か》き消えてしまったという。

もしかしてあの男、死んだのでは……。

一連の流れを鑑《かんが》み、頭の中に厭《いや》な想像がじんわりと湧きあがる。

蒼《あお》ざめた千葉さんは翌日、知り合いのつてを頼ってひそかに男の容態を探ってみた。

ところが男は怪我もよくなり、五体満足。ぴんぴんしている状態なのだという。

これで少なくとも〝男が死んで化けて出た〟という推察は、成り立たなくなった。

男が紛《まぎ》うかたなく生きているのであれば、自分が目撃したものは亡霊の類《たぐい》ではない。

大方、つまらない幻覚でも見てしまったのだろうと、千葉さんは胸を撫《な》でおろした。


けれどもそれから四日後の深夜、男は再び店の前に姿を現した。

場所も前回と同じく、車が激突した壁の前。その場に無言で佇《たたず》む様子も同じである。

目には相変わらず恨みの色がありありと表れ、千葉さんの顔をひたと睨《にら》み据えている。

男が生きていると分かった以上、今度は恐怖よりも怒りのほうが先立った。

男の眼前までずかずかと歩み寄ると、力任せに店の窓を開け放つ。

「おい、そこで何してる！　さっさと帰らないと警察呼ぶぞ！」

窓から顔を突きだし、真っ赤になって男を怒鳴りつけた。

二度目の消失を目の当たりにして、のどから「ぐっ」と奇妙なうめきが絞りだされる。

と――。

またもや男の姿が、その場ですっと掻き消えた。

その後もたびたび、男は窓の前に現れるのだという。

場所も、時刻も、姿も同じ。男が生きているという事実にも変わりはない。

けれども一方、千葉さんが目撃する男はやはり、生身の人間ではないのだった。

男が毎回、煙のように掻き消えるからである。

目撃するたび「幻覚だ」「気の迷いだ」と、自分に言い聞かせるように努めていたが、

そんな努力もある朝、虚《むな》しく崩れて霧散する。

件《くだん》の男を奥さんも目撃したと、千葉さんに震えながら報告してきたからである。

未だに時折、男は現れるのだという。

原因も分からなければ対処法も分からず、途方に暮れていると千葉さんは語った。

花祭り

定年を迎えた鹿嶋《かしま》さんが、菩提寺《ぼだいじ》の灌仏会《かんぶつえ》——俗にいう花祭りに出かけた時のこと。

この日はお釈迦《しゃか》様の誕生日である。仏殿の前には季節の花で鮮やかに飾りつけられた小さな花御堂《はなみどう》が置かれ、堂の中には天上天下唯我独尊の所作を象《かたど》った幼仏像が祀《まつ》られる。

若い頃には見向きもしなかったこの仏事も、ここ数年ですっかり常連となっていた。

定年前に妻を亡くし、これから先の短い人生に何か拠《よ》り所でも欲しかったのか。

それともこれまで歩んできた長い人生の中、知見も感性も深まり、目に見えぬものを尊ぶ心がようやく芽生え始めた証《あかし》なのか。

発端は自分自身にもよく分からないのだという。けれども齢《よわい》六十を過ぎたあたりから、なぜだか寺に通うことが無性に楽しくなったそうである。

花御堂の前でしみじみと合掌し、振る舞われた甘茶をすすりながら、境内に咲き誇る八重桜や花海棠《はなかいどう》の風姿をしばし愛《め》でる。

綿雲を浮かべた空は青々と澄みわたり、ぬくぬくとおだやかな日差しが、一冬凍えた身体をほんのりと暖める。お堂の前から白々と立ち上る線香の煙が鼻腔を軽くくすぐり、花海棠の小枝に留まった鶯《うぐいす》たちが、時折軽やかな鳴き声をあげる。

何もかも例年どおりである。これが楽しみで通う。とても心地のよい昼下がりだった。
境内の春を存分に堪能《たんのう》すると、今度は自家の墓参りへと向かう。
墓地は墓地で、花祭りに訪れた参拝客の手向けた線香の煙が、方々に立ちこめていた。
考えることは、みんな同じか。
そんなことを思いながら自家の墓前にしゃがみ、深々と合掌する。
帰り道、墓のひしめく小道を歩いていると、視界の端にふと違和感を覚えた。
何気なく目を向けたとたん、鹿嶋さんの顔からすっと笑みが消え失せる。

八年前に死んだ弟が、墓石のてっぺんに屹立《きつりつ》していた。

実家の遺産相続で長年もめた弟だった。係争中は互いを激しく罵《のの》り合った仲である。
小理屈ばかりを並べ立てる小生意気な弟だった。蛇蝎《だかつ》のごとく忌み嫌った男だった。
ただ正直なところ、相続に関しては鹿嶋さんのほうが一等小狡《ずる》く立ち回ったのである。
弟の主張にこそ正当性があったものを、鹿嶋さんは力業でこれを徹底的に捻《ね》じ伏せた。
それでも飽き足りず、弟の名誉を傷つけるような計らいもずいぶんとやらかした。
ただただひたすら弟憎し。
いつのまにか目的すらも掏《す》り替わり、社会的信用を失墜させる流言飛語のまき散らし、
怪文書の流布、果ては土地屋敷の没収まで、弟の人生を完膚なきまでに叩《たた》き潰した。

相続問題は、最終的に鹿嶋さんの思惑どおりに事を収めた。加えて弟への報復行為も、全てが望んだとおりに結実した。

しかし、その代償として兄弟の縁は完全に絶ち切れた。

だから八年前に弟が自宅で首を吊《つ》った折も、鹿嶋さんは葬儀には一切参列していない。のみならず、同じ菩提寺にありながら墓参りをしたことすら一度もなかった。

墓の上にすっくと立った弟は、にやにやと下卑た笑顔を鹿嶋さんに向けている。

その姿をよく見れば、右手を天に、左手を地へと向けて指差している。

天上天下唯我独尊。

花御堂に祀られた幼仏像と、それはまったく同じ構えである。嫌味な立ち姿はまるで「お前が詣《もう》でられた義理か」と、鹿嶋さんを愚弄しているかのように受け取れた。

初めは気張って睨みつけてやった。

けれども浅はかな虚勢は、たちまちのうちに萎《しぼ》んで潰《つい》え、立ち消えた。

弟の嘲《あざけ》りに、鹿嶋さんは己の在り様についてみるみる嫌気が差してきたのだという。

先刻まで花御堂に恭しく合掌し、達観したかのような心地で春の風情を愉《たの》しんでいた己が自身の心。それがどうしようもなく薄っぺらく、恥知らずなものに感じられた。

まるで面の皮の厚い人殺しのようじゃないか、俺は――。

がくりと項《うなだ》垂れ、気づけばほろほろと涙が頰を伝っていた。

すがりつくように墓前へ駆けこむと、鹿嶋さんは嗚咽《おえつ》をあげながら墓に手を合わせた。

九年目にして初めての供養と謝罪だった。
ふと見あげれば、すでに弟の姿は墓の上から消えていた。
同年からは、盆も彼岸も弟の墓前に欠かさず花を手向けるのだという。
仏の導きと言えば畏《おそ》れ多い話だが、数奇な縁に感謝していると鹿嶋さんは語った。

禁忌を書く　前

二〇一三年の真冬。戸外にしんしんと白雪の降りしきる、凍《い》てつく晩のことだった。

その日、私は自宅の奥座敷に構えた簡素な仕事場で、独り黙々と原稿を書いていた。

やがて夜が更け、日付をまたぎ、そろそろ深夜の二時を回る頃である。

突然、身体の芯《しん》がぶわりと揺らぎ、熱くなった。

なんの前触れもなく生じたそれは、ＭＲＩ検査などに用いる造影剤の感覚に似ていた。

投薬されたとたん、全身の血中にかっと熱気を帯びる、あの突発的で不快な熱さである。

何が起きたかを探るまでもなく、体内に生じた熱はみるみるうちにあがり始めた。

比喩《ひゆ》でも誇張でもなく、まさしく全身の血液が煮えたぎるかと思うほど、異様に熱い。

得体の知れない身の危険を感じ、すかさずその場から立ちあがる。

とたんに視界がぼうっと霞《かす》んだ。もやもやと、霧でもかかったかのように視界全体が薄白くぼやけ、何も見えなくなる。足腰にも力が入らず、両の膝《ひざ》ががくがくと震えだす。歩くことなど、到底できそうになかった。

そうする間にも、身体中に渦巻く熱気は否応なしに高まっていく。とても耐えきれず、その場にどっと膝を突き、目の前に置かれた座卓の上へ倒れるようにへたりこんだ。

高まる凄まじい熱気とともにいつしか呼吸も荒くなり、気づけば背中で息をしていた。ぜえぜえと、のどから熱い吐息がとめどなくこぼれ漏れる。

妻を呼ぼうとしたが、駄目だった。

のどからかすかに「あぅあ」と妙な音が漏れたきり、まったく声が出てこない。

どうすることもできず、息を荒らげながら座卓の上に顔を伏せ、両腕を投げだす。

耳鳴りが始まり、意識もしだいに朦朧《もうろう》としてきた。総身は焼かれるような熱さである。

手足は萎《しお》れたように動かず、意識もどろどろとつかみどころのないものになっていく。

ああ、死ぬ――。と思った。

意識に圧が掛かったかのように、世界が小さく、ぎゅっと凝縮していくのが分かった。

同時にばたばたと、座卓を叩く乾いた音が響き始める。座卓の上に投げだした両手が、痙攣《けいれん》発作のような激しい震えを来たして暴れているのだ。

と、そこへふいに、右手の指が何かをつかむ感触を覚えた。

触り心地から、さらさらとした布のようなものだと知れる。

ずっしりと重くなった頭をのろのろとかたむかせ、右手のほうへと視線を向ける。

輪郭を失った指の先に、何か白いものが屹立している。指はその末端をつかんでいた。

座卓にそんな物を置いた覚えなどない。けれども何故か、それには少し覚えがあった。

なんだなんだと思いながら、汚泥《おでい》のように淀《よど》んだ記憶を懸命にまさぐってゆく。

――思いだした。

白無垢《しろむく》だ。

白無垢を着た女が、座卓の上に突っ立っている。

思わず、ぎくりとなって跳ね起きた。

とたんに朦朧としていた意識が戻り、身中を蝕《むしば》んでいた高熱も嘘のように掻《か》き消えた。

視界も元に戻っている。再び前方に目を向けると、座卓の上にはもう何もいなかった。

夢かと思い、深々とため息をついた直後だった。

あはははははは

部屋のすぐ外で、女の声が笑いをあげた。

ほとんど条件反射で、廊下に面した雪見障子のガラス窓を振り仰ぐと、一瞬だったが、真っ白い衣の端が暗い廊下を横切り、窓枠の外へ消えていくのが目に入った。

しゅっ、しゅっ、という衣擦《きぬず》れの鋭い響きが部屋の外から聞こえてくるのに重なって、したしたしたしたと、白足袋に包まれたくぐもった足音が、静かに耳に届いてくる。

したした、したした、したした、したした……。

足音はやがて、玄関口の辺りでぴたりと止んだ。

首を動かし、身体を捻《ひね》り、肩を、手首を回してみる。もう体調に異常は感じられない。意識もだいぶ、はっきりとしてきた。

座卓に両の手を突いて踏ん張りながらのろのろと立ちあがり、障子を開いて玄関口の様子をうかがう。明かりの消えた玄関口には、誰の姿も見当たらない。

恐る恐る仕事場を抜けだし、暗い廊下を渡りながら不穏な気配に神経を張り巡らせる。けれども暗々とした家内には、寝室ですやすやと寝入る妻と猫たちの姿があるばかりで、もはや怪しい気配はどこにもない。

ようやく安堵《あんど》を覚えて仕事場へ戻ると、恐怖と不安に入れ替わって怒りが兆した。

殺す気だったら殺せただろうに、あいつは結局そうしなかった。

だからあの女はきっと、私を今夜弄《もてあそ》んだのだ。

――いつでも殺せるんだという、脅しもこめて。

得心するなり、兆した怒りが心の内に渦を描いて逆巻き始める。

果たして私の執念が勝つか、お前の怨念《おんねん》が勝つか。今回ばかりは一歩も退《ひ》く気はない。

そっちがその気ならば、こちらも徹底的にやるのみである。

机上のPCに再び向かい、キーボードを叩《たた》き始める。

戸外に降りしきる細雪《ささめゆき》は、いつしか自宅の周囲を白一色に染めあげていた。

まるで巨大な白無垢に世界を侵食されたような状況で、私はそのまま明け方近くまで一心不乱に原稿を書き続けた。

二〇一三年の冬場から『拝み屋郷内　花嫁の家』という本の原稿を書いていた。

私が世にだした一冊目の単著は『拝み屋郷内　怪談始末』という本だが、実を言うと当初はこの『花嫁の家』こそが、私の最初の本として出るはずだった作品である。

くわしい経緯については、『怪談始末』の掉尾《ちようび》に書き記したため割愛させてもらうが、諸般の事情により、この企画は執筆の途中の段階で一旦《いつたん》保留という形になってしまった。代わりに上梓《じようし》したのが、『拝み屋郷内　怪談始末』だったのである。

『花嫁の家』は、いわゆる〝封印怪談〟のジャンルに類する一篇である。

簡単に要約するなら、ある人形と花嫁、田舎の旧家にまつわる壮大な因縁話なのだが、全容を語ろうとすると、かならず何がしかの変事に見舞われ、開示を阻止されてしまう。

そうした異様な特質を兼ね備えた話でもある。

二〇一三年の冬場以前にも、この物語の全容を公にしようと幾度となく試みてはきた。しかし、口述での開示も文書による発表も、ことごとく失敗に終わっている。

口述の場合は、話が中盤あたりにまで差しかかると、聞き手の許《もと》に身内の訃報《ふほう》などを知らせる緊急連絡が入り、話の続行ができなくなってしまう。

文書の場合は、PCが誤作動を起こして原稿のデータが消失したり、最悪の場合にはPCそのものがクラッシュするなどして、毎回執筆が不可能な状態にさせられた。

斯様《かよう》な経緯をたどった末、初の単著としての執筆も、結局保留となったしだいである。

けれどもそんな凶事を踏まえたうえでも、私はあきらめていなかった。先述のごとく、件《くだん》の花嫁から挑発的な妨害を受けようと、今回ばかりは退く気がなかったのである。

『怪談始末』の掉尾でも触れたが、年が明けてまだまもない、二〇一四年の二月初め。実は私の妻も、自宅の廊下で白無垢姿の花嫁を目撃している。この一件があって以来、妻は私が『花嫁の家』を書くことに強く反対するようにもなっていた。

だが、それでも私は決して筆を措《お》くことはしなかった。

記録に残すことはおろか、口頭で語り伝えることすらも頑として拒み続けるこの話は、私がこれまで関わってきた仕事の中でもとりわけ凄惨《せいさん》な、ある種の〝事件〟でもある。死人も出ているし、生者と死者の隔てなく、多くの人物の悪意が交錯する話でもある。それをあえて開示しようとするこちら側の意向に対し、視《み》えざる〝向こう側〟が執拗《しつよう》に妨害してくるのも、およそ無理からぬ話であると思う。

ただ、こうしたあらましの物々しさに相反して、この話を公に開示することによって少なからず無念の晴れるであろう故人の存在も、またあった。

語ることが、おそらく供養にもつながる――。

思い定めた私は、その後はどれほど〝向こう側〟から妨害を受けようとも意に介さず、この話を記録として残すことにひたすらこだわり続けていたのである。

『怪談始末』を執筆しながら、その合間を縫うようにして『花嫁の家』の執筆も継続し、四月下旬に『怪談始末』における全作業が終了すると、本腰を入れて執筆を再開した。

これまでの失敗を踏まえ、今回は途中で原稿データが消えても執筆が継続できるよう、USBメモリーなど、複数の記録メディアに原稿データを保存。加えて念には念を入れ、書きあがった原稿は随時、担当の編集者へ送信するという方針で作業を続けていた。

多分にアナクロな防護手段ではあったが、果たして効果は覿面《てきめん》だった。

果然、執筆作業を再開すると、原稿データの一部が原因不明の消失を繰り返し始めた。けれども今回はその都度、保険として毎日バックアップをとっている記録メディアから即座にデータを復旧させ、こちらも負けじと筆を進め続けることができた。

こうした応酬がそれなりに功を奏し、原稿の進捗《しんちょく》具合はまずまず順調な状態が続いた。原因不明のまま、原稿データが消えるのは薄気味悪かったが、執筆そのものに関しては今回こそ盤石だという思いのほうが、私の中で強く勝っていた。

件の花嫁も二月に妻が目撃して以来、姿を現すことはなく、原稿データの消失以外にしばらくの間、私の周囲で目立った怪異が起こることはなかった。

ただしそれは〝あからさまな〟怪異は発生していない、というだけの意味に過ぎない。

細々とした異変ならば、もうすでにこの頃から着々と起こり始めてはいた。

まずは私自身の体調面である。本格的に執筆を再開した四月の下旬あたりを境にして、日を追うごとに体調が悪くなり、原因不明の微熱が何日も続いたり、肩や膝《ひざ》、背中など、身体の節々に鈍い痛みが生じるようになり始めた。加えて偏頭痛や身体の虚脱も頻発し、終日寝こむような日もしばしばあったほどである。

それと同じ時期から、我が家で飼っている二匹の猫たちが、誰もいないはずの座敷や廊下に向かってたびたび尻尾《しっぽ》を膨らませ、低くうなって威嚇するようにもなった。猫たちは本気で怒り、あるいは怯《おび》え、私と妻が声をかけてもなかなか鎮まってくれず、毎回なだめるのに苦労させられた。

また、飼育環境が安定期に入り、まったく死ぬことのなかった我が家の熱帯魚たちが原因不明のまま立て続けに死に始め、水槽内には〝藍藻《らんそう》〟と呼ばれる潮臭い異臭を放つ緑色の藻が大量発生するようにもなった。

こんな状況が続いたため、妻には「何か変わったことが起きたら、すぐに言えよ」と言い置いてはいた。しかし、それでも私自身が執筆自体をやめることは決してなかった。とにかく今回こそは、是が非でも書きあげねば。恐れをなして筆を措いてしまったら、もう二度とこの話を書けないような気がしていたのである。

日ごと、原稿の一部は飽きることなく消え続け、その都度、身体にも不調をきたした。それでも私は書き続けた。結果、過去に一度も書いたことのない部分にまで、筆が進む。ここから先は何が起こるのか、もはや想像すらもつかない未知の領域である。もしかしたら今日か明日にでも、何かとんでもないことが起こるかもしれない――。多大な不安に駆られながらも、私は毎日欠かすことなく、原稿を書き進めていった。今振り返れば、本当に愚かなことをしたと思う。

不明の声

運送会社に勤める宮路《みやじ》さんから聞いた話である。

念願の長男を授かったのをきっかけに、宮路さんはそれまで住んでいたアパートから、郊外の住宅街に位置する一戸建てに引越した。

つつがなく新居へ移ったその日。目ぼしい荷物をあらかた運び終え、奥さんと息子が眠りに就いたあとだという。

夜遅く、宮路さんが居間でビールを飲みながらくつろいでいると、

「がっしょお、どおうみょおおっ、ふうげん、しょうめつしゅうたあとおおおお!」

突然家の外から、わけの分からない言葉を放つ女の声が、高々と木霊《こだま》し始めた。

「ああぁ、がっさらあぁぁっ、ばっさあらあぁぁっ、はあらぁぁばっさあらあぁ!」

民家のひしめき並ぶ住宅地とはいえ、時計を見ればすでに午後の十一時を過ぎる頃。

非常識も甚だしかったし、声の響きは二の腕に鳥肌が立つほど不気味なものだった。

どんな女が騒いでいるのかと思い、居間の窓のカーテンを開け、外の様子を覗《のぞ》き見る。

「ぎゃはははははははははははははははははははっ!」

いた。声の主はすぐに見つかった。

宮路さんの自宅から道路を挟んで斜め向かいの家。明かりの消えた二階のベランダに、女が胸を反らせて高笑いをあげている。

歳はおそらく四十代の半ばから五十代の初めほど。でっぷりとした体形の大きな女で、長い髪にはワカメのようなウェーブがかかり、赤いワンピースのようなものを着ていた。

「ぎゃはははははははははははははははははははっ！」

こんな時間にあんなところにひとりで突っ立って、一体、何がそんなにおかしいのか。

「ああがあぁなあ！　えん！　たあ！　ばっさあらあ！　たあばっさあらあ！」

いや、おかしいのはむしろ、女の頭のほうなのかもしれない。

関わり合いになるのも厭《いや》だったので、宮路さんは静かにカーテンを閉め直した。

声はその後、数分ほど続いたあと、唐突に止んだという。


あくる日、近くのコンビニへ煙草を買いに行く道すがら、隣家の主人と出くわした。引越し前に何度か挨拶《あいさつ》を交わしたことのある、顔馴染《かおなじ》みの男性である。

「昨夜、向かいの家のベランダで女の人が騒いでたんですけど、聞こえましたか？」

多少の興味本位も手伝って、何気なく隣家の主人に水を向けてみる。

ところが話を聞いた主人のほうは眉間《みけん》に深い皺《しわ》を刻み、険しい顔で首を捻《ひね》った。

「それって、あのベランダのある家で間違いないですか？」

言いながら、昨晩女が立っていた民家のベランダを指差す。

そうですよ、と答えたついでに女の容姿や声の調子など、細かい補足を付け加える。
すると、主人の首は険しい顔つきのまま、ますます斜めに傾《かし》いでいった。
「確かにそういう人はいましたけど、話がちょっと変ですね」
隣家の主人の話によると、こうである。
宮路さん宅の斜め向かいに建つ件の民家には、かつて中年の夫婦が暮らしていた。
ふたりはある時期から怪しげな新興宗教か何かに傾倒し始め、近隣の住人らに対して
「もうすぐ審判の日がくる！」「悔い改めなさい！」などと、吹聴するようになった。
日がな妄言を吐き散らす彼らに、周囲はしだいに距離を置くようになったという。
それから数年して、夫のほうが病気で亡くなった。
残された妻は、夫の死を境にますます奇行が激しくなり、夜ごとベランダに立っては
おかしな呪文のようなものを唱えたり、大声で嗤《わら》ったりするようになったのだという。
「確かに僕も、あの声にはさんざん悩まされてきました。でも、その奥さんも二月前に
自宅で首を吊《つ》って亡くなっているんです」
だから、今になってそんな声を聞くのは絶対におかしいんです——。
隣家の主人は蒼《あお》ざめながら、宮路さんに語った。
またあの女の声が聞こえてきたらどうしようと、宮路さんは今でも怯えているという。

先触れ

今から十五年ほど前の話だと聞いている。

当時、会社員をしていた舞子《まいこ》さんは、市内のアパートで独り暮らしを始めた。

アパートは最寄り駅からほどよく近い好立地で、通勤もすこぶる快適。部屋の造りや日当たりも申し分なく、入居した当初はなんの不満も感じなかったという。

ところが入居してひと月あまりが過ぎた頃から、異変が生じた。

夜中、自室で眠っていると突然、耳をつんざくような大絶叫が鳴り響く。

声に驚き、ベッドから飛び起きると、目の前の暗闇でふたつの黒い人影が揺れている。

明かりの消えた暗い室内にありながら、影は闇よりもなお黒く、輪郭が鮮やかに際立ち、目にはっきりと見えるのだという。

影はどうやら男女のものらしく、互いに顔を突き合わせ、声を張りあげ怒鳴っている。

その恰好《かっこう》と声質から、ふたつの影はどうやら何かを言い争っているように見てとれた。

ただ、声自体は大きいものの、声音はひどくくぐもっていて、内容までは分からない。

現実離れした異様な光景に舞子さんが声すらだせず、その場で震えて縮まっていると、ふたつの人影はそのうちひとつになって折り重なり、床の上へと倒れこむ。

どうやら女とおぼしき影が、男とおぼしき影を押し倒したのである。

直後、女の怒声は一際高まり、男の声は鋭い悲鳴に切り替わる。

そこで声と影はふっと立ち消え、暗い室内に水を打ったような静寂が戻るのだという。

この時は仕事の疲れが溜《た》まって幻覚でも見たのだろうと、無理やりにでも割りきった。

身体の震えは尋常でないものがあったが、幻覚だと割りきるほうが気は楽だったという。

二度とこんなものを見ることはないと自分に言い聞かせ、その日は震えながら眠った。

だが舞子さんの願いに反して、ふたつの影の出現はこの晩だけでは終わらなかった。

その後も怒声を伴うふたつの影は、舞子さんの部屋に現れ続けた。

時間は決まって深夜遅く、舞子さんがベッドに入って眠ったあと。

影の動きも寸分違《たが》わず同じである。

明かりの消えた暗い部屋の中で互いに怒鳴り、罵《ののし》り合い、その後、女が男を押し倒す。

影はこれらの流れを毎回、トレースするように反復し続けた。

一方、影が出現する日にちや間隔には一貫性がなく、数日おきに現れることもあれば、数週間の間を空けて、忘れた頃に再び現れるようなこともあった。

繰り返し影を目にするたび、さすがに舞子さん自身も幻覚とは思えなくなってしまう。

頭の中に薄々浮かんではいた「幽霊」「お化け」という言葉が、現実味を帯び始めた頃、舞子さんはとうとう耐えきれなくなり、泣く泣くアパートを引き払ったのだという。

それから数年後のある日。テレビのニュースを見ていた舞子さんは、愕然《がくぜん》とする。

かつて舞子さんが暮らしていたあのアパートで、殺人事件が起きたのだという。

殺害されたのは、このアパートに暮らしていた中年男性。殺人容疑で逮捕されたのは、同じ部屋に住む交際相手の女だった。

犯行がおこなわれたのは、舞子さんがかつて暮らしていたあの部屋だったという。

ニュースに見入る舞子さんの脳裏に、暗闇の中で言い争うふたつの影が蘇《よみがえ》る。

互いに怒声を張りあげ、最後は女が男を押し倒し、男の口から鋭い悲鳴が巻きあがる。

おそらく女が男を手にかけたのだろう。そのように察せられる悲鳴だった。

あの頃はてっきり幽霊だとばかり思っていた舞子さんの認識が、大きく揺らぎだす。

自分があの部屋で見続けていた、ふたつの黒い男女の影。

それはもしかしたら幽霊などではなく、あの部屋の未来の光景だったのではないか。

そのように思えて仕方なく、舞子さんはテレビの前でしばらく身震いしたという。

泣きなさい

ほのかさんが小学二年生の春。お母さんが病気を患い、市内の総合病院に入院した。

学校が終わると毎日、ほのかさんはバスに乗って病院へ向かう。

病室は個室だったため、誰にも気兼ねすることなく、お母さんと接することができた。挨拶を済ませると、売店へのちょっとしたお使いや林檎《りんご》の皮むき、洗濯物のまとめなど、お母さんの身の回りの世話を一生懸命やったという。

病床に臥《ふ》せるお母さんが笑ったり褒めたりしてくれると、ほのかさんは嬉《うれ》しくなってますますお手伝いをがんばった。

やがてやることもなくなると、今度はベッドサイドの丸椅子に腰かけて、その日一日、学校であった出来事や楽しかった話を拙《つたな》い言葉でお母さんに語り聞かせる。お母さんはほのかさんの語る学校の話が大好きで、いつも目を輝かせながら聞いていたという。

夕方になって晩ご飯の時間が迫る頃、今度は病室にほのかさんのお祖母《ばあ》さんも訪れる。惣菜《そうざい》屋に勤めるお祖母さんは毎日、ほのかさんのためにお弁当をこしらえてやって来た。

そうしてお母さんは病院から配膳される入院食を、ほのかさんとお祖母さんは弁当箱に詰められた手製の料理をめいめい食べながら、病室内での楽しいひと時を過ごす。

晩ご飯が終わってしばらくすると、お父さんも病室にやって来る。「ただいま」の挨拶《あいさつ》もそこそこに、お母さんやほのかさんたちとあれやこれやと談笑し、一足遅れてお祖母さんの用意したお弁当を食べ始める。

それから面会時間が終わるまで家族みんなで楽しく過ごし、後ろ髪を引かれる思いで帰宅する。この繰り返しが、当時のほのかさんの日常だった。

場所が家ではなく病室だというだけで、家族の有り様自体になんら変わりはなかった。ぬくぬくと心地よい家庭の空気が病院の小さな個室に立ち上り、笑顔と喜びの絶えない平穏な毎日が、しばらく夢のように続いたのだという。

お母さんの入院から、そろそろ一年を迎えようとしていた翌年の春だった。

三年生の一学期が始まってまだまもない、よく晴れた水曜日の午後だったという。

授業中、教室に入ってきた教頭先生にうながされて職員室へ行くと、両目を真っ赤に泣き腫《は》らしたお祖母さんが迎えにきていた。

病院へ向かうと、病室のベッドの上で仰向《あおむ》けのまま静まった、お母さんの姿があった。その面差しはとても安らかで、ほのかさんの目にはまるで眠っているかのように見えた。ただ、お母さんは眠っているのではない。

病院までの道すがら、お祖母さんからそのことは知らされていたし、ベッドの傍らで子供のように泣き崩れるお父さんや親戚《しんせき》の姿が、幼い胸に揺るぎない現実を突きつけた。

それは天命だった。お母さん本人を始め、周囲の誰もがほのかさんには伏せていたが、元々治る見込みのない血液の難しい病気だったのだという。一年前に入院した時点で、お母さんはもうすでに手の施しようのない状態にあった。

ベッドの周囲ではお父さんもお祖母さんも、親類たちもみんな声をあげて泣いていた。ほのかさんも泣きたかったが、涙が出るより先に、心が萎《しお》れて茫然《ぼうぜん》自失となった。

ほのかさん自身も、ここ最近は薄々感づいていたのだという。日に日に顔色が蒼《あお》ざめ、痩《や》せ衰えていくお母さんの姿は、子供の目にも尋常ならざるものがあった。けれどもその一方、きっと元気になるはずだという思いもあった。お母さんの病気がきちんと治って退院できたら、また以前のように自宅の台所で一緒におやつを作ったり、遊びに出かけたりすることを、ほのかさんは心の底から楽しみにしていた。

だからこの一年、我が儘《まま》も一切口にしなかったし、お母さんの看病もがんばってきた。我慢と努力はいつかきっと報われると信じていたし、これから先も信じていたかった。幼心に、あきらめることができなかったのだという。

今までずっとがんばってきたのだから、もっとがんばろうと、ほのかさんは考えた。泣かずに我慢できたら、いつかお母さんとまた逢《あ》える。神さまがご褒美をくれるはず。

「えらかったね」と、胸元に自分を抱き寄せて、お母さんはわたしを褒めてくれるはず。放心した頭でふとそんなことを思い得たほのかさんは、静かに涙を押し堪《こら》えた。

それは幼いほのかさんにできうる、お母さんの死に対する精一杯の抵抗だった。

物言わぬ身体で自宅へ帰ってきたお母さんは、数日後にはお骨となってお墓に入った。

ほのかさんが覚えているのは、自宅の内外でひしめき合うたくさんの弔問客の姿と、和尚さんのあげる厳《いか》めしい読経《どきょう》の声。自宅の門前に並ぶ花輪の行列と、白と黒の鯨幕。

それから霊前にくたりと座りこむ、自分自身の姿だけ。

久しぶりに長々と時間を過ごす我が家は、まるで他人の家のように感じられた。

葬儀という非日常的な情景も、我が家を我が家と感じなくさせる一因だった。

ふと振り返ればこの一年、自宅にいる時間よりも、病室にいる時間のほうが長かった。

気づけばいつしかあの病室こそが、ほのかさんにとって自宅のような場所になっていた。

葬儀が終わり、納骨も終わると、ほのかさんの心はより一層空虚なものになった。

お父さんもお祖母さんも、葬儀の席では再び声を張りあげ、わんわん泣いていた。

それでもほのかさんは、泣かなかったのだという。

泣いたらお母さんに会えなくなると思うから、ひたすら空虚な気持ちのままでいた。

あまりにもほのかさんが泣かないので、お父さんやお祖母さんも「大丈夫なの？」と心配してくれた。ほのかさんは「大丈夫」とだけ返して、お母さんとの再会を願った。

お母さんに逢いたい。逢いたい――。もう一度だけでもいいから、逢いたかった。

ただそれだけの願いのために、ほのかさんはその後も涙を抑え続けた。

お母さんがいなくなって四ヶ月あまりが経った、お盆の昼間。

ほのかさんはバスに乗って、お母さんが入院していた市内の総合病院に出かけた。

突発的な衝動だった。憂い、寂しさが高じ過ぎ、かつて我が家のように過ごしていたあの病室にどうしても戻ってみたくなったのだという。

お盆の影響なのか、病院の中は普段よりも閑散としていて、一際静かに感じられた。

エレベーターに乗りこみ、お母さんが寝起きしていた入院棟の病室へと向かう。

幸いにも病室の扉脇に掛けられている名札差しには、誰の名前も書き記されていない。

静かにそっと扉を開けると、そこには無人と化した思い出の個室があった。

お母さんと過ごしたあの頃のようにベッドサイドの丸椅子に腰かけ、無人のベッドを無言のままに覗《のぞ》き見る。

ふっと目を閉じ、心をたゆたうままにまかせると、在りし日のお母さんの愛《いと》しい姿と病室で過ごした楽しい情景が、まぶたの裏にありありと浮かんでは消えていった。

けれども記憶が巡れば巡るほど、胸の奥が苦しくなって、呼吸もしだいに荒れてくる。

たまらず目を開け、吐息混じりに「お母さん……」と、小さくつぶやいた時だった。

「ごめんね」

目の前のベッドから、はっとするほど優しく、懐かしい声が聞こえた。

「ずっといるよ」

膝《ひざ》の上に組んでいた手の上に、温《ぬく》もりを帯びた柔らかな感触がそっと伝わる。

「いいんだよ。泣きなさい」


続けて発せられたそのひと言に、涙が堰《せき》を切ったようにぶわりと溢《あふ》れこぼれた。

そこから先は無我夢中で泣いた。一度泣き始めると、涙は止まることなく流れ続けた。

流れる涙と一緒に、自分が今までどれだけ無理をしていたのか、気がつくこともできた。

本当はずっと、泣きたかった。けれども逢いたかったから、必死で我慢してきたのだ。

押し殺してきた感情が、さらに大きくはじけ飛ぶ。見えざる温もりに両手を差し伸べ、

「お母さん、お母さん！」と呼びかけながら、思うがままに泣きじゃくる。

手の上に感じていた柔らかな温もりが、しだいに腕から肩へ、ゆるゆると上り始める。

やがて感触は、ほのかさんの身体を包みこむようにしてじんわりと広がった。

ああ、抱きしめられている——。

まるで全てを受け止めるかのように、見えざる感触は一層熱く、たわやかになった。

それからしばらく、大好きだったお母さんの温もりが再び消えてなくなるまで——。

声を張りあげ、涙が涸《か》れ果てるまで、ほのかさんは泣き続けた。


この日を境にほのかさんは、泣きたい時に素直な気持ちで泣けるようになった。

幸せだったお母さんとの思い出を振り返り、笑いながら泣けるようになったという。

ほのかさん

そんな話を聞かせてくれたほのかさんとの交流も、気づけばすでに二年近くとなる。ほのかさんと彼女の家族とは、拝み屋としての仕事を通じて親しくなった間柄である。初めて仕事場を訪れてきた時は、確か長女のいじめに関する相談だったと記憶している。私たち夫婦が山裾《やますそ》の古家に引越してきた翌年、二〇一二年夏頃からの付き合いだった。時が経つのはつくづく早いものだと、私は痛感させられる。お母さんとの早過ぎる別れを乗り越え、朗らかで優しい女性に成長したほのかさんは、その後二十代半ばで結婚した。

結婚相手は、食品会社に勤める日村利明《ひむらとしあき》さんという同い年の男性。本書の舞台となる二〇一四年当時、ほのかさんは利明さんとの間に儲《もう》けたふたりの娘、小学五年生になる長女の柚子香《ゆずか》ちゃんと、小学三年生になる次女の凜香《りんか》ちゃんの四人で、市街の住宅地に暮らしていた。

家族仲は総じて円満。確かな絆《きずな》で結ばれた、明るい家族関係。まるでドラマの中から出てきたような仲睦《なかむつ》まじい日村家の人々を、私は常々好もしく思っていた。

連休が明けてまだまもない、五月初めのことである。

よく晴れた週末の午後、日村さんの一家が数ヶ月ぶりに私の仕事場を訪れた。

「失礼します。毎度、家族総出で押しかけちゃって、ほんとに申しわけありません」

控えめに頭をさげながら、利明さんは仕事場のまんなかに設《しつら》えられている座卓の前にほのかさんとふたりの娘たちをうながし、一緒に並んで腰をおろした。

「いえいえ、ご遠慮なく。みんなで来てもらったほうが話もはずんで、私も楽しいです。それよりもご無沙汰《ぶさた》しております。今日はどうされたんですか？」

妻の淹《い》れた茶をすすりながら、ほのかさんと利明さんに尋ねる。

娘のいじめ相談が解決して以降、日村家の主な相談事は交通安全祈願や歳末の大祓《おおはら》い、それからお盆やお彼岸などに、ほのかさんのお母さんへ捧《ささ》げる供養などが大半だった。

今日はそのいずれなのかと思い、私は何も考えずに軽い気持ちで水を向けたのである。

「実はほのかが、末期の癌だと診断されまして」

だから利明さんの口から飛び出た言葉を、私は寸秒理解することができなかった。

「今、なんとおっしゃいました？」

事情を察した妻が、静かに仕事場を辞していく。その様子を横目で追っていくうちに、〝癌〟という言葉の意味と重みが、頭の中で生々しさを帯び始めてくる。

「わたしからきちんと説明しますね」

そこへほのかさん自身が、利明さんの言葉を継いだ。

「今でもほとんど自覚がないんですけど、膵臓癌《すいぞう》だったんです。最近、背中が痛んだり食欲のない日が続いたりしていたんで、病院に行ってみたんですね。そしたら癌だと診断されました。もうだいぶ悪いらしくて、余命はあと三ヶ月ほどだそうです」

己が現状をすらすらと流暢《りゅうちょう》に説明するほのかさんの声には、悲愴《ひそう》感や絶望感といった後ろ向きな気振りは微塵《みじん》も感じられなかった。

その気丈で凛《りん》とした振る舞いに、私は逆に心底打ちのめされた気分になる。

「それは……本当になんと申しあげたらいいのか」

的を射た言葉など、思い浮かぶはずもない。仮にそんな言葉が思い浮かんだとしてもなんの意味も成さないのである。言葉ひとつで癌が治るのなら、こんな簡単な話はない。

私はそれ以上言葉を重ねることをやめ、日村家の次の言葉を黙って待つことにした。

「それで、今日はお願いがあって来たんです」

利明さんが再び口を開く。

続く言葉を重々承知している私は、とても遣《や》り切れない気持ちになった。

「ほのかの癌が治るように、なんとか拝んでいただきたいんです」

「お願いします！」

「おねがいします！」

ほのかさんの両隣に座っていた柚子香ちゃんと凛香ちゃんも、大きな声で懇願する。

やっぱりそうだよな……。私は自分に言い聞かせるように心の中でひとりごちた。

「私もほのかさんの病気、本当に治してあげたいです。よくなってほしいと思います。でも加持祈禱《かじきとう》で病気を治すことはできません。あくまでも病気を患っている人を励まし、心に活気を与え、ご本人の身体が病気に打ち勝つきっかけを与えるに過ぎないんです」

だから保証はできません――。という言葉は、あえて付け足さなかった。

けれどもこれが真実である。

拝み屋は魔法使いではない。奇跡を起こしたりすることが、仕事の本質でもない。

憑《つ》き物落としなど一部の業務を除外して、拝み屋が執りおこなう加持祈禱というのは、よく言うならば励まし。有り体に言うならば気休めに過ぎないものなのだ。

たとえば交通安全祈願をしたとして、絶対に交通事故が起こらないという保証はない。

これは「事故が起こらなくなる魔法」ではなく、「絶対に事故を起こしません」という依頼主の決意表明を、祝詞《のりと》によって代弁するものに他ならないのである。

だから私は交通安全祈願が終わると、依頼主にかならず言うようにしているのだ。

「安全祈願はしたけど、大丈夫だと思って帰り道に飛ばしたりすると、事故るよ」と。

病気祓いの場合も、これは同じである。

よく言うならば、弱った病人の心を励ますことが目的であって、拝んでもらったから確実に病気が治るという保証はない。

時には私の願いか依頼主の願いが天に通じでもするのか、拝み屋を始めて十数年の間、余命を宣告されていた依頼主の病気が完治したという事例も、少数ながらなくはない。

とはいえ、こうした結果も確実性には大きく欠けるものだし、信頼性はひどく乏しい。私自身も病気祓いを執りおこなうのに際して、「治せます」「かならず治ります」などと宣言したことは一度もない。

重病であれば依頼主の将来に関わる、とても重大な問題である。そんな案件に際して無責任に「大丈夫」と断言できるほど、私は図太い性分ではない。

「それでも構いません。郷内《ごうない》さんに拝んでもらって妻の気持ちが少しでも楽になるなら、僕らはそれでいいんです。癌そのものとは、これから家族みんなで闘っていく覚悟です。僕らはそのための勇気が欲しいんです。お願いできますか？」

食い入るように私の目を見つめ、利明さんが深々と頭をさげた。

「わたしからもお願いします。勇気をください」

ほのかさんも頭をさげる。

「お願いします！」

「おねがいします！」

柚子香ちゃんと凜香ちゃんも目に涙を滲《にじ》ませながら、深々と頭をさげた。

拝み屋は魔法使いではない。だけどこの瞬間だけは、魔法使いになってあげたかった。奇跡を起こすことのできない自分自身に多大なふがいなさも覚えた。

「分かりました。私にできることはなんでもやらせていただきます。闘いましょう」

私が答えると、日村さん一家は心底ほっとした笑みを顔中に輝かせた。

それから病気祓いの祈願をおこない、ほのかさんのために病気祓いの御守りを作った。拝み屋としての私にできる、これが最大限の助力だった。

「ありがとうございます。これでなんとか、前を向いてがんばれそうです」

帰りしな、庭先に停められた車に乗りこみながら、利明さんが再び深々と頭をさげた。

「とにかく気落ちせず、明るい気持ちでお過ごしください。陰にこもってはいけません。人の放つ陽気というのは、時としてあらゆるマイナスを打ち払う強い力になるものです。何か不安なことがあったら、また気軽にご相談ください」

私も頭をさげがてら、今の自分に差し向けられる精一杯の言葉を贈る。

「分かりました、絶対に負けません。みんなでほのかを応援していきます」

利明さんが宣言すると、柚子香ちゃんと凜香ちゃんも「応援する！」と微笑んだ。

その健気《けなげ》で素直な姿があまりにも残酷なものに感じられ、私はふたりの娘たちの顔をまともに見ることができなかった。

「今日は本当にありがとうございました。近いうちにまた連絡させていただきますね」

ほのかさんも微笑を浮かべて会釈をし、それからまもなく、利明さんの運転する車は我が家の門口を静かに出ていった。

仕事場へ戻ると、ほのかさんの病状が再び生々しく思い返され、気持ちが重くなった。あんなに仲のよい家族がどうしてこんな目に、と思うとやるせなくてたまらなかった。

その晩遅く、仕事場で憔悴《しょうすい》しているところへ、ほのかさんの携帯から着信が入った。

「もしもし。夜分遅く申しわけありません。……今、大丈夫ですか？」

囁《ささや》くような小声で、ほのかさんが尋ねる。

「はい、大丈夫です。何かあったんですか？」

「今日は病気祓いをあげてもらって、ほんとにありがとうございました。夫も娘たちもすごく安心したみたいで、喜んでます」

「それはよかったですね。ほのかさんご自身にも安心していただければ幸いです」

笑いながら言葉を返すと、ほんの一瞬、ほのかさんに沈黙があった。

「……郷内さんにだから話すんですけど、家族には絶対内緒にしていただけますか？」

わずかに声色を曇らせ、ほのかさんが尋ねる。

「分かりました。何かあったんですか？」

「わたし、やっぱり助からないと思います。こんなことになるまで気づかなかったのにあれなんですけど、自分の身体のことは自分がいちばんよく分かっているつもりです」

言葉は多分に後ろ向きだったが、はっきりとした声でほのかさんは言った。

「そうですか……。確信がおありなんですね？」

こんな時、安易に「がんばりましょうよ」だとか「あきらめないでください」などと声をかけられるものではない。私はほのかさんの語るがままに合わせた。

「はい。幸いにも体調面についてはまだそんなに悪くはないんですけど、これから先は日に日に悪くなっていくんだと思います。でも、わたしが感じている確信っていうのは、そういう体調面の機微だけじゃないんです」

あくまでも取り乱すことなく、流暢な語り口でほのかさんは話を続けた。

「前に話した母のこと、覚えてますか？」

「はい。『泣きなさい』って慰めてくれた、あの話ですよね？」

「ええ、そうです。その母がですね、最近たびたび夢に出るんです」

「どんな夢なんですか？」

「夢の中でわたしと母は、薄いカーテン越しに夫や娘たちの様子を眺めているんですよ。白くて大きな、まるで緞帳《どんちょう》みたいに大きなカーテンです。カーテン越しに手を伸ばすと、夫や娘たちの身体もきちんと触ることができるんです。温《ぬく》もりも匂いもちゃんと感じる。でもカーテンはめくりあげることも破ることもできないんです。実際は壁なんですよね。だから薄いカーテン越しにみんなを眺めたり、そっと触れたりするだけ」

「壁、ですか」

「そう、壁です。もしかしたら薄布一枚を隔てた、この世とあの世の境なんでしょうか。でも、わたしはそれでも満足なんです。だってみんなが元気にしている様子をちゃんと見られるし、隣には母が笑顔を浮かべていてくれるから」

そこでちょっと言葉を切り、ほのかさんはさらに話を続けた。

「夢の中で母に『大丈夫だからおいで』って言われるんです。『一緒にいられなくても、できることはあるんだよ』とも。それを聞いたらわたし、もう自分が死ぬことについて何も怖くなりました。わたしはわたしの運命を受け容《い》れようって思っています」

その告白は、強がりでも開き直りでもなかった。自分自身の現状と正直に向き合ったほのかさんが自ら下した、いわば覚悟のようなものだった。

「……そうですか。ほのかさんご自身が最良と思い定めて導きだした結論なのでしたら、きっと間違いはないと思います。どんな結果になろうとも、私は応援しますよ」

ほのかさんのまっすぐな想いに、私はそれだけ言うのが精一杯だった。

「でも、わたしが死んでしまったら、当面の間は夫も娘たちもすごく落ちこむはずです。郷内さんのお世話になることも、きっとあるはずです。その時にはどうかお願いします。みんなの力になってあげてください」

自分の身体の心配などよりこの人はもう、残される家族の身のほうを案じ始めている。私にできることといったら、せいぜい残された彼らの心を励ますくらいのことである。だが、望まれるのならば断る理由は何もなかった。

「分かりました」と応《こた》えると、ほのかさんは「ありがとうございます」と笑ってくれた。

「それからあともう少しだけ、お願いしてもいいですか？」

「なんでしょう？　できることでしたらなんでもさせていただきますよ」

「よかった」と言いながら、ほのかさんは再び話を切りだした。

「毎年、お盆とお彼岸にお願いしている母の供養。これからもお願いできますか？」

そんなことを心配していたのかと思い、「ずっと続けますよ」と私は応える。

応えたあと、今年のお盆からは、彼女の供養も私は一緒におこなうのだろうなと思い、たちまち胸が苦しくなった。

「ありがとうございます。これでようやく安心できました。またお邪魔させていただく機会があるかと思いますが、その時にはどうかよろしくお願いします」

それでは、と互いに別れの挨拶《あいさつ》をしたのを最後に通話は終わった。

なんと強い女性なのだろうと、私は思う。

同時にこの日ほど、人知を超越した能力を持ちたいと希《こいねが》ったことはなかった。

恭しくも仰々しい「奇跡の力」だの「神秘の波動」だの、平素はまったく興味がない。けれどもこんな事態に直面すると、仮にそんなものが本当にあるとするなら、ぜひともこの身に顕現《けんげん》してほしいと思う自分がいた。

だが現実はまったく違う。私にできることといったら、せいぜい他人の目に視《み》えない異形が視えてしまうことと、加持祈禱《かじきとう》をあげて依頼人を励ますくらいのことである。

拝み屋などという看板を掲げながらその実、無力な自分がつくづく卑小で嫌だった。

その夜はとても寝つけず、私は布団の中で輾転《てんてん》と寝返りを打ちながら、ほのかさんと彼女の家族たちの今後の行く末をひたすら憂い、煩悶《はんもん》し続けた。

寂しがり

フリーターの篠田《しのだ》が深夜、自宅へ帰宅する途中のことだった。

通い慣れた住宅街の路上に車を走らせていると、前方の道端にふと人影が差した。

見れば、ゴミ置き場の片隅にセーラー服姿の少女がひっそりとしゃがみこんでいる。

少女は両手で肩を抱きながら、所在なげな表情で辺りをきょろきょろと見回していた。

こんな時間に、それも若い娘が路上にひとりでしゃがみこんでいる。

少なくとも普通の事情じゃないなと、篠田は直感した。

さらに距離が縮んでいくと、少女の仔細《しさい》も徐々にはっきりと確認できるようになった。

まっすぐな黒髪を胸元辺りまで伸ばした、色の白いすっきりとした顔だちの少女である。

有り体に言えば、篠田のタイプだったのだという。

少女の眼前にゆっくりと車を停める。助手席の窓を開け、篠田は少女に声をかけた。

「こんばんは。こんな時間にどうしたの？　なんかワケありだったら力になるよ？」

害意を感じさせない、あくまでも柔らかな声色を意識して少女に尋ねる。

篠田が問いかけると、少女はすかさず腰をあげた。続いて助手席の窓まで歩み寄ると、
すがりつくようなまなざしで篠田の顔を覗《のぞ》きこむ。

「どこでもいいから、連れていってくれませんか？　ひとりになりたくないんです」

切羽詰まった声で少女は言った。

元よりそうした下心あっての声掛けである。断る道理など、篠田には何もなかった。

ふたつ返事で承諾すると篠田は少女を助手席に乗せ、車を発進させた。

「どこでもいいって言ってたけど、たとえばどういうとこがいいの？　制服着てるしさ、カラオケとかファミレスはまずいんじゃね？　補導されるかも知んないし」

住宅街を抜けだし、深夜の国道に車を走らせながら篠田が少女に再び尋ねる。

「ほんとにどこでもいいんです。ひとりでいるのが怖いだけだから」

うら寂しげな面差しを篠田に向け、少女は蚊の鳴くような声でつぶやいた。

「どこでもいいんです」という少女の言葉が、篠田の耳には「好きにしていいんです」という、淫靡《いんび》な響きを含んだ誘いに聞こえた。

「ほんとにどこでもいいの？」と尋ねると、少女は即座に「はい」とうなずいた。

胸のうちに小さくぽっと火が灯《とも》り、のどからふうっと熱い吐息がこぼれる。

まったくなんという幸運だろうと、思わず膝《ひざ》を打ちたい衝動に駆られた。

カラオケだのファミレスだのは、物事の順序として形式的に尋ねただけの話である。余計な段取りをすっ飛ばして本題に入れるのなら、それに越したことはなかった。

少女もおそらく——いや、完全にその気なのだろう。

ためしに手を握ってみると、少女は嫌がるどころか篠田の手を強く握り返してきた。

確定である。昂《たかぶ》る衝動に胸を高鳴らせ、篠田は深夜の国道を猛然と飛ばし始めた。

やがて車は国道をはずれ、郊外にそびえる山の中へと分け入っていく。

国道を走るさなか、脇目にラブホテルの看板を何軒か認めていたが、入るのはやめた。

相手は制服姿の未成年者である。ふたりで出入りする様子をカメラに撮られでもしたら、厄介だと判じた。

安全牌《パイ》でいくなら、人気のない山の中がいちばん。

判じた篠田は、ただでさえ細狭い山道をさらに脇へと曲がり、未舗装の荒れた坂道を嬉々《きき》としながら駆け上っていく。

ほどなくして、路肩に手頃な空き地が広がる場所を見つけた。

「ここらでちょっと、時間でも潰《つぶ》そうか?」

空き地に車を滑りこませ、少女のほうへと目を向ける。


人形だった。


助手席のシートには、素っ裸のマネキン人形が直立姿勢で斜めにもたれかかっていた。

「ひゅっ」と大きく息を吸いこんだ直後、篠田の口から獣じみた叫び声が絞りだされる。

ほとんど反射的に助手席へ身を乗りだし、がたつく片手でどうにかドアをこじ開ける。

そのままマネキンを車外へ突き飛ばすと、すかさず車を発進させた。

悲鳴はそれでも収まらず、篠田の口からとめどなく吠《ほ》え放たれる。

その時だった。

「待ってええええええええ！　待あぁぁぁってえええええええええええええ！」

山道を下る車の真後ろから、女の叫び声が聞こえ始めた。

バックミラーを覗き見る勇気など、毛筋ほども湧き立たなかった。アクセルペダルをさらに強く踏みこむと、死に物狂いで篠田は山道を下った。


「ひとりになりたくないんです」

どうにか山を下りきり、国道上まで車を滑りこませたところで、篠田の脳裏に先ほど少女の語ったひと言が勃然《ぼつぜん》と蘇《よみがえ》った。

ゴミ置き場の片隅にしゃがみこむ少女の姿を、マネキン人形に置き換えてみる。

ひとりになりたくないんです――。

そういうことかと思い至ったとたん、篠田の口から苦々しいうめきがあがった。

餃子ライス

トラック運転手の磯部《いそべ》さんが、国道沿いのドライブインへ入った時のこと。
時刻はそろそろ午後の三時を回る頃だった。狭々とした店内に客の姿はひとりもない。
適当なテーブルにつき、磯部さんは餃子《ギョーザ》ライスを注文した。
漫画本を読みながら待っていると、五分ほどで店のおばさんが注文の品を持ってきた。
大盛りライスに中華スープ。そして焼きたての熱々餃子が六個ついたセットである。
短く礼を述べながら漫画本をテーブルに置き、箸《はし》入れから割り箸を抜きだして割る。
茶碗《ちゃわん》を手に取り、まずはライスをひと口。白飯のほのかな甘みを口中で堪能《たんのう》しながら、
続いて餃子をひとつつまみあげ、口の中へと放りこむ。
続いて歯と歯が噛《か》み合う乾いた音が、かちりと虚《むな》しく鳴り響く。
ない――。つまんだはずの餃子が、箸の間から消えていた。
落としたのかと思い、テーブルに視線を向けた瞬間、磯部さんは唖然《あぜん》となる。
今の今まで皿の上に並んでいた餃子が、ひとつ残らず消え失せていた。
何が起きたのかまったく分からず、混乱しながら皿を持ちあげてみたりスープの中を
調べてみたりした。けれども餃子は、ひとつたりとも見つからない。

テーブルの下も覗きこんでみたが、無駄だった。餃子はどこにも見当たらなかった。

店の中を見回しても客の姿は磯部さん以外、誰ひとりとしていない。店内奥の厨房《ちゅうぼう》に店のおばさんがひとりいるだけである。加えて、厨房からテーブルまでの距離も遠い。

どうしたものかと悩んだ末、磯部さんは餃子をあきらめ、中華スープのみをおかずにもやもやした気持ちを抱えながら、黙々とご飯を頬張った。

会計は無論、餃子ライスと同額。なんともやるせない気持ちで店をあとにする。


その後、しばらく道路を走り続けたが、腹のほうは正直だった。餃子ライスならぬ、スープライスではろくろく腹が満たされない。

中途半端な空腹感に耐え兼ね、磯部さんは仕方なくラーメン屋に入り直すことにした。味噌《みそ》ラーメンの大盛りを注文し、さっそくひと口、麵《めん》をすする。

熱々の中華麵を口中で咀嚼《そしゃく》するとそれだけで満悦し、思わず「ふへへ」と頰が弛《ゆる》む。お預けを喰《く》らっていた腹が急《せ》かすまま、夢中になって麵をすすりあげている時だった。

どんぶりの底のほうへ突っこんだ箸にふと、妙な感触が伝わる。

何かと思ってつまみあげてみると、餃子だったという。

それもちょうど六個。どんぶりの底にへばりつくようにして餃子が並んでいた。

磯部さんは再びもやもやした気持ちを抱えながら、それでもラーメンスープに浸ってふやけた餃子をひとつ残らず平らげた。

花映り

美容師をしている由奈《ゆな》さんから、こんな話を聞かせてもらった。
五月初めのよく晴れた日曜日、由奈さんは地元のスーパーへ買い物へ出かけた。
精算を済ませ、駐車場に停めた車へ向かって歩いている時だった。
初夏の日差しを浴びた車体に、周囲の風景が鏡のように映りこんでいるのが目に入る。
車の色は黒。そのため車体に映る風景は、よりはっきりと視認することができた。
なんとはなしに視線を向けつつ、車へ向かって歩き続ける。
ところが車に近づいていくにつれ、由奈さんの眉間《みけん》に深々とした皺《しわ》が刻まれていった。
黒々とした車体に映るのが、色とりどりに咲き誇る綺麗《きれい》な花の群れだったからである。
白や黄色、淡い朱色に彩られた菊の花に、橙色《だいだいいろ》の金盞花《きんせんか》。薄桃色に色づくスターチス。
紫色の花びらにほのかな青みをたたえたアイリス。
思わずはっと息を呑《の》むほど色鮮やかな花々が、黒い車体に鏡のように映りこんでいる。
アスファルトで整備された駐車場の周囲に、そんなものは一切ない。
けれども車に映る光景は、まるで果ての見えない花畑のそれである。
身体が少しずつ車へ近づいていっても、その風景に変わりはなかった。

さすがに妙だと感じ、車まで残り二メートルほどの距離で由奈さんは足を止めた。

それから少しの間、無言で花を見つめ続けていた時だった。

ふいに花畑の奥から小さな人影が現れ、こちらに向かってぐんぐんと近づいてくる。

初めは豆粒ほどの大きさで仔細《しさい》がまるで分からなかったが、車体に映る花のさなかを影が進んでくるにつれ、やがてそれが白い着物を召した女性だということが分かった。

色とりどりに咲き誇る花畑の中を女性はさらに近づき、大きくなっていく。

その顔を見るなり、由奈さんは声を震わせ「あっ」とつぶやいた。


白い着物姿の女性は、八年前に病気で亡くなった由奈さんの姉だったのである。


六つも歳が離れていたせいもあったのだろうが、由奈さんが幼い頃から面倒見がよく、何かと気にかけ、相談に乗ってくれた優しい姉だった。

姉の顔を見るなり、今年は彼岸の墓参りに行っていないことを、はたと思いだす。

由奈さんが思いだすなり、車に映る姉は温雅な笑みを浮かべてそのますっと消えた。

同時に花畑も潮が引くように遠のき、暗転していく。

帰り道、由奈さんは生花店に立ち寄ると、たくさんの花束を抱えて墓参りに出向いた。

黒々と輝く御影《みかげ》石の墓石にも、ほんの一瞬――。

ふわりと微笑む姉の顔が見えたような気がしたという。

影ふたつ

ほのかさんの来訪からひと月あまりが経った、二〇一四年六月初めのことである。

私の仕事場に、板野《いたの》さんという男性が相談に訪れた。

歳は四十代半ば。本業は会社員。家族は妻の他に、高校生と中学生になる子供がいる。

「家のローンに子供ふたりの養育費。女房と共働きで必死にがんばっちゃいるんですが、それでも支出が収入を上回るような月もしばしばなんですよ」

言いながら板野さんは、深々とため息をついた。

相談の初め、私はてっきり金銭問題の案件なのだと思いこんでいた。塞《ふさ》いだ面持ちで板野さんが吐露するのは、月々にかかる生活費の詳細や今後の生活の見通しがどれだけ暗澹《あんたん》たるものなのかといった、いかにも景気の悪い話ばかりだったからである。

これはおそらく、開運や金運に関するお願いをされるのだろうな。

漠然とそのように思いこみ、さてどうしたものかと考え始めていた時だった。

「実は、今勤めているコンビニに幽霊が出るんですよ」

突然話題が切り替わる。

禿《は》げあがった頭にうっすらと冷や汗を滲《にじ》ませ、板野さんはゆっくりと語り始めた。

板野さんは本業の他、週に三日、地元のコンビニで深夜バイトもしているのだという。

理由は前述のとおり、家のローンと子供の養育費を工面するためである。

「勤め始めてもう半年くらい経つんですが、初めにそれを見たのは二月の中頃でした」

深夜の二時過ぎだったという。

この日は夜半前から戸外にぼた雪がちらつき始め、ふと気がつく頃には店の駐車場が白一色になっていた。ただちに雪掻《か》きをする必要があると板野さんは判じる。

深夜のシフトは土日以外、ひとりきりで勤務に入るのが、このコンビニの方針だった。そのため、出勤から退勤までの店内業務を全てひとりでおこなわなければならない。

店内に誰もいないことを確認すると、板野さんは防寒着を着こんで店の外へ出た。

雪掻きを続ける間、来客はひとりもなかった。おのずと作業にも集中することができ、小一時間ほどで駐車場の除雪作業はあらかた完了したという。

さて、そろそろ戻ろうか。

手袋越しにも悴《かじか》む両手をごしごしとすり合わせながら、店の窓へ顔を向けた時だった。店内の雑誌コーナーに人影が見えることに板野さんは気がついた。

駐車場に車は一台も停まっていない。ならば、近所の常連が徒歩で来店したのだろう。作業に夢中で気づかなかったかと思いながら、店へと向かい歩きだす。

ところが店へと距離が狭まっていくにつれ、板野さんの歩みは少しずつ鈍りだした。

店の中にいるのが、どうやらただの人ではないと、頭が理解したからである。

店の窓から三メートルほど離れた場所で足を止め、窓へとじっと目を凝らす。

雑誌コーナーに見える人影はふたつ。窓際に並ぶマガジンラックに視界をさえぎられ、ふたりの姿は胸元辺りまでしか確認することができない。

だが、それだけ見えればもう十分だった。

窓越しに見えるふたりの姿は、輪郭がぼやけているうえ半透明だった。

ふたりはマガジンラックの前に並び立ち、板野さんと向き合う形で佇《たたず》んでいるのだが、背後の商品棚が身体を透けてうっすらと見えている。

まるで濁った水が人の形を成しているかのような、それは奇妙な風体だったという。

加えてふたりの身体はもやもやと、右へ左へ揺らめいてもいた。色は全体的に薄暗く、肌と衣服の判別もつかないほどに不明瞭《ふめいりょう》だった。

わずかに判別できる首の向きなどから察して、ふたつの人形《ひとがた》は目の前の雑誌ではなく、どうやら店外を眺めているように感じられた。ほとんど無意識のうちに数歩後ずさると、板野さんの鳩尾《みぞおち》に初めて恐怖がそよぎ立った。

果たしてこちらに気づいているのか、いないのか。

あれらに目があるのかどうかすらも判然としないため、確信こそは得られなかった。

けれども、なんとなく見られているような胸騒ぎだけは覚えたという。

ばくばくと心臓が鼓動を速め始める中、これからどうしようかと考える。

外では相変わらず、漆黒の闇空から無数のぼた雪が霏霏《ひひ》として降りしきっていた。外気は容赦なく凍《い》てつき、ひどく寒い。

本来ならば一刻も早く、店の中に戻りたかった。

けれども中には〝あれ〟がいる。

結局どうすることもできず、寒さと恐怖の両方にがたがたと震えながら、板野さんはその後、実に三十分近くも寒空の下に立ち往生した。

寒気と緊張感がそろそろ限界を迎えそうな頃、駐車場に一台の車が入ってきたことが板野さんの窮地を救った。深夜の来客が車から降りて店内へ入るタイミングを見計らい、板野さんも意を決してあとに続いた。

身のとろけるような店内の暖房に安堵《あんど》の吐息を漏らしながら、雑誌コーナーのほうへ恐る恐る目をやると、ふたつの人形はすでに跡形もなく消え失せていたという。

「これが初めての目撃だったんですが、その後もたびたび出るんですよ」

過度の緊張ゆえか、弱々しい笑みを薄く浮かべながら、板野さんが話を続ける。

ふたつの異様な人形は、その後も月に一、二度のペースで店内に現れているという。

出現するのはゴミ出しや駐車場の清掃など、決まって板野さんが店外へ出た時。

雪掻きの時と同じく、外から店へ入ろうとするとマガジンラックの前に人影が見える。視線を注げば案の定、濁った水のような人形がふたつ、店内にいる。

人形は来客が現れると姿を消してしまうものの、それまでの間、板野さんは店の外で立ち往生する他なく、恐ろしさとやるせなさに打ちひしがれるのだという。

人形を何度か目撃したあと、店のオーナーにそれとなく話してみたが、一笑に付されまともに取り合ってはもらえなかった。加えて他の深夜スタッフからはそんな報告など受けたためしはないと言われ、板野さんは口をつぐむしかなかった。

以来この三ヶ月あまり、板野さんはひとりで悩み続けているのだという。


仮にこの依頼が、同じコンビニのオーナーから受けたものであるなら、話はまだ早い。私が現地に直接赴き、状況を精査したうえで然《しか》るべき対応をすればよいのだ。

ところが今回のような場合は、それができない。

板野さんはあくまでも店の従業員であり、所有者ではない。店のオーナーから正式な同意を得られない限り、私の立場としてはあまり表立った対応はできないのである。

店に対して直接的な対応ができないのであれば、板野さん個人の身の安全を確保する対策を講じるより他ない。差し当たって護身用の御守りを作らせてもらい、少し様子を見て欲しいと、私は板野さんに提案した。

「ところで、そのコンビニってどこのお店なんですか？」

あまりにも唐突に話が始まったため、店の所在地を聞きそびれていたことを思いだす。

座卓の上で御守りを作りながら、板野さんに尋ねてみる。

「○○町の県道沿いにあるコンビニですよ。あの辺で一軒しかないコンビニです」

板野さんの回答に、御守りを作っていた私の手がぴたりと止まる。
○○町の県道沿いにあるコンビニ――。それは昔、私が勤めていたコンビニだった。ほどなく厭《いや》な記憶も蘇《よみがえ》る。
私もこのコンビニで、幽霊らしきものを視《み》たことがあるのだ。


もう十数年も前の話である。

拝み屋を始める直前の二十代前半、私もこの店で深夜勤務のアルバイトをしていた。

板野さんの最初の体験と同じく、やはり真冬の凍てつく晩のことだった。

業者から配達された雑誌をマガジンラックに陳列している最中、窓の向こうの暗闇に何やら白い物体が飛び交っていることに、私は気がついた。

顔をあげると、窓の外で頭の禿げた男の生首が薄い笑みを浮かべて舞っていたのだ。

この時、生首を目撃したのは私ひとりではない。

私と一緒に雑誌の陳列作業をしていた同僚の若い女の子も、同時に首を目撃している。

彼女が悲鳴をあげた直後、首は私たちの目の前で煙のように掻《か》き消えてしまった。

その後、勤務中に変わったことが起きたことは一度もない。私が生首を目撃したのも、この時ただの一度きりである。職場の同僚たちから不穏な噂を聞いたこともなかったし、月日が過ぎるとともに大して気に留めることもなくなっていった。

けれどもどうだろう。私が昔、生首を目撃した店で、今は別種の怪異が発生している。板野さんの体験と私の昔話を重ね合わせていくうち、単なる偶然とも思うことができず、なんだか妙に引っかかるものがあった。

そこで板野さんに対して、自分も昔、同じコンビニに勤めていたこと、並びに生首の目撃談を打ち明け、「同じようなものを見たことはないですか?」と尋ねてみた。

「え? あなたもあの店、勤めてらっしゃったんですか?」

突然飛びだした私の昔話に、板野さんは大層面食らったようだった。

けれども肝心要《かなめ》の回答はノーである。

彼が目撃しているのは、あくまでも雑誌コーナーに勃然《ぼつぜん》と現れるふたつの異様な人形。それも店内からではなく、店外から目撃するのみなのだという。

「郷内さんと違って、私にはいわゆる霊感みたいなもんはありません。何か悪いことをしたわけでもなし。なんでこんな目に遭わなきゃならないんでしょうねえ……」

禿《は》げあがった頭をしきりにぽりぽりと掻きながら、板野さんが力なく応《こた》える。

いわゆる〝霊感〟などと呼ばれるものは、私だって持ち得ていない。ただ昔から時折、他人の目には視えない妙なものが視えてしまうだけのことである。

それを〝霊感〟と定義するなら、板野さんの感想もごもっともだが、どうなのだろう。私だってあの当時、別段何か悪事を働いていたわけでもなし。勤務先で得体の知れない化け物を見せられるような道理は板野さんと同じく、何もないはずである。

件《くだん》のコンビニに私が勤めていたのは、確か半年ほどだったと思う。

短い勤務期間だったが、コンビニの建つ敷地やその周辺に曰《いわ》く因縁めいた噂を聞いた覚えはない。要するにあの店にはいわゆる〝幽霊〟の出る下地がないのである。

実際のところ、土地の過去をくわしく調べたわけではないため、確たる証《あかし》は何もない。だがあえて躍起になって調べずとも、おそらく本当に何もない土地なのだと思う。

ただ、それでもおよそ十年という歳月を隔てて、まったく接点のない私と板野さんが、同じ店でまったく別種の怪異を体験しているという点は、紛れもない事実だった。

これは一体、何を示唆するものなのか――。

御守りを作り終えるまで、私はとうとうなんの答えもだすことができなかった。

荒勧誘

専業主婦の久子《ひさこ》さんから、こんな話をうかがった。

ある日曜の午後。久子さんの自宅に芳美《よしみ》さんという、高校時代の同級生が訪ねてきた。学生時代も特段親しい間柄ではなかったのだが、とりあえず彼女を居間へと通す。ところが挨拶《あいさつ》を交わしてまもなく、芳美さんの口から飛びだした話題に、久子さんはたちまちうんざりさせられる。

とある新興宗教への勧誘だったのだという。

入信すると素晴らしい奇跡が次々と起きる。親友も増える。病気や怪我もしなくなる。教祖さまは偉大な神さまの生まれ変わりで、大宇宙の霊気を私たち信者に惜しげもなく注いでくださっている。久子ちゃんもぜひ、家族みんなでこの奇跡を体験して欲しい。

そんな世迷言《よまいごと》を熱に浮かされたような目つきと口調で、とうとうと語り聞かされた。

この日、夫と息子たちは近所の運動広場へ草野球に出かけていて、家には久子さんが独りきり。救いの手を差し伸べてくれる者は誰もいなかった。

「とにかく一度、教祖さまのお話を聞いてみて！　心が浄化される気持ちになるから！　わたしたちは迷える衆生を正しい道へとお導きするため、毎日がんばってるの！」

「はあ……」と顔色を曇らせながら言葉を濁しても、芳美さんにはまったく伝わらない。いつ終わるとも知れない浮世離れした話を聞かされながら、途方にくれかけていた時、ようやく夫と息子たちが帰宅してきた。

そこでやんわりと話を打ち切り、どうにかその場を切り抜けたのだという。

芳美さんはいかにも不満そうな顔をしていたが、半ば強引に引き取ってもらった。

以来、芳美さんが訪ねてくることはなくなったが、代わりに家の運気がかたむいた。

夫が会社をクビになり、再就職に向けて東奔西走しているさなかに、今度は交通事故。単独事故で他人こそ巻きこまなかったものの、両脚の大腿骨《だいたいこつ》を折る重傷を負った。

夫がようやく退院したのと入れ替わるようにして、今度は小学生になる息子ふたりが原因不明の高熱をだし、ひと月ほど生死の境をさまよった。

久子さん自身も看病疲れが溜《た》まったせいか、目の病気を患うようになってしまった。医者からは治る病気と説明されたものの、家族の件も含めて気分はますます塞《ふさ》ぎこみ、しだいに笑顔も減っていった。

加えてこの頃から、久子さんは自宅内でしばしば黒い人影を目撃するようになった。

場所は一定ではなく、廊下や台所、風呂場《ふろば》、居間、寝室など、家中の至るところ。

影は黒いスプレーを薄く吹きつけたような粒子の細かい質感をしており、性別は不明。視界の端にそっと佇《たたず》んでいたり、目の前をさっと横切っていったりするのだという。

初めは目の病気に起因する幻覚か、さもなくば気のせいだと思うようにしていた。けれども幻覚や気のせいと割りきるには、影を目撃する頻度があまりにも多かったし、目撃時の印象も生々しかった。加えて、それとなく家族に事の次第を打ち明けてみると、夫や息子たちも同じようなものを目撃することがあるのだと知り、愕然《がくぜん》となる。

もしかしたらこの家は、何かに祟《たた》られているんじゃないか……。

不幸続きで弱りきった心の中に、ぼんやりとそんな考えが浮かび始めたのだという。

影を目撃するようになって、しばらく経った頃だった。

昼間、久子さんが居間のソファーで横になっていると、電話が鳴った。

出ると相手は、芳美さんだったという。

「なんだか妙に胸騒ぎがしちゃって。何か最近、病気や怪我とか変わったことはない？　久子ちゃんのお家《うち》がある方角からわたし、悪い〝気〟みたいなものを感じるのよ！」

以前は心底うんざりさせられた芳美さんの声が、妙に優しく心強いものに感じられた。すっかり細くなってしまった心の芯《しん》が、たまらず救いを求めたがる。

「あのね、実は……」

受話器に向かって言いかけた瞬間、自分が座るソファーの底で何かがもぞりと蠢《うごめ》いた。

虫かと思ってぞっとなりながら、「ちょっと待ってて」と言葉を切る。

受話器を片手に恐る恐る、ソファーのクッションを捲《まく》りあげる。

とたんに顔から血の気が引いた。

クッションの下には、長方形の白紙に漢字が書き記された一枚の御札が敷いてあった。全てを判読できたわけではないが、何文字かはひと目見ただけですぐに分かった。


「呪」「災」「怨」「衰」「病」


ソファーは数年前に新品で購入した物だった。こんな御札など、入れた覚えもない。

そういえば芳美さんを居間に通してすぐ、お茶を淹《い》れに台所へ行ったことを思いだす。ほんのわずかな時間だったが、その間、居間には芳美さんがひとりきりになった。

「……なんでもない。ちょっと用事、思いだしたから」

心に湧いた慄《おのの》きが、声へと出ぬよう必死になって堪《こら》えつつ、がたつく指で電話を切る。

そのまま御札を引っつかんで庭先へ飛びだすと、御札に火をつけ焼き尽くした。

その日から家内で黒い影を目撃することはなくなり、久子さんの目も日を追うごとに回復していったという。


ごく稀《まれ》にだが、勧誘先の家庭や個人へ意図的に呪詛《じゅそ》をかける新興宗教系の信者がいる。呪いで不幸を続発させ、勧誘先が弱りかけた頃に本格的な勧誘にかかる。

信者集めにそのような手法を用いる輩《やから》が、ごく稀にだが存在すると聞いている。

不備の湧く部屋

土建会社に勤める石田《いしだ》さんが、こんな体験を聞かせてくれた。

今から数年前、数ヶ月にもわたって原因不明の悪夢に悩まされたことがあるという。

若い女を刃物で滅多刺しにしたり、男の死体を風呂場でばらばらに解体したりする夢。そんなひどい夢ばかりを毎晩のように見る。

石田さん自身は暴力などまったく好まない、至って温厚な性格である。

どうして自分がこんな夢を見るのか——。常々悩み続けていたという。

石田さんは当時、市街のぼろアパートに独り暮らしの生活だった。恋人もいないため、部屋はおのずと散らかり放題。満足に布団を干すことさえなかった。

不衛生な環境だから、こんな夢ばかり見るのかもしれない……。

一念発起した石田さんはある日、部屋の掃除を徹底的におこなうことにした。

ところが万年床になっていた布団をめくりあげたとたんに、ぎょっとなる。

布団の下には、入れた覚えもない殺人事件や暴行事件に関する新聞記事の切り抜きが、びっしりと並べられていた。

新聞記事を処分したその晩から、悪夢はぴたりと収まったそうである。

一方、警備員の多田《ただ》さんが半年ほど前から暮らしているアパートでの話。
部屋は八畳敷きのワンルームで少々手狭。半面、家賃は安く満足しているのだという。
ただこの部屋には、ひとつだけ不可解な問題があった。
風呂《ふろ》に入ると湯船の中から決まって一本、長い髪の毛が見つかるのだという。
髪の長さは四十センチほど。色は黒く、髪質は艶々《つやつや》としていて、まっすぐである。
多田さんの髪は短く刈りこんである。だから件《くだん》の髪は、多田さん自身のものではない。
どうやら女の髪のようなのだが、多田さん自身は独り暮らしで、彼女もいない。
だからどうして毎日、風呂の中から長い髪が見つかるのか分からないのだという。
髪は、多田さんが湯船に浸《つ》かっているさなか、唐突に見つかるのが常である。
湯船の中で手を動かすと、いつのまにか指の間に髪が絡みついている。
身体を洗うため湯船からあがると、気づかぬうちに腕や胸に貼りついていたりもする。
問題と言っても、別にそれ以上は何が起こるわけでもない。ただ髪が湧くだけである。
今でも部屋の風呂には、黒い髪が湧き続けているのだと、多田さんは語っている。

青草の頃

初夏の田植えがすっかり終わり、周囲の緑がしだいに深みを増していく頃。

毎年、この時期が訪れると貴美子《きみこ》さんの自宅周辺では、青草のむせ返る香りと一緒に、お父さんの操る電動草刈り機のエンジン音が木霊《こだま》する。

それはたとえば、居間で洗濯物を畳んでいる時。あるいは家の掃除をしているさなか。ふいに香って、それから聞こえてくるのだという。

窓から外を見ても、お父さんの姿はどこにもない。草も一本たりとて刈られていない。

お父さんはもう十年以上も前に、病気でこの世を去っているからである。

ただ、それでもお父さんは、自宅の周囲に青草の茂る時節になると、今でもこうして草刈り機のエンジン音を響かせる。

生前は庭の手入れが生きがいの、大層まめな人だったという。

ああ、今年もそんな季節なんだ――。

青草の香りと草刈り機のエンジン音。ふたつをしみじみ感じると、貴美子さん一家は家族総出で自宅の草刈り作業に取りかかるそうである。

嗤う女　起

気候もだいぶ蒸し暑くなり、そろそろ夏至を迎えつつある六月半ばのことだった。

深夜、布団に入って眠っていると、枕元に置いていた携帯電話が鳴った。

日中は据え置きの電話機で相談客の応対をしているのだが、寝室には電話がないため、夜間は携帯電話に転送するようセットして、枕元に置くようにしている。

夜中にかかってくる電話は、緊急を要する相談が非常に多い。

いわゆる〝狐憑《きつねつ》き〟の症状が家族の身に起こってしまった、なんとか助けて欲しい。先ほどから、自室で妙な気配を感じる。あるいは幽霊が見える。どうにかして欲しい。

こうした用件がその大半を占めるので、寝床に入っても油断がならないのである。

暗く静かな寝室に着信音が鳴り響く傍ら、隣の布団では妻が寝息を立てて眠っている。

仕方なくそっと寝室を抜けだし、私は廊下で電話を受けた。

「――あのお、そちらは郷内心瞳《しんどう》さんのお電話でよろしかったでしょうか？」

電話の主は女だった。声質から判じて、二十代ぐらいの若い女性ではないかと感じる。

「はい。そうですが、どういったご用件でしょうか？」

応対しながら廊下を突っ切り、仕事場に入る。時計を見ると二時を少し回っていた。

「実はご相談したいことがあるんです。話を聞いてください」

「夜分に申しわけありません」のひと言もなく、女は平然とした口調でそう言った。

声色は極めて明朗。焦りや恐怖の色など、そこには微塵《みじん》も感じとることができない。

深夜は逼迫《ひっぱく》した用件が多い一方、ごく稀にではあるが、こうした非常識な一見客から電話が入ることがある。相談内容自体も「別れた元彼の現住所を透視してほしい」とか、「隣家の住人を呪い殺してほしい」など支離滅裂で、要を得ない話ばかりである。

今夜もそれかと思い、げんなりしながらも仕事場の座卓に設《しつら》えた座椅子に腰をおろし、電話に耳をかたむける。

「この間、先生の本を読ませてもらったんですけど、とっても面白かったです！」

生欠伸《なまあくび》を嚙《か》み殺しながら、私は無感動に礼を述べる。

つい半月ほど前、私の最初の単著『拝み屋郷内　怪談始末』が世に出たばかりだった。女は本についての感想を、熱に浮かされたような調子で語り始めた。

「この話とあの話とあの話が、わたし的にベスト3でした」「あの話に登場した女性はあのあと、どうなってしまったんですか？」「拝み屋って大変なお仕事なんですね」

いつ終わるともなく、女はずらずらとそんなことばかりを語り連ねる。

女の言葉に「ええ」とか「はあ」とか適当な相槌《あいづち》を打ちながら、右から左へ聞き流す。憤激して電話を切ってしまうこともできたのだが、まがりなりにも彼女は私の本の読者、それもどうやら愛読者である。あまり無下にあしらうのもまずいだろうと判ぜられた。

「とにかくもう、ガツンときたんです。ガツンッて！　すっごく怖くて面白かった！」

女が延々とさえずる傍ら、眠気で潤んだ目をこすりつつ、部屋の時計に視線を向ける。

時刻はそろそろ、深夜の三時を回ろうとしていた。

確かこの女は通話の始め、「相談したいことがあるんです」と言っていたはずである。ならばそろそろ、本題に誘導しないとまずい。朝まで長話に付き合うのは御免だった。

「過剰にお褒めいただいているのに恐縮なのですが、そろそろ本題に入りませんか？確か、ご相談したいことがあるとおっしゃっていたはずですが？」

機関銃のように放たれる女の言葉を掻《か》い潜り、どうにか話を本題へとうながす。

「あ……ああ、ああ、すいません。なんかちょっと興奮しちゃいまして。迷惑でした？でも実はね……相談っていうのは、先生の書かれた本のことなんですよ」

女の唐突な告白に、私は「はい？」と素《す》っ頓狂《とんきょう》な言葉を返す。

彼女は名を、栗原朝子《くりはらあさこ》といった。

年齢は二十代半ば。高校卒業以来、ずっと無職。実家で両親と三人で暮らしている。

「わたし、小さい頃からちょっとだけ霊感があるんですよ」

朝子曰《いわ》く、彼女は物心がついた頃から、誰もいるはずのない周囲に気配を感じたり、視界の端に黒い影がちらついたりすることが、たびたびあったのだという。

本人の語るがままに実状を聴いていくと、他にも金縛りや幽体離脱、ラップ現象など、いわゆる〝心霊現象〟と称される類《たぐい》は一通り体験しているとのことだった。

「大人になってからも、そういうのは割かし続いてましてね。ヘンな気配とか人影とか、そういうのはもう慣れっこだから、どうってことないんですけど、ただ――」

そこで朝子は一瞬間を置き、続けて私にこんなことを語った。

「郷内さんの本を読んで以来、前よりも身の回りに起きることがひどくなったんです」

「ひどくなった、とは具体的にどのような感じなのでしょう？」

「郷内さんの書いた本に〝向こう〟が引き寄せられてくるのか、それともわたし自身の霊感が強くなってしまったのかは分からないんですが、とにかく本を読み終わって以来、わたしの周囲で感じる気配がすっごく濃くなってしまったんです。あと、金縛りもです。しばらくなかったんですけど、郷内さんの本を読み始めた頃から頻発するようになって、今ではほとんど毎晩続いてます」

どうしたらいいんですか――？

いかにも困りましたといった声色で、朝子が私に回答をうながす。

朝子が小さな頃から様々な怪異を体験しているというのなら、それは事実だと認める。私自身も幼少時代から人の目に視《み》えざるものをたびたび目撃してきた、特異な質《たち》である。朝子自身の告白を否定する気は毛頭ない。

ただ、その後に続いた「私の本を読んだことで云々《うんぬん》」という話は、違うとも思った。

いわゆる「霊感体質」を自称する方の一部や、心が感じやすい方にありがちなのだが、これは強迫観念から生じる、一種の「思いこみ」なのではないかと感じたのである。

なまじ感性が鋭敏であるがゆえ、彼女は私の本に対して過度に怯《おび》えてしまったのだ。

ただでさえ〝視える〟体質の彼女である。神経が昂《たかぶ》れば、その感覚はより一層高まり、普段は感知しないものにまで無自覚にアンテナを広げてしまっているのだろう。

言うまでもないことだが、私の書いた本にいわゆる「霊感」を高める効能などない。無論、祟《たた》りや障りが生じるような書き方もしていないはずである。

〝当てつけ〟とまでは言わないものの、これは彼女自身の心の動揺から生じてしまった見当違いの思いこみ。そう判じるのが妥当だろうと私は思った。

慎重に言葉を選び、向こうを刺激しないよう努めながら、自前の推察を説明していく。

朝子は初め、反発していたが、辛抱強く説明していくうち、どうにか折れてくれた。

「……そうですか。郷内さんがそうおっしゃるんでしたら、ひとまず安心できそうです。でも、気配を感じるってのは本当なんですよ？　それは信じてもらえますよね？」

おずおずとした声色で、朝子が問う。

「もちろんです。原因がなんであれ、ご本人が〝それを感じる〟とおっしゃるのならば、無下に否定したりはしません。務めとして解決策を模索するだけの話です」

本当は「ただの思いこみだと思いますよ」と言いたいところだったが、ストレートにそんなことを言っても、納得してくれるような人物とも到底思えなかった。

「ありがとうございます、なんて心強い！　何かあったらよろしくお願いします！」

今度ははじけんばかりの声風《こわぶり》で、朝子は私に快活な返事をよこした。

「まあ、気持ちを楽にして、健やかにお過ごしください。明るい気持ちで生きていれば、怪しい気配も感じなくなるでしょう。陽気でいることは、何よりのお祓《はら》いになります」

「そうですか、分かりました！　郷内さんの次の本も楽しみにしてますからねっ！」

当初の相談事よりも、どうやら彼女の興味は私の本にあるようだった。

果たして電話の主題が相談だったのか、それとも単に私と話がしたいだけだったのか、なんだかだんだんと疑わしい気持ちにもなってくる。


その後もしばらく、朝子の話は絶え間なく続いた。

何度か通話を切ろうと試みたのだが、一分の隙も見せない彼女のせわしない語り口に押し負け、だらだらと話に付き合わされる羽目になっていた。

私はうんざりしながら、著作に関するどうでもよい質問などに淡々と答え続ける。

時計を見れば、時刻はすでに朝方の四時近く。

眠気が再びぶり返し、私は気づかぬうちに仕事場の座卓に突っ伏し、目を閉じていた。

朝子のさえずる取り留めのない言葉をまどろみながら聞き続ける。

そうして意識と無意識のはざまを、心が逍遥《しょうよう》している時だった。


あっはっはっはっはっはっはっはっはっはっはっはっはっはっはあああ！

電話口から突然、高らかな嗤《わら》い声が炸裂《さくれつ》し、私の鼓膜をつんざいた。

ぎょっとして目を開けると、座卓の真向かいに女が座って嗤っていた。


あっはっはっはっはっはっはっはっはっはっはっはっはっはっはっはっはあああ！


ぶんぶんと髪頭《かみがしら》を左右に激しく振り乱しながら、女はけたたましい声量で嗤っている。

まるでこちらを嘲《あざけ》るかのような、あるいは開き直ったかのような、名状しがたいほどに不穏でふてぶてしく、心底ぞっとする嗤い声。

ただし、その嗤い声は目の前の女の口から発せられているのではない。目の前の女は、嗤いながらもまったくの無音だった。

声はあくまでも電話口からのみ、聞こえてくる。


あああああああぁぁぁぁっはっはっはっはっはっはっはっはっはっはっはっはっああああぁぁ！

あああああああああああぁぁぁぁぁぁぁっはっはっはっはっはっはっはっはっはっはあああぁぁぁ！


頭の動きが速すぎて、女の顔はたなびく靄《もや》のように霞《かす》んでいた。ゆえに顔は見えない。

けれども髪の色が墨のようにどす黒く、長いことだけはどうにか確認することができた。

衣服も同じく、黒一色。しかし、こちらも座卓に下半身が隠され、全容は分からない。

「あれ？　どうしたんですか？　郷内さん、聞いてますぅ？」

電話口から轟《とどろ》く女の嗤い声に混じって、朝子の声がかろうじてだが、私の耳に届く。

朝子の声色は、先ほどまでとなんらの変わりもない。明るく、快活としたままである。

だからおそらく、彼女の耳には何も聞こえていないのだろう。

寸秒ためらいはしたものの、私は何も言わないことにした。

代わりに私は朝子に、こう告げた。

「いや、なんでもありません。それより今夜はもう時間も遅いです。もしよろしければ後日、改めてお話を聞かせていただけますか？」

「え、いいんですか？　うれしいです！　それじゃあ、また電話しますね！」

無邪気なはしゃぎ声をあげる朝子に、「それでは」とだけ告げ、通話を終了する。

電話を切ったとたん、嗤い声が消え、同時に目の前に座っていた女の姿も消えた。

用心しながら座卓の反対側へと回りこみ、女が座っていた場所を丹念に調べてみたが、わずかな痕跡《こんせき》さえも発見することができなかった。

座卓の上に携帯を放り、冷や汗まみれになった背中を座椅子にどっともたれさせる。

仕事場の時計を再び見やれば、すでに明け方の四時をわずかに回る時間になっていた。

結局、二時間近くも朝子の無意味なおしゃべりに付き合わされていたことになる。

本音を言えば、あんな非常識な女とは金輪際、関わりなど持ちたくなかった。

けれどもたった今、私の身に起きた現実を鑑《かんが》みると、このまま放ってもおけなかった。

その昔、ある相談客との電話中にも、不気味な女の嗤い声が聞こえてきたことがある。

あの相談はその後、私にとって非常に後味の悪い顚末《てんまつ》をもたらしていた。

確証は何もない。それこそ朝子と同じ、思いこみだろうと自嘲《じちょう》することもできる。

ただ、それでもこれから先。それも、そう遠からぬ先、もしかしたら栗原朝子の身に何かとんでもないことが起こるのではないか――。

そんな予感もうっすらと覚え、私は言いようのない怖気《おぞけ》を催した。

電話口で高々とはじける女の声。

久方ぶりに聞いたその声のおぞましさに、思わず総身がぶるりとわななく。

夜明け前の仕事場でがたがたと震えながら私はいつしか、昔の記憶をたどっていた。

ぶらんまんじぇ

どうやら弟に七体悪霊が憑《つ》いているらしい。なんとか祓い落としてもらえないか？

今を遡《さかのぼ》ること八年前の夏場。五十代半ばの男性から、私はこんな依頼を受けた。

弟は五十代前半。ここ数年は仕事をしておらず、家でごろごろする日々が続いている。

弟は幼い頃からいわゆる〝霊感〟が滅法強く、場所も人目もはばからず、行く先々で「ここに霊がいる」「あそこに霊が視《み》える」などと得意げに解説を始める性分だったと、この兄は語る。長じた今でも、それはまったく変わらないという。

ただ、兄という立場から評する弟の実像は、単なるホラ吹きのそれだった。

人の目に視えないものを語り重ねることによって鼻持ちならない選民意識を誇示する。仕事や生活面において都合の悪い用件が発生すると、「霊のせいだ！」と方便に用いる。やることなすこと一事が万事、然様《さよう》に恥ずべき所業の繰り返しなのだという。

「とにかく生まれながらの怠け者で、ろくでもないやつなんです。今回は悪霊が七体も憑いてしんどいなんて言い張りやがって、もう何年も仕事をしていません」

きっと嘘だと思いますから、その道のプロとして叱りつけてやってはくれませんか？

そんなことを懇願された。

男の頼む〝祓い落とす〟というのは、悪霊ではなくどうやらこの弟の性根らしい。

けれども当時、私はまだ三十手前の青臭い若僧だった。そんな若僧風情が五十過ぎの中年男を叱りつけるというのも、なんだか道義的にどうかと思うものがあった。

「うちでは難しいようなので、辞退させていただきたいのですが」

「他に相談できるような場所もないんで、そこをなんとかお願いしますよ」

やんわり断ってはみたものの、男の意志は思った以上に固かった。

結局、何度もしぶとく食い下がられるうち、私は男の依頼を承諾することになった。


数日後。男が弟を車に乗せ、我が家にやってきた。

当時、まだ結婚前だった私の仕事場は、実家の西側に面した八畳一間の離れにあった。そこに祭壇一式を祀《まつ》って、拝みの仕事をしていたのである。

仕事場の玄関口で出迎えると、兄の姿があるばかりで弟の姿が見当たらない。

「弟さんは？」と尋ねると、「車の中でうめいています」と返された。

ため息をつきながら兄とふたりで車の中を覗《のぞ》きにいく。

弟は後部座席に身を横たえ、確かにうーうーと声を出してうめいていた。

窓ガラスをこつこつとやりながら「大丈夫ですか？」と、男に声をかける。

「開けて引きずり降ろしましょう」

兄はそう言うと、ためらいもせずに車のドアを開け放った。

とたんにアルコールの強烈な臭気が鼻腔《びこう》をむっと突き刺し、思わず嘔吐《えず》きそうになる。男はどうやらしこたま酒を喰《く》らって泥酔しているようだった。

「おい、着いたぞ。とっとと降りろ、ろくでなし！」

伝法な口調で声をかけながら、兄が弟の足を引っ張った。

「にゃんだよおお？　やんだよおお？　おるあぁおりねえい！」

弟はうめきながら身をよじらせていたが、脇腹にボディブローを一発喰らわされると、やおらむくりと起きあがり、素直に車から降りてきた。

「この方が先生だ。ちゃんと見てもらえ。なんでもお見通しなんだぞ？　嘘ついたってばれるんだからな。先生に怒られて、自分の人生きちんと見つめ直してこい」

ぼりぼりと頭を掻《か》きながら足元をふらつかせる弟に、兄が低い声で耳打ちをする。

「じゃあ先生、私は車で待っておりますんで、あとはよろしくお願いします」

「はあ？」

にこやかな笑顔で言い放つなり、兄のほうはさっさと車に乗りこんでしまった。

あまりの丸投げ感に唖然《あぜん》とする私の傍らには、酒臭い弟がふらふらと佇《たたず》んでいる。

鳥の巣のようなもじゃもじゃ頭に黒ぶち眼鏡が斜めにずれた、貧相な風体の男だった。

「しんしえぇ、きょぉおはどぉうっもぉ、よぉろすぃくおにゃがあいしやっす」

呂律《ろれつ》のまったく回らない舌先で、男はどうやら挨拶《あいさつ》のようなことを述べた。

どうにもしようがなかったので、仕方なく弟を仕事場にあがらせる。

「お名前をお伺いしてもよろしいでしょうか？」

「にゃまえぇ？　にゃまえはねえぇ、ぶらんまんじぇ」

「はあ……。では、ぶらんまんじぇと呼ばせていただきますね」

「しょしょしょしょしょ！　ぶらんまんじぇ！　おらぁ、ぶらんまんじぇ！」

会話は一応成立しているが、意思の疎通はできていない。そのような感じだった。

ぶらんまんじぇはしこたま呑《の》んで酔っ払ってはいるが、おそらく単にそれだけである。何かにとり憑かれているなどという様子は、毛筋ほども感じられない。あえてくわしく鑑定などせずとも、おそらく誰でも容易に分かることだと思う。

「悪霊が憑いているという話ですが、具体的にはどんなのが憑いているんです？」

それでも共通の話題はそれぐらいしかないため、一応訊《き》くだけ訊いてみる。

「あんにゃああ、くぉろいのと、しりょいのと、おんながにゃなたい。ちゅいてる」

あのなあ、黒いのと白いのと、女が七体。憑いてる――。と言ったのだと思う。

「あれ？　でもそうなると、全部で九体の悪霊が憑いているってことになりますよね？

お兄さんからは確か、七体の悪霊が憑いているとお伺いしているのですが」

「ぼんなのああ、あにぎがゆっでりゅでだりゃめらっ！　ひょんどはきゅううだぃ！」

――そんなのは兄貴が言ってるでたらめだ！　本当は九体！

ぶらんまんじぇが座卓をばんと叩《たた》き、急に身を乗りだして叫んだので、少し動揺した。

迂闊《うかつ》に刺激するのはまずいなと自重する。

「ああ、そうなんですか。数は分かりました。大変でしたよね」

「しょんだぁ。てゃあぃひぇんだったのよう。さげものみゃしゃれっししゃあ」

――そうだ。大変だったのよ。酒も呑まされるしさ。

このあたりの理屈が、ぶらんまんじぇの兄が言うところの〝方便〟なのだと理解する。自分に都合の悪い用件は全部悪霊のせいだということにしておきたいのだろう。

「じゃあ、早く悪霊を身体から追っ払いませんとね。そんな状態じゃ仕事もできないし、体調だってしんどいでしょう？」

憑いてもいないものを祓《はら》うことなど、当然ながらできない。

ただ、この状況においては、多少なりとも口裏を合わせておくより他に手がなかった。下手に否定などして暴れだされたりしても困るのである。

「しょおだにぇえ。おるぁもしょろしょろひゃたりゃきてっしにぇえ」

――そうだね。俺もそろそろ働きたいしね。

「御守りを作って渡すぐらいはできますから、今日はそれを持って帰っては？」

顔色を慎重にうかがいながら、なんとか円滑にお引き取りいただく口実を探る。

「しょんにゃもんじゃ、ちっかのぁいおぉおみょうきど、きみょちはやりぎゃてぃ」

――そんなもんじゃ効かないと思うけど、気持ちはありがたい。

効くも効かないも、憑いている〝モノ〟自体がいないのだから実証のしようもない。

そんなことも思ったが、とりあえず了解はもらえたようなので御守りを作り始めた。

座卓の上に和紙を広げ、まっさらな紙面に死霊祓いの呪文を筆書きしていく。

しばらく黙々と作業を続けていると、そのうちふいにぶらんまんじぇが腰をあげた。トイレかと思い警戒したが、違った。

「しょんにゃんよりもぉ、おるぇがあじぶぅんでぇ、じょおかしてぇやりゅよう」

――そんなのよりも、俺が自分で浄化してやるよ。

高らかに宣言するなり、ぶらんまんじぇは祭壇の前へ向かい、どっかと腰をおろした。やめてくれと思ったが、下手に刺激もしたくなかった。

仕方なく黙認することにする。

ぶらんまんじぇは勝手に蠟燭《ろうそく》へ火をつけると、香炉へ線香をぶすぶすと突き立てた。続いて背中を少しのけぞらせ、すりすりと両の手のひらをこすり合わせ始める。

「くろぉいにょあ、てぁぶん、しにぎゃみ。あいつぅがじぇんぶ、ちゅれてくる」

――黒いのは多分、死神。あいつが全部、連れてくる。

「おもえば、あいつにいぃ、とりつかれたのがあぁ、あくむのはじまりだった」

――思えばあいつにとり憑かれたのが、悪夢の始まりだった。

「だれも俺のことを分かってくれない。兄貴も、あんたも、みんな」

いつのまにか、ぶらんまんじぇの呂律が直っていることにはたと気がつく。

「死神ってのは本当にいるんだよ。恐ろしいもんだ。今も俺の人生を喰らい続けてる」

滑舌が異様にはっきりしている。発声も極めて明瞭《めいりょう》なものだった。

「でも、いつかかならず死神を追いだしてやる。もう嫌だ、こんなクズみたいな人生」

そう言い終えると、ぶらんまんじぇは「はあ……」と大きなため息をついた。

「そうですね。いつかきっと追いだせると思いますよ」

思わず背中越しに声をかけると、ぶらんまんじぇがのろのろとこちらを振り向いた。

「いぇえ？　にゃにがぁ？　ってでもおおっぉらあ、ちゃんてぉおひゃりゃったおぉ」

――え？　何が？　でもほら、ちゃんと祓ったよ。

呂律が元に戻っていた。

「おぁあ、そりぇがおまもぉり？　やりがとぅおお、やりがとぅおお！」

――おお、それが御守り？　ありがとう、ありがとう！

目元をほころばせ、できあがった御守りを私の前からひったくるようにつかみあげる。

「んじゃぁぁ、ひょんじちゅはぁこれめどぅえ！　まゃたのえぇ！」

――じゃあ本日はこれまで！　またね！

叫び終えるや、ぶらんまんじぇは仕事場の障子をぱんと開け放ち、外へと出ていった。

座椅子にもたれ、ため息をついていると、入れ替わりに兄が仕事場に入ってきた。

「まあ、あんな感じの野郎なんです。今日はどうもありがとうございました」

渋い顔をしながら礼を述べ、兄は私に料金を支払った。

車が門口を出て行くのを確認して、ようやく人心地ついた気分になる。放心しながら半分冷めかけた茶をすすっていると、ふと祭壇の様子が気になった。

何かいたずらでもされていないかと思い、立ちあがって検《あらた》めてみる。

とたんに「うおっ！」と口から悲鳴が漏れた。


香炉に突き刺された線香の先端から、黒い髪の毛が生えていた。


立てられていた線香は、全部で九本。いずれも半分ほどのところで火が消えて、黒々と焼け焦げた断面から細い髪の毛が数本、五センチほどの長さで生え伸びている。

香炉から線香を抜き、手に取って間近に見てみたが、やはりどう見ても髪の毛だった。

ためしに線香立てから新しい線香を一本抜いて、まんなか辺りでふたつに折ってみる。

折れた線香の断面には、何も詰まっている気配などない。

別の線香を香炉に立て、火をつけてみた。白煙を漂わせながら燃える線香の先端部はまもなく白い灰と化し、香炉の中にぽとりと落ちた。髪の毛など一筋も出てこない。

一体、あの〝ぶらんまんじぇ〟は、線香に何をしたのか？　あれこれと考えてみたが、その仕掛けはおろか、動機すらも皆目見当がつかなかった。

ちょろちょろと黒い毛髪の生えた薄気味の悪い線香をしばらく茫然《ぼうぜん》と眺めているうち、私はだんだんと厭《いや》な予感を覚え始めた。

先ほど、ぶらんまんじぇは「自分は九体の悪霊にとり憑《つ》かれている」と証言していた。

なおも気味の悪いことに、その実数と目の前に立つ線香の数はぴたりと一致している。

仕掛けは不明だが、仮に彼が線香に何か細工をしたのだとするなら、それでもいい。泥酔しきってべろべろだった口調が一瞬、明瞭なものに変わったことも、彼の仕組んだ芝居であるなら、それでもよかろう。単なる質《たち》の悪い悪戯《いたずら》だと処理することができる。

ただ、目の前に突き立つ線香を見ていると、とてもそんなふうには割りきれなかった。むしろ厭な予感は不穏な胸騒ぎへと転じて、私の心を落ち着かないものにさせた。

仮にぶらんまんじぇの主張が正しいものだとするなら、私は適正な対応をしていない。せいぜい死霊祓いの御守りを渡しただけである。

手落ちがあってはまずいと判じ、すぐさまぶらんまんじぇの兄の電話へ連絡を入れる。ところが電話は電源が切られ、呼びだしのできない状態になっていた。

夜になってから再び連絡を入れてみたが、電話は同じく電源が切られたままだった。


それから四、五日過ぎた昼時のことだった。

午前の相談が終わり、仕事場で昼食を摂《と》り始めたところへ電話が鳴った。

「しぇんしぇいえぇ！　どもぉっ、ひさしぶりぃぃ！　オレでしゅうっ！」

音程の壊れたべろべろ声が受話口から高々と木霊《こだま》した。ぶらんまんじぇだった。

「ああ、どうもこんにちは。どうかされましたか？」

声色から推し量って、またぞろ昼間から大酒を喰《く》らって泥酔しているのは明白だった。ただ、それでもとりあえず元気そうではあった。私は内心安堵《あんど》する。

「いまあぁぁ、ちょっと呑《の》んでいるんスがあぁ！　死神はやっぱりいるッ！」

滑舌の悪い胴間声《どうまごえ》を張りあげ、ぶらんまんじぇが言った。

「死神……。今、あなたのすぐそばにいるんですか？」

「いりゅっ！　いるっ！　いりゅう！　しゅぐそばにいるッ！　おっかねえッ！」

「この間、御守りをお渡ししましたよね？　あれ、まだ持ってますか？」

「にゃい！　もうにゃい！　喰《く》った！　腹減って喰った！　うまかったああ！」

受話口からわずかに顔を遠のけ、私は小さく「はあ……」とため息をつく。

一体、この男は何がしたいのだろうと思った。あるいは何をして欲しいのかと思った。救《たす》けて欲しいのか、話し相手になって欲しいのか、それとも単に私をからかいたいのか。

「どうしてそんなことをしたんです。あなたの身を守るための大事な物ですよ？」

「だって、だってえ、腹減ってたんだもおん。空《す》きっ腹で呑むと身体に悪いもおん！」

「いい加減にしてください！　先日もそうでしたが、何かご相談ごとがあるんでしたら、少なくともシラフの状態でお願いします。これじゃあ、話になりませんよ！」

子供のような言いわけに私も思わずかっとなり、ついつい高声をあげてしまう。

「しょんなあ！　しょんなあああ！　話を聞いてちょんまげよおおお！」

「だから、お酒を呑んでいない時にお願いします。今はお話を聞くことはできません」

「しょんなあ！　しょんなしょんなしょんな、しょんなああ！　聞いてよおおお！」

「申しわけないんですけど、もう切りますね」

「うっ！……うあああああああああああああああああああああああ！」

宣言したとたん、電話口の向こうからぶらんまんじぇの悲鳴があがった。初めは私の気を引くための小芝居かと思い、うんざりした。ところが声はますます大きくなり始め、しだいに切迫した色をありありと滲《にじ》ませ始める。

「うああああ！　やめてやめてやめてやめてやめてやめて！　来るなあああ！」

腰の抜けたような甲高い悲鳴に、おそらくは床の上に身体を打ちつけているのだろう。どたばたと鈍い音が、断続的に重なる。

「ちょっと！　大丈夫ですか！　どうしたんです？」

「嫌だああああああ！　もう嫌だあああ！　やめてやめてやめてえええ！」

ぶらんまんじぇの絶叫が一際大きくなった瞬間だった。


あはははははは……あははははははは……


ぶらんまんじぇの悲鳴に混じって、女の笑い声が聞こえてきた。

声はひとりではなく複数。声色は甲高いが響きは無機質で、感情味に乏しい声だった。

「ぎゃあああああああああ！　やめてやめてやめてええええ！」

「あはははははは……あはははははははは……」

ぶらんまんじぇの悲鳴の背後で、声はなおも無機質に笑い続ける。

初めは近くに誰かがいるのだと思った。だが、すぐに違うと確信する。

女どもは息継ぎを一切していなかった。

ひたすら同じ抑揚のまま、声は尽きることなく「あははははははは……」と笑い続けている。

機械などで合成した声ともまた、考えられなかった。耳を受話器に押し当てていると、ただそれだけで総身がすっと寒くなる。声にはそんな禍々《まがまが》しさが籠《こも》っていた。

あはははははははははははははははははははははははははははははは……

「大丈夫ですか！　そこに誰がいるんです？　大丈夫ですか！」

「うあああああああ！　嫌だああああ！　嫌だああああああああ！」

あははははははははははははははははははははははははははははは……

そこで通話はぷつりと切れてしまった。

矢も楯《たて》もたまらず、すかさず電話をかけ直す。ところが電源が切られてしまったのか、電話口からはその旨を知らせるアナウンスが虚《むな》しく流れるのみだった。

ぶらんまんじぇの身に何が起きているにせよ、何かとんでもない事態が発生している。判じた私は彼の兄へと連絡を入れるべく、着信履歴から電話番号を検める。

だが、兄の電話番号を確認した瞬間、無駄なことだとたちまち知る。

つい今しがた、ぶらんまんじぇが私に連絡をよこしたのは、兄の携帯電話からだった。他の連絡先など、私は何ひとつ知らなかった。

その後、ぶらんまんじぇの無事を願って安全祈願の祝詞《のりと》、死霊祓《ばら》いの呪文はあげた。けれども本人不在の状態でどれほどの効果があるのか、まったく自信が持てなかった。

夜になって再び電話をかけ直したが、やはり電源は切れたままだった。

翌日、女の声はさておき、もしかしたらぶらんまんじぇが何かの事件に巻きこまれた可能性もあると判じ、私は一応、警察に状況を伝えた。

電話口から聞こえた笑い声の部分は伏せ、電話中に彼が突然、悲鳴をあげ始めたこと。その後、連絡を入れても電話が通じない状態であることのみを簡潔に伝えた。

しかし、それから何日経っても、ぶらんまんじぇから再び連絡が入ることはなかった。電話も相変わらず電源が切られたままである。

同じく、警察からの連絡も一切なかったため、月日が経つにつれて、私はだんだんとぶらんまんじぇの存在自体を忘れるようになってしまった。

それから四年あまりが過ぎた、二〇一〇年の冬場。

私は当時交際していた妻を連れ、東京都内に旅行へ出かけた。

午後の中途半端な時間帯、目当ての場所を巡って都内の方々を歩き回っているさなか、妻が「甘いものを食べたい」と言うので、手近にあったカフェに入ることにした。

席について注文を済ませると、催していた私はトイレに向かうため、再び席を立った。

広々とした店内を突っ切り、トイレを目指して歩いていた時である。

視界の端にふと違和感を覚えた。何気なく視線を投じ、違和感の元を探り当てた瞬間、私は背骨に電撃を喰らったような衝撃を覚える。

店内のいちばん奥側の席に、ぶらんまんじぇの兄が座っていた。

頭髪はほとんど白髪と化し、顔にも細長い皺《しわ》が深い溝を作って何本も刻まれている。全体がぼろぼろに擦り切れて雑巾《ぞうきん》のようになった作業服を着こみ、彼はソファーの上で深々と項垂《うなだ》れていた。

わずか四年足らずで信じられないほど老けこんだ印象を受けたが、ひと目見ただけでそれがぶらんまんじぇの兄だということは、すぐに分かった。

かつて私の眼前で、泥酔していたぶらんまんじぇにボディブローを喰らわせた光景が強烈に印象に残っていたのである。どんなになりが老けこもうと、私の記憶は目の前に存在するこの男と当時のあの男が同一人物だと、即座に認識してしまっていた。

なんの脈絡もない突然の邂逅《かいこう》に凝然となりながらも、私の目は変わり果てた彼の姿にすっかり釘《くぎ》づけとなった。

よく見ると、ぶらんまんじぇの兄は腹の辺りで握り合わせた両手に何かを持っていた。両手から五センチほど頭がはみだす、白くて平たい長方形の物体である。

それがなんなのか分かった瞬間、私の髪の毛はぶわりとうねって逆立った。

ぶらんまんじぇの兄が握っていたのは、白木の位牌《いはい》だった。

それが誰の位牌なのか、確たる証拠となるものは何もない。けれども証拠や理屈など、こんな異常な状況下においてはなんの意味もなさない無益な代物である。

位牌の主が誰なのか、証拠などなくてもすぐに察しがついた。

ひとつの証拠よりも自分が置かれた今のこの状況こそが、全てを饒舌《じょうぜつ》に物語っている。

いみじくもつい先ほど、妻が注文したのは「ブランマンジェ」という洋菓子だった。

それだけでもう十分だった。理屈や証拠の存在など、なんの解決ももたらさない。

ああ、きっと死んだのだ……。

揺るぎない確信だけが截然《せつぜん》と脳裏に湧きたち、がちがちと歯の根が勝手に震え始める。

そのまま矢のような勢いで踵《きびす》を返すと私は妻の手を取り、急いで店を飛びだした。

蒼《あお》ざめた私の様子に妻がひどく動揺して、「どうしたの?」としきりに尋ねてきたが、「具合が悪い」とだけ答えてごまかした。

通りに面した店の表側には大きな窓が張られ、店内の様子を一望することができたが、もう一度確認する気になど、到底なれなかった。

あとは脇目も振らず、私は妻の手を引きながら人混みを掻《か》き分け、師走《しわす》の寒空の下を脱兎《だっと》のごとく逃げ続けたのだった。

それから再び、ぶらんまんじぇの兄を見かけることはない。

だから彼があの後どうなったのか。今現在、どうしているのかもまったく分からない。

同じく八年前、ぶらんまんじぇと兄の身の上にあの後、何が起こったのかについても、私は今もって何も分からないままなのである。

分かっているのは、ごくごく断片的な情報だけ。

ぶらんまんじぇ本人に〝九体の悪霊〟がとり憑《つ》いていたかも知れないということ。

ぶらんまんじぇが香炉に立てた線香から、髪の毛が生えたこと。

それから電話越しに聞こえてきた、女たちの絶え間ない笑い声。

ただ、それだけである。結局私は、この案件を解決することができなかったのである。

けれどもそう、笑い声なのだ。

栗原朝子との会話中、電話越しに聞こえてきた女のけたたましい嗤《わら》い声。その直後に私の目の前に現れた、頭を振り乱して嗤う得体の知れない女の姿。

過去の事象と顛末《てんまつ》を照らし合わせると、なんだかひどく悪い予感を覚えた。

私の杞憂《きゆう》に終われば、それに越したことはない。ただ、万が一のことも考えられる。

私はしばらく栗原朝子の今後のなりゆきを、ひそかに見守ることにした。

嗤う女　承

深夜に栗原朝子からの電話を受けてから五日後の昼、再び朝子から電話が入った。

「先生、この間はありがとうございました！　今日もお話しさせてください！」

開口一番、はじけんばかりの声色で朝子は言った。

折しも午前中の相談が終わり、これから昼食という時間だった。

正直なところ、まったく気乗りはしなかったが、それでも朝子のその後が気になった。

渋々ながらも受話器に耳をかたむける。

朝子の話によると、周囲に漂う妙な気配や金縛りは相変わらず継続中とのことだった。

加えて一昨日《おととい》あたりからは気配ばかりでなく、声や姿も確認できるようになったという。

「具体的にどういうものなんですか？」

「んー……昔の兵隊みたいな人とか、血まみれの女とか、その時によってばらばらです。声は昼でも夜でも聞こえてくるんですけど、何を言っているのかまでは分かんないです。場所は大体、自分の部屋かな。独りでいる時が多いです。どうしたらいいですか？」

当惑した調子で返答する朝子に、件《くだん》の嗤う女について尋ねようかと思ったが、よした。軽はずみに不明確な情報を開示すれば、余計な先入観を与えることにもなりかねない。

「たとえば何か、簡単にできるお祓いの方法とかって、教えてもらえますか？」

「いや、生半《なまなか》にそういうのを覚えると、かえって意識してしまうでしょうから……」

これも却下である。朝子のような不安定な人物が下手にお祓いなどを覚えてしまうと、こうした方面にますますのめりこむのではないかと危惧《きぐ》された。

「じゃあ、たとえばこういうのではどうでしょう？」

代わりに私は、朝子に死霊祓いの御守りを作って送ることを提案した。

それを受けた朝子は賑々《にぎにぎ》しい歓声をあげ、ただちに送付先を告げ始めた。

前回の電話では強い眠気と朝子の非常識さ、さらには嗤う女における一連の怪異など、心に応《こた》える状況が重なったため、朝子の居住地についてはまったく意識していなかった。ところが電話口で朝子の口から伝えられる住所は、意外なほどに近いものだった。

私の自宅から車でせいぜい一時間ほど。同じ宮城県に位置する某市内である。

御守りの話題が終わると、またぞろ朝子が私の本に関する話題を始めようとしたため、「これから仕事がありますので」と手短に断り、私は電話を切った。

その後、午後の来客が見えるまでの間に大急ぎで御守りを作り、近所の簡易郵便局へ妻を使いにだして御守りを発送してもらった。

同じ県内なので、おそらく明日には朝子の手元に届くだろう。

これで収まればよいのだが――。

仕事場で来客を待ちながら、私は漫然と事態の収束を願った。

翌日の昼。思ったとおり、朝子から電話がきた。
「先生、御守り届きましたよー！　これ、どうやって使うんですか？」
今やすっかり馴《な》れた口調で、朝子が私に尋ねる。
御守りの使いかたについては、昨日発送した御守りと一緒に説明書きを同封していた。
封筒を開ければすぐに目につくように入れたので、分からないはずがないのである。
だからこの電話は御守りをダシにして私と話す、単なる口実なのだと思った。
電話口から聞こえてくる朝子の賑々しい語勢は、なんの悩みもない人間のそれである。
加えて、あの女の嗤い声はおろか、不穏な気配さえも感じられない。
こちらが訝《いぶか》しんでいるところへ、朝子がさらに質問を重ねる。
「この御守りってー、金運とか恋愛関係なんかにも効き目があるんですか？」
愚問である。連日のごとく霊が視《み》える、金縛りに遭う、不穏な気配に悩まされている。
本来ならば、こんな状況に立たされている人間の口から飛びだす質問ではない。
あまりにも状況をわきまえない朝子の非常識な質問に、私は少々苛立ちを覚える。
朝子に御守りの使いかたをほとんど事務的に説明すると、あとは余計な雑談を交えず、
適当な理由をつけて私は通話を打ち切った。
能天気で不躾《ぶしつけ》な朝子の話を聞いていると、彼女の身に多大な不安を感じていた自分が、
なんだかひどく馬鹿らしくも感じられた。

それから数日後の夜、再び朝子から電話がきた。

仕事場でちょうど原稿を書いている時だったので、私は構わず無視を決めこんだ。

よくよく考えてみれば、朝子の相談は正式に仕事として引き受けたものではなかった。電話を介しての質疑応答や御守りの発送は、全て無償でおこなったことである。かてて加えて件の嗤う女については、どうやら私の杞憂だったらしいことも了解した。ならばもう、彼女の長話に付き合う義理など私にはない。

繰り返し鳴り響く着信音を横目に、黙々とキーを打つ。

ところが一分、二分と無視し続けても、朝子のコールは一向に止む気配がなかった。結局、三分ほどコールが続いたところで根負けし、私は渋々電話に応じた。

「こんばんは、先生！　御守りの効き目、バッチリです！」

相変わらず天真爛漫《てんしんらんまん》な声風《こわぶり》で開口一番、朝子は叫んだ。

「はあ、それは何よりです。よかったですね」

これでもう、何も用はないはずですよね？　というひと言がその後に続いてのどまで出かかったが、さすがにどうかと思ってぐっとこらえた。

「御守りをもらった日から、浮遊霊とか悪霊みたいなやつは全然視えなくなりましたし、金縛りも即効で治りました！　ほんと感謝感謝です！　ありがとうございます！」

これで通話が終わればかわいいものだが、そうは問屋が卸すはずもなかった。

案の定、その後は朝子の長話が延々と続いた。

主には私の著書における話題。それから拝み屋という仕事についての細々とした質問。

著書といっても、六月下旬のこの時点で私が上梓《じょうし》したのは、五月の下旬に刊行された単著が一冊と、それより二月前に刊行された共著書の二冊のみである。

自作に関して自分の口からそんなに多くを語る話題などないし、そもそも著作の中で明記されていない事柄を一読者に開示するような真似もしたくなかった。

それは他の読者に対してアンフェアというものである。だから、朝子に根掘り葉掘り質問を浴びせられようと、努めて受け流すようにしていた。

拝み屋の仕事に関しても同義である。人様に語れるだけの好実績があるわけでもなし、加えて拝みの作法や方法論など、自分の手の内を易々《やすやす》と明かすこともしたくなかった。

こちらもどっちつかずな受け答えに徹し、明確な回答を避けるよう努めた。

ただ、どれほどのらりくらりと受け流しても、朝子の言葉が途切れることはなかった。このまま無為な質問や感想を浴びせ続けられるより、いっそこちらのほうから何がしか話題を振ったほうがよいのではないか。しだいにそのようにも考え始める。

それで結局、そうすることにした。

「ところで栗原さんは今、仕事をしていないそうだけど、それはどうして？」

「……うーん。元々霊感体質なんで、外に出ると具合が悪くなったりするんですよね」

わずかな沈黙があったあと、朝子は言葉を濁すようにして答えをよこした。

「でも、今は御守りの効き目があってなんともないんですよね。ちょうどいい契機じゃないですか、これを機会に働いてみたらどうです？　いい感じなんですよ」

「いや……いやいやいや、ムリ。それはムリです。御守りとそれはまた、別問題です」

先ほどまでの饒舌《じょうぜつ》さはどこへやら。朝子の言葉がさらに濁る。

「いわゆる〝霊感体質〟を持っている方でも、ごく普通に社会生活を送られている方は大勢いらっしゃいます。霊が視える、霊を感じるから仕事ができない、なんていうのは単なる方便です。いつかは勇気をだして、世間に出ていかなくちゃならないんですよ？今回の件は何かの縁だと私は思います。真剣に考えてみてはいかがでしょう？」

「う……まあ、いつかはそうする日がくるとは思いますけどね……」

こちらが饒舌になればなるほど、朝子の言葉は少なく、歯切れの悪いものになった。返答に窮しているのが、手に取るように伝わってくる。

おそらく彼女は、幽霊以上に恐ろしいのだ。世間に対して真っ向から向き合うことが。高校を卒業してから、すでに七年以上。彼女はこの間、ひたすら自室に引きこもってネットやビデオ観賞、それから怪談本を始めとした〝霊の世界〟に惑溺《わくでき》してきたという。だから今さら世間に出ていくことに恐怖を覚えるのは、当たり前の流れではある。

けれども、今再び逃げだしてしまったら、今度はいつその気になるというのか？

このまま自分の殻に閉じこもって、視えざる〝霊の世界〟に血道をあげることよりも、自分の意思で殻を破って世間に出ていくことのほうが、彼女自身のためだと私は思った。

「まずは何か目標を見つけ、先へ進んでみることです。夢中になれるものが見つかれば、なまじの霊など寄りつかなくなりますよ。勇気を持ってください。自分を変えるのなら、今がまさに絶好のチャンスだと思います」

中途半端な優しさはかえって仇《あだ》になると思い、あえてストレートに言ってやった。何も間違ったことを言ったつもりはない。事実、このような提案を半信半疑ながらも甘んじて受け入れ、結果的に長年悩み続けてきた〝霊感体質〟が治まった人も大勢いる。こうした症状――それも慢性的な症状――を治すのは、お祓《はら》いや加持祈禱《かじきとう》などといったつかみどころのないものではなく、充実した社会生活を営むことにあるのではないかと、私はなんとなく感じる節があるのだ。

「……まあ、先生の言うことにも一理あると思います。でもね、それが簡単にできたら苦労はしないんですよ。わたしもいろいろ考えてはいるんですけど、つらいんです」

言いわけがましい朝子の返答を聞き、ああ、やはり逃げるのかと落胆する。

「最終的に何をどう判断するかは、栗原さん自身です。私にはああしろこうしろという権限はありませんし。とにかく自分の将来を見据えてじっくり考えてみてください」

では、これで――。

これ以上話しても要を得ないことだと暗に察した。長話を終えるいい頃合いとも判じ、朝子に別れの言葉を差し向ける。

その時だった。

あっはっはっはっはっはっはっはっはっはっはっはっはっはっはっはっはああああ！

あっはっはっはっはっはっはっはっはっはっはっはっはっはっはっはっはああああ！


先日聞いたあの嗤《わら》い声が、またぞろ電話口の向こうでけたたましく轟《とどろ》いた。

「……はい。じゃあ失礼します。いろいろ言ってもらってありがとうございました」

嗤い声にかぶさり、朝子の声が小さく聞こえた。

だからやはり、この声は朝子のものではない。揺るぎない確信に総身が震えあがる。


あっはっはっはっはっはっはっはっはっはっはっは――

通話がぶつりと断ち切れ、受話器がしんと静まり返る。
がたつく指で携帯電話を座卓へ放り投げると、私はしばらく座椅子の上で放心した。
まるで意味が分からなかった。青天の霹靂《へきれき》もいいところである。
やはり朝子には何か、得体の知れないものでもとり憑《つ》いているのではないか。
そんなことを思い始めると気持ちがそわそわとして落ち着かず、私は不本意ながらも
朝子から再び連絡が入ることを願わずにはいられなかった。

降霊実験

寿美子《すみこ》さんという、二十代後半の女性から聞いた話である。

彼女は十代から二十代半ば頃まで、いわゆる「オカルト」や「心霊」に傾倒していた。

ただしそれは、気楽に心霊動画や怪談本を楽しむなどといった安易なものではない。

実地で呪術や交霊術の実験をおこなったり、独自の修行方法で霊能力の開眼に励むなど、無駄に本格的なものだったのだという。

ただし今となって振り返れば、その効果はごくごく薄く実感できたりできなかったり、いずれも不明瞭《ふめいりよう》なものだったとも寿美子さんは語る。

古い文献の中に見られる修験者のような法力や、黒魔術師のような魔力を欲しがって真剣に実験を繰り返していたが、結果は毎回似たり寄ったり。暖簾《のれん》に腕押し状態だった。

しだいに実験や修行も雑になり、惰性でこなすようになっていったのだという。

そんな寿美子さんが、二十代半ばの頃のことだった。

ある晩、古本屋で買ったオカルト関係の書籍を読んでいると、今まで見たことのない降霊術の方法がいくつも記載されていた。

下手な鉄砲も数撃てば当たる、でもないのだが、まあいいかと思った。

手順を読んでみると、いずれもその場で簡単にできそうなたやすい儀式ばかりである。いつもの惰性でさしたる期待もせず、初見の降霊術を手当たり次第に試してみた。

独り住まいのアパートに、怪しげな呪文を唱える寿美子さんの声が響きわたる。

全てを唱え終え、つかのま様子をうかがってみたものの、やはりなんらの反応もない。まあいいかと思いながら腰をあげ、トイレに立とうとした時だった。

分厚い遮光カーテンを隔てた窓の向こうにふと、ただならぬ気配を感じたのだという。

音や声を感知したわけではない。

加えて分厚い遮光カーテン越しだから、外の様子などまったく見えない。

ゆえに自分の勘違いだと割りきることもできた。

けれども窓の外から感じられる気配は、異様だった。これまでなんとなく感じてきた「ごくごく薄いもの」などとはまるで比較にならないほど、それはあまりにも威圧的で生々しいものだったという。

無意識のうちにうなじがぶるりと震えあがり、続いて胃の腑《ふ》がずんと重たくなった。

窓の向こうに絶対、何かがいる。

身体中に続々と現れる異様な印。呼吸の乱れや鳥肌、がくがくと笑い始める両の膝頭《ひざがしら》。物言わぬそれらの兆しが、発露が、窓外の異変を露骨なまでに証明していた。

ほとんど無意識のまま、震える足で窓辺へと進み寄り、一思いにカーテンを開け放つ。

プラスチック製のフックがカーテンレールを滑る「シャッ！」という甲高い音が響き、眼前から遮光カーテンが消えた直後。寿美子さんは、あんぐりと口を開けた。

ベランダを挟んだ真っ暗闇の窓外に、色の白い二本の柱が立っていたのだという。

なんだろうと思って頭上を見あげたとたん、瞬時にそれの正体が分かり、愕然《がくぜん》とした。

それは巨大な——それもとてつもなく巨大な、人間の脚だったのだという。

色の白さや肉づき、線の細さから、女の脚だと瞬時に理解することができた。

ただ、姿形は女の白い脚とはいえ、その大きさはあまりにも現実離れしたものだった。

暗く染まった夜空をどれほど見あげても、女の脚は脛《すね》の部分ばかりが高々と伸びるのみ。膝《ひざ》すらも見えず、闇夜の上空にどこまで脚が伸びているのか、まったく分からない。

脚はその長さこそ常識外れなものだったが、太さは生身の人間のそれと大差はない。

ゆるやかな丸みを帯びた脚線が空高く、巨人のねぶる千歳飴《ちとせあめ》のようにそびえ立っている。

呆気《あっけ》にとられたまま寿美子さんがその場に硬直していると、女の片脚がすっと浮いた。

暗闇の中、ベランダの鉄柵《てっさく》の向こうで細長い片脚がするすると天に向かって浮きあがり、やがて寿美子さんの目の前に足首が現れる。

細長い骨筋と血管が浮いた足は、薄汚れた赤いハイヒールを履いていたという。

続いてハイヒールの靴底が見えた。脚が前へと、反り返ったのである。

ああ——部屋の中に入ってくる気なんだと、寿美子さんは直感した。

だが、どうしようと考えるよりも早く、寿美子さんの理性は限界を迎えてしまう。

そのまま視界が薄黒くなるのと同時に、意識がすうっと遠のいていった。


翌朝目覚めると、開け放たれたカーテンの傍らで大の字になって伸びていた。

窓の外には長い脚など、すでに影も形もなくなっていた。

夢かと思いながら起きあがり、夢だと自分を騙《だま》しながら、窓へとじっと目を凝らす。

窓ガラスの表面に、三角形の泥汚れが付着していた。

その少し下には、丸くて小さな泥汚れがぽつりと一点、こびりついている。

それがハイヒールの靴跡だと分かった瞬間、寿美子さんは再び卒倒したのだという。


以来、寿美子さんは降霊術や黒魔術は元より、実家の仏壇に手を合わせることすらも恐ろしくなってしまい、今では極度なまでの現実主義者になってしまったという。

それでも彼女が私の許《もと》へ相談に来たのは、最近になってまた、自室のカーテン越しに件《くだん》の強い気配を感じることがあるからなのだという。

「今振り返ればバカだったんです。わたしは何を呼んでしまったんでしょう……」

寿美子さんは悄然《しょうぜん》としながら、私に語った。

未知への鍵

自動車整備工をしている倉田《くらた》さんの話である。

今から二十年ほど前、倉田さんが小学五年生の夏場のことだった。

学校帰り、自宅近くの公園で遊んでいると、園内に植えられた木の下で鍵《かぎ》を見つけた。

全体が赤黒く錆《さ》びた、小さな鍵だったという。

造りは簡素で、自動車や金庫の鍵とは思えない。建物――それも小さな倉庫や小屋の鍵ではないかと倉田さんは思った。

なんとなく好奇心が湧いたのだという。加えて当時、倉田さんには友達がいなかった。この鍵がどこの扉を開ける物か、探してみよう。暇潰《つぶ》しには最適だとも思った。

倉田さんは鍵を拾いあげると、その日から扉探しに没頭し始めた。

鍵を拾った公園の周辺には田んぼと野山が広がるばかりで、人家の類《たぐい》はほとんどない。

鍵穴のついた建物といえば、畑沿いに建つ消防用の倉庫や農機具を保管しておく木小屋。あとはせいぜい公園内の用具倉庫ぐらいのものである。

倉田さんはそれらの扉の鍵穴に手当たりしだい、鍵を挿し入れて回った。

ところが結果は全て空振り。鍵はどこにも合うことがない。

それでも倉田さんは執拗《しつよう》に鍵穴探しを続けた。

自分でもどうしてこんなことにそこまでこだわるのか、まるで分からなかったという。何かにとり憑《つ》かれでもしたかのように、学校が終わると連日、鍵穴探しに奔走した。

公園の周辺はすでに回り尽くしていた。おのずと行動範囲も徐々に広がってくる。電信柱の変圧器、ゴミ置き場、神社の拝殿、地元の集会所。

倉田さんの行動はしだいにエスカレートしていき、そのうち人家の庭に忍びこんでは、物置や勝手口にまで鍵を挿しこむようになった。

そんな異常な日々が始まってひと月あまり。とうとう倉田さんは、鍵穴を見つけだす。場所は町外れの森近くにある古びた空き家。その裏庭に建つ小さな物置だったという。

鍵穴の根元まで深々と挿さった鍵がぐるりと百八十度回転した時、歓喜に胸が湧いた。高鳴る鼓動にくらくらしながらも、喜び勇んで扉を開ける。

中には白骨化した犬や猫とおぼしき死骸《しがい》が、山となって積まれていたという。

悲鳴をあげて逃げだすと、倉田さんは二度と空き家に近づくことはなかった。

「もしかしたらあいつらに呼ばれたのかもしれませんね……」

当時を振り返り、倉田さんは震え声で話を結んだ。

主役はあなた

薬剤師の美穂《みほ》さんから、こんな話を聞かせてもらった。

数年前の初夏、美穂さんのお母さんが亡くなった。脳梗塞《のうこうそく》による突然死だったという。年齢はまだ五十代半ばに達したばかり。人生はまだまだこれからだという矢先の不幸。身内や知人の間では、あまりにも早過ぎる旅立ちに驚き、惜しむ声が多数だった。

検死を終えたお母さんの遺体が自宅へ戻ってきたその翌日。通夜の晩のことである。菩提寺《ぼだいじ》の住職が読経《どきょう》を終え、通夜振る舞いの段になった。

仕出し屋に注文していた料理は、通夜が始まる前に台所へ運び入れてもらっていた。配膳《はいぜん》の手伝いは近所のおばさんたちにお願いしていたが、人手の足りない状態だった。仕出し屋の料理以外にも、自家で準備した吸い物やビールの配膳もしなくてはならない。読経が終わると美穂さんは、急ぎ足で台所へと向かった。

狭々とした台所内では、山積みになった仕出しを起点におばさんたちがひしめき合い、すでに右へ左へ大わらわの状態である。

おばさんたちに軽く会釈し、美穂さんも配膳の準備に取りかかる。

「はいはい、急いで急いで！　冷めないうちに運ばないと大変よ！」

コンロの前に陣取っているおばさんが、大鍋《おおなべ》から吸い物を取り分けながら叫んでいる。

おばさんの大声にうながされ、美穂さんはコンロのほうへと回った。コンロの脇には熱々の湯気を立てるお椀《わん》がぎっしり載ったお盆が置かれている。

お盆に手をかけ、持ちあげようとした瞬間だった。

美穂さんの口から「ぐっ」と奇妙なうめきが漏れる。

よく見るとコンロの前に立っているのは、亡くなったはずのお母さんその人だった。

目が合う。

お母さんは別段驚いた様子もなく、何食わぬ顔で美穂さんの顔を見つめている。

どうしていいのか分からず――というか、何が起きているのかさえも分からないまま、美穂さんがその場に硬直していると、そのうち背後でけたたましい悲鳴があがった。

ようやく異変に気がついた、近所のおばさんたちの声だった。

おばさんたちの甲高い絶叫と逃げ惑う足音に周囲が騒然となる中、再びコンロの前を見やると、いつのまにかお母さんの姿は跡形もなく消え失せていた。

亡くなったお母さんは生前、台所仕事の得意な働き者だったという。

潜伏

自宅を囲む樹々の緑も夏色に深まった、六月半ばの昼過ぎだったと思う。

仕事場で原稿を書いていると、ふいに隣の座敷からがさがさと乾いた物音がし始めた。座敷は書庫代わりに使っている部屋である。仕事場に置けない娯楽用の小説や漫画がたくさんの本棚に収められて整理されている。

妻はこの日、買い物に出かけて家を留守にしていた。

飼い猫どもがいたずらしているのだと思い、ため息混じりに重い腰を持ちあげる。

仕事場と座敷をつなぐ襖《ふすま》は本棚で塞《ふさ》がれているため、中へ入るには一旦《いったん》仕事場を抜け、廊下を回って襖と反対側の障子戸を開けなければならない。

渋々ながら仕事場を抜けだし廊下をぐるりと回る間にも、座敷の中からは相変わらずがさがさと乾いた音が聞こえてきた。

ところが障子を開けて部屋の中を覗《のぞ》いて見ると、猫の姿などどこにもない。

けれども無人の座敷には音ばかりがさがさと、乾いた音が響いている。

耳を澄まして聞いていくと、音の出処はどうやら押入れの中らしかった。猫ではなく鼠のほうかと思い、大層げんなりさせられる。

押入れの前にも本棚を並べてあるので、襖の片側が開くよう、それらを半分どかす。

そっと身をかがめて襖に手をかけるも、いざとなると少しばかり腰が引けた。

相手はたかが鼠。されど、鼠は鼠である。襖を開けた瞬間、中から急に飛びだされて鼻でも齧《かじ》りにこられたらと思うと、甚だ心臓に悪いものがあった。

ただそうは思いながらも、押入れの中からはがさがさと不快な音が聞こえ続けてくる。中には大した物が入っているわけではなかったが、放っておくこともできなかった。

ままよと腹をくくり、勢い任せに襖をぱんと開け放つ。

開けた瞬間、音は一際大きく聞こえてきたが、目の前には段に積まれた衣装ケースやガラクタの類が顔を覗かせるばかりで、鼠の姿は見当たらない。

さらに耳を済ませると、音はどうやら私が開けた襖と反対側のほうから聞こえてくる。あまり気持ちのよいことではないが、襖の前の本棚をさらにどけるのも面倒だったので、そのまま押入れの中に身体を突っこみ、ぐいぐい奥へと入っていく。

閉ざされたもう一方の襖に外の光をさえぎられた押入れの奥は、予想以上に暗かった。鼻腔《びこう》にまとわりつく黴《かび》の臭いに辟易《へきえき》しながら、山積したガラクタの間を縫うようにしてさらに奥へと身をよじらせていく。

がさがさ、がさがさ、がさっがさっ、がさがさ、がささ……。

二十センチほど進んだところで、音はますます大きく聞こえてきた。

やはり鼠である。巣作りの材料を捻出《ねんしゅつ》するため、鼠が段ボール箱を齧っているのだ。

がさがさ、がさがさ、がさがさ、がささ！　がさがさ、がさっがさ、がささ……。
そろそろ近い。目の前のガラクタを横へと押しのけ、一気にぐっと身を乗りだす。
目の前にあった段ボール箱に目をやると、色の白い細腕が闇の中からぬっと突きだし、
五本の指でがさがさと箱の上部を引っ掻《ひか》いていた。
とたんにぎょっとなって、身体がびくりと持ちあがる。
つられて視界も上へと向いた瞬間、今度は悲鳴がこぼれ出た。

真っ暗闇の頭上に、女の顔が浮いていたからである。

すかさずはじかれたようにその場を退き、押入れから飛びだす。
女の顔は暗くてよく視《み》えなかったが、この世の者でないことだけは確かだった。
ばくばくと心臓が早鐘を打つ中、がたつく両手で襖を閉め、仕事場へと駆け戻る。
ただちに祭壇から押入れに向けてお祓《はら》いをおこない、念のため死霊祓いの御札も作る。
再び座敷へ引き返すと、押入れを塞ぐ本棚の裏側に御札を厳重に貼りつけた。
これでひとまず安心である。だが、どうして押入れの中にあんなものが……。
差し当たって心当たりは、ふたつあった。
ひとつはつい先日、栗原朝子との電話中に突として現れた、得体の知れない嗤《わら》う女。
女は通話が終わると同時に姿を消したものの、どこに行ったのかは不明のままだった。

もしかして、女はあの後も私の家に居続けていたのではないか？
そう考えると、押入れの中にいたのは、あの女のようにも感じられた。
それからふたつ目には、言うまでもない。今書いている『花嫁の家』の原稿である。
四月の下旬から本格的に執筆を再開して以来、件《くだん》の花嫁が再び姿を現すことこそない。
けれども家内には相変わらず、不穏でざわついた気配だけは漂い続けていた。
飼い猫たちは未《いま》だに無人の座敷や廊下の天井に向かって威嚇行動をおこなっていたし、
私自身もここ最近は、家の中に何かがいるような違和感を暗に覚え始めていた。
押入れの中に潜んでいた女の正体がどちらであろうと、あまり好ましい状況ではない。
一応の対応こそしたものの、これで万事が解決したという確信も持てなかった。
果たしてこのまま、執筆を続けていっていいものなのか……。
私の中に一時芽生えた安心は、みるみるうちに漠然とした不安へと転じていった。

それから一週間ほどが過ぎ、六月も下旬に差し掛かった頃である。
じめじめと湿っぽい午前のさなか、担当の編集者から電話が入った。
『花嫁の家』の企画が通りました、との連絡だった。
ほっとした半面、いよいよこれで後戻りはできなくなるのだな、とも感じられる。
その後も時折不定期に、座敷の押入れからは乾いた物音が聞こえてきた。
再び押入れを開ける勇気もなく、私は不安に慄《おのの》きながら、やむなく原稿を書き続けた。

不可視の傘

神社仏閣巡りが趣味の依子《よりこ》さんが、地方の神社へ参拝に赴いた時のこと。

山間《やまあい》の集落の外れにひっそりと建つこの神社は、商売繁盛のご利益があるのだという。

近々起業する予定があった依子さんは、願掛けも兼ねてこの神社に馳《は》せ参じた。

神社の向かい側にある空き地へ車を停め、うっすらと苔生《こけむ》した石造りの鳥居をくぐる。

境内は十坪ほどの狭々とした空間で、社殿の他には何もない。

ただ、古びた社殿の前には、半端に食べ残したコンビニ弁当やカップラーメンの容器、ビールの空き缶などが乱雑に散らばり、投げ捨てられていた。

おそらくは夜中に非常識な連中が集まり、バカ騒ぎでもやらかしたのだろう――。

神域での心ない所業を目の当たりに、依子さんは苦々しい思いに駆られる。

唯一救いだったのは、ゴミと一緒に空のコンビニ袋も投げ捨てられていたことだった。

依子さんは袋を拾うと、足元に散らばるゴミをひとつ残らず袋の中に収めていった。

そうして入念にゴミを撤去し、ようやく本来の目的である商売繁盛の祈願にあずかる。

神さびた風情の漂う小さな社殿を前に粛々と手を合わせ、事業の成功と繁栄を祈った。

ほどなく祈願を終え、社殿から踵《きびす》を返した直後だった。

境内を囲む鎮守の森の木の葉が、にわかにぱらぱらと騒ぎ始めた。続いて遠くの空でごろごろと雷鳴が轟《とどろ》いたかと思うと、滝のような大雨が天から盛大に降り注いだ。激しい雨足に周囲がたちまち灰色に煙る中、大急ぎで鳥居をくぐり、境内を飛びだす。雨風にさらされながらも道路を渡って車中に駆けこみ、人心地ついた時だったという。ここでようやく依子さんは、己が身に起きた異変に気がつき、はっとなって驚いた。外では相変わらず、天の底が抜けたかのような大雨が轟々《ごうごう》と降り荒《すさ》んでいる。それなのに車内に戻った依子さんの身体は、雨粒ほどの濡《ぬ》れさえも生じていなかった。神社から車までの距離は、ざっと十メートルはあったという。そんな距離を濡れずにやり過ごすには、それこそ〝見えない傘〟でも差されない限り、絶対に不可能なことだと、依子さんは神妙な面持ちで私に語った。

「ゴミを片づけたお礼に、あんな優しいねぎらいをしてくれたのかもしれませんね」

当時の光景を振り返り、依子さんはほっこりとした笑みを浮かべる。

しかし彼女の話は、こんなぼやきで締めくくられている。

「でもね、濡れずに済んだことには感謝してるんですけど、肝心要《かなめ》の商売繁盛のほうはからっきしだったんですよ。起業して以来、未だに自転車操業状態です」

できればそっちのほうで力を貸して欲しかったんですけどね……。

ため息をつきながら、依子さんは話を結んだ。

雨のドライブイン

日ごと鬱陶《うっとう》しい天候の続く、梅雨のさなかの話である。
営業職の木沢《きざわ》さんと部下の村上《むらかみ》さんが、県道沿いの小さなドライブインに車を停めた。
時刻は午後の五時近く。外では篠突《しのつ》く雨が、絶え間なく降り荒んでいる。
半時前から降りだしたこの雨は骨身に沁《し》みて冷たく、肌身を突き刺すように痛かった。
得意先を辞して車へ乗りこむまでに、すでに身体はずぶ濡れとなっていた。
雨にまみれたふたりの背広は、紺色の生地が喪服のように黒々と染めあげられている。
そんな風体のまま、ふたりは再び車外へ飛びだし、店の入口を駆け足でくぐった。
平日の、それも中途半端な時間である。
狭々とした店内に客影は、ひとりたりとて見当たらない。
照明も半分落とされ、店内の光量は陰鬱《いんうつ》と呼べるほど心許《こころもと》ない。
同じく窓の外の景色も、煙る雨に霞《かす》んでひどく暗い。
だから、ただでさえ薄暗い店内がなお一層、暗々と感じられた。
席につくと奥の厨房《ちゅうぼう》から小太りの中年女がのそりと現れ、ふたりに水を突きだした。
愛想などまるでない。顔には幽《かす》かな微笑さえも浮かんでいない。

なんだか怒っているようにも受け取れる。いかにも長居をするなと言いたげでもある。初めて入る店だった。早めの夕食をと思って入ったが、失敗だったとふたりは思う。

その場で急ぎ注文を済ませ、料理が来るまで大人しく待つことにした。

たっぷりと水気を吸った髪と顔をハンカチで拭《ぬぐ》いながら、窓外を漠然と見やる。未だ凄《すさ》まじい豪雨である。戸外に爆《は》ぜる雨音が、静まり返った店内に轟き響く。

しばらくすると店の入口がばんと音をたて、勢いよく開かれた。

入店したのは作業服を着た工員風の若い男が三人と、桃色の事務服を着た女がひとり。元は青色だったのだろう作業服は、雨にまみれてやはり黒々と染めあげられている。

四人がテーブルにつくと、男たちは雨についての愚痴を大声で一斉にわめき始めた。加えて男たちは、大層口が悪かった。

死ねだの殺すだの、胸糞《むなくそ》の悪くなる言葉が頻出し、怒声のごとく店内を飛び交う。

大方、近所の工場か何かに勤めるチンピラ気取りの若僧どもだと、木沢さんは判じた。

聞きたくなくとも男たちの声は、無遠慮にやかましかった。厭《いや》でも耳に刺さってくる。ばらばらと機関銃のような烈《はげ》しい雨音と罵《ば》り雑言《ぞうごん》が重なり、ひどく憂鬱《ゆううつ》な気分になる。

まもなく中年女がやってきて、四人のテーブルに水を置いた。

相変わらず愛想が悪い。ばかりか、先ほどよりも一層態度が横着にも感じられる。

男たちは大声で好きな料理を注文し、店の女は再び厨房の奥へと消えていった。

大層気分は悪かったが、それでも何気ないドライブインでのやりとりではある。

が、そこで木沢さんはふと、村上さんが怪訝《けげん》な顔をしていることに気がついた。
「どうかしたのか？」
と尋ねると、村上さんはどうにも腑《ふ》に落ちないといった面持ちで、
「あの女の人だけ、水がないんですよね」と、小声で囁《ささや》いた。
見ると確かに、客の女の前にはコップがない。
同じテーブルで馬鹿笑いをあげる男たちの前には、きちんとコップが置かれている。
それに——。と村上さんが再び囁く。
「あの女の人だけ、多分注文もしてないんですよ」
馬鹿なと思いながらも数分後、店の女が厨房から運んできた料理も、やはり三つ。
待てど暮らせど、女の前に料理が置かれる気配は、一向にない。
まもなく木沢さんと村上さんのテーブルにも、先ほど注文した定食が運ばれてきた。
店の女の愛想といい、男たちの馬鹿騒ぎといい、長居をしたい雰囲気ではなかった。
早々に退散したい心情に駆られたが、飯も異様にまずく、思うように箸《はし》が進まない。
加えて客の女の様子が、妙に気になったせいもある。
のろのろと飯を口に運びながら、横目でちらちらと男たちのテーブルを覗《のぞ》き見る。
男たちは料理を掻《か》きこみながら相変わらず、大声ではた迷惑な馬鹿騒ぎを続けている。
一方、女のほうは独りで暗く押し黙り、沈んだような面持ちである。
誘拐でもされてきたのかと勘繰るほど女の顔は暗く、その目はひどく虚《うつ》ろだった。

それからしばらくして、件《くだん》の四人組が勘定を済ませ、先に店を出ていった。

なんだか上の空で食事を終えた木沢さんと村上さんも、急いでレジの前へと向かう。

すると勘定を受け取った中年女が突然、苦虫を噛《か》み潰《つぶ》したような顔で口を開いた。

「ああやってたまに来るんだけどね。本当は出入り禁止にしてやりたいぐらいだよ」

女の眉間《みけん》に深々と、谷間のような皺《しわ》が刻まれる。

「あいつら、ガキの頃に若い娘さんに乱暴働いて、自殺に追いこんでやがるんだ」

自殺と聞いたとたん、木沢さんのはらわたに冷たい風が逆巻いた。

「ただ本人たちはガキの時分のことだからって、大したお咎《とが》めもなしなのさ」

もう分かったから、何も言わないで欲しかった。

「今でもろくでもないことばかりしてやがる。まったく、とんでもない連中だよ」

ああ虫唾《むしず》が走る――。そう言って女は再び、厨房の奥へと消えていった。

帰りの車中、物憂げな面差しで助手席に座る村上さんがぼそりとひと言、つぶやいた。

「そういえばあの女の人、全然濡れていませんでしたね。こんなに凄《すご》い雨なのに……」

車外では篠突く雨が路上にばらばらと爆音を轟かせ、なおも執拗《しつよう》に降り続けている。

それを受けて木沢さんも「ああ……」と返事をしたきり、押し黙ってしまった。

熱い料理を食べたはずなのに、胃の腑がとても冷え冷えとしていたという。

献花

中学生の誠也《せいや》君から、こんな話を聞いた。

誠也君が通学に利用している農免農道の道端には、献花が供えられている。

大昔、高校生がバイク事故で亡くなったらしく、どうやらそれを弔うための花らしい。

花はプラスチック製の小さな花立てに生けられ、いつ見ても季節の花が絶えることなく、きちんと綺麗《きれい》に供えられているという。

向暑のみぎり、県内全域に烈《はげ》しい暴風雨が吹きすさぶ早朝のことだった。

横殴りの雨風に猛然と煽《あお》られながらもどうにか自転車にまたがり、誠也君は家を出た。

いつもの通学路を必死になって進んでいると、やがて前方に見慣れた献花が目に入る。

花は普段と変わらず、花立ての中に整然と並び立ち、道端にひっそりと佇《たたず》んでいた。

献花をちらりと脇目に留め、そのまま前を通り過ぎる。

ところがそこで「はっ」と思い、思わず自転車を停めたのだという。

こんなに烈しい雨風だというのに、花立てはぴくりとも動いていない。

昨晩から吹き荒れるこの雨風は、民家の瓦屋根《かわら》を吹き飛ばし、軒先の鉢植えや水瓶《みずがめ》を引っくり返すほど凄《すさ》まじいものだった。

現にこの朝、この場へたどり着くまでもそうである。道の真上を軽々と転がっていく空き缶やバケツ、ぐねぐねと折れそうなほどにたわんでは軋《きし》む、道路脇の街路樹などをさんざん見てきたばかりだった。

それなのに、道端にただぽつんと置かれただけのこの花立ては、倒れることはおろか、かたりと揺れるそぶりさえなく、ただ静かに、何食わぬ顔でこの場に屹立《きつりつ》している。

雨風の勢いは弱まることなく、むしろ先ほどよりも強くなってきてさえいた。

思わず自転車から飛び降り、花立ての様子をまじまじと観察してみた。

花立ての後方は田んぼになっている。周囲にはガードレールや視線誘導標の類《たぐい》もない。だから、それらを支柱にして花立てを固定するようなこともできない。

よく見ると花立てに挿された花そのものさえ、そよとも揺らいでいなかった。

目の前で平然と佇む花立てにどうしても納得がゆかず、不遜《ふそん》を承知しながら恐る恐る花立てを持ちあげてみる。

花立てはなんの抵抗もなく、片手でひょいと持ちあがるほど軽いものだった。

だんだん怖くなってきた誠也君はそれ以上の詮索《せんさく》をやめ、急いで学校へ向かった。

花立ては、今でも同じ場所に佇んでいるという。

ほのかさん　続

　連日ぐずついた天候の続く、六月下旬の午前十時過ぎ。

　戸外一面に白糸のような雨が降りしきる中、ほのかさんが実父の秀樹《ひでき》さんに連れられ、再び私の仕事場を訪れた。

「おはようございます。こんな早い時間に申しわけありません」

　秀樹さんに肩を貸してもらいながら、ほのかさんがゆっくりと仕事場へ入ってくる。

「ご無沙汰《ぶさた》しております。今回もまた厄介をかけますが、よろしくお願いいたします」

　座卓の向かいにほのかさんを座らせながら、秀樹さんが丁寧に頭をさげた。

　秀樹さんもまた、亡くなった奥さん――すなわちほのかさんのお母さんである――のお盆とお彼岸の供養の際には、毎回私の仕事場を訪れる顔見知りの間柄だった。

　日村家の面々と同じく、とても明るく人当たりのいい、好々爺然《こうこうやぜん》とした方である。

「いえ、とんでもない。それよりこんなひどい天気の中、大変だったでしょう？」

「天気なんかなんでもありません。娘のためなら、雨でも雪でも馳《は》せ参じますよ」

　秀樹さんが笑顔を浮かべてうなずくと、ほのかさんもその後に続いた。

「傘もちゃんと持ってきたので、大丈夫です。見た目ほど体調も悪くありませんし」

笑顔でほのかさんは応《こた》えたが、本当にそうかと思わざるを得ないほど、彼女の身体は目に見えて痩《や》せ衰えていた。先月会った頃とは、まるで別人のようにさえ感じられる。

顔色も悪く、血色を失った肌の下からうっすらと見える頬骨の線が痛々しい。

肩口まで伸ばしていた髪の毛は、耳が見えるくらいまで短く切り落とされ、髪自体も薄くなって頭皮にぺたりと貼りつくように寝かされていた。

「それよりも、今日は大事なお願いがあってきたんです。聞いていただけますか？」

「私にできることでしたら、なんでも」

「――家族のために御守りを作っていただきたいんです」

ほのかさんは言った。

「御守りでしたら確か、今年の初めにみなさんの分を作ってお渡ししているはずですが、新しいものを、ということでしょうか？」

定期的に訪れる相談客には、年の初めに家族分の御守りを作って渡すようにしている。一度作れば御守り自体が濡《ぬ》れたり破けたりしない限り、何年間でも使えるものなのだが、大半の依頼客は、新年になると新しいものに作り直して欲しいと所望する。

日村家の面々にも、年明けに新しい御守りを作って渡してあるはずだった。

「いえ、あの御守りはみんな、大事に使わせていただいています。今日はそれとは違う御守りをもう一枚ずつ、わたし以外のみんなに作って欲しいんです」

ほのかさんは言う。

「どういった御守りでしょうか？」

「わたしからの、形見かな。わたしが亡くなってもみんなを見守ってあげられるように、御守りとしての形見を作ってもらいたいんです。――できますか？」

つくづく自分の身体よりも家族が優先なのだなと、私は思う。こんなにも血色が悪く、身も針金のように細まって今にもくずおれてしまいそうだというのに、それでも彼女は己が身の行く末よりも、残される家族のほうへ心血を注いでいる。

そのあまりにもまっすぐな志《こころざし》に、私はとてもいたたまれない気分になった。

「ほのかさんの身代わり。たとえば依《よ》り代《しろ》や、よすがといったものでしょうか？」

ほのかさんに尋ねる。

「依り代、よすが……ですか？」

きょとんとした顔でほのかさんが尋ね返す。

「ああ、失礼しました。依り代というのは、物質に念がこもるという概念を指す言葉。よすがとは心を寄せて頼りにするもの、という意味です。ざっくばらんな説明ですが、要するにほのかさんがご家族を案じる気持ちを御守りにこめて作るということですね。そういう感じのものでいかがでしょう？」

私が説明すると、ほのかさんは「そうそう。そういう感じです！」と声をはずませた。

「分かりました。ただ私自身はその手の御守りを作った経験が、実のところないんです。どうやって作ったらいいものか、ちょっと資料を調べてみましょうか」

座卓の前から腰をあげ、仕事場の本棚に収められている護符に関する書籍に目をやる。それらしい本を数冊抜きだし、座卓の上で広げてみたが、ほのかさんの所望するような御守りの作りかたはなかなか見つけることができなかった。

「あのう、単なる素人考えなんですけど、こういうのはどうですか？」

私が資料を懸命に眺め渡すさなか、ほのかさんが遠慮がちに口を開いた。

「わたしの髪の毛を使うんです。そうすれば、ちゃんとした形見にもなると思いますし、御守りの形にしていただければ、ずっと家族のそばにいられると思うんです」

そう言って、ほのかさんは薄くなった髪の毛をそっと指差した。

「なるほど、その手がありましたか。名案だと思います。それでいきましょう」

素人考えどころか、清々《すがすが》しいまでに的を射た発想である。ほのかさんの毛髪を主体に、家庭円満などの御札を添えて御守りに内包する。実にいい考えだと、私は思った。

効果のほどは計りかねるものの、そんなことは実際に作ってみなくては分からない。ただ、漠然とながらも私の中には確信もあった。ほのかさんの〝生きた証《あかし》〟が念として入るのならば、それはきっとよい形で機能してくれるはずである。

そうでなくては、ほのかさんも浮かばれない。絶対にそのようなものに仕立てあげる。

ほのかさんから髪の毛を数本もらい受け、私はさっそく御守り作りを始めた。

「毎回、お手数をおかけして本当に申しわけありません」

御守りを作るさなか、つぶやくようにほのかさんが言う。

「こうやって日に日に痩せてくと、家族がすごく心配するんです。逆にわたしのほうが心配になってしまうくらい。『大丈夫だよ』『きっと治るんだからね』って言いながら、夫も娘も目に涙を浮かべてわたしのことを励ますんです。その様子がすごくつらそうで。今でもそうなのに、わたしが本当にいなくなってしまったらどうなるんだろうなあって、この頃いつも思ってしまうんです」

物憂げな光を瞳《ひとみ》に浮かべながら、ほのかさんがひとりごちるように語る。

「だから、こういう御守りが必要なのかなって思いまして、今日はお願いにきたんです。気休めでもなんでもいいですから、とにかくあまり悲しまないようにして欲しいなって。今の家族の様子を見ていると、なんだか頼りないんですよね」

血の気の引いた細面に温かな表情を浮かべながら、ほのかさんは笑った。

「きっと大丈夫ですよ。みんな乗り越えられると思います。ましてやこんな御守りまで作るんですから。ほのかさんは自分の身体に専念してください」

気の利いた言葉など、何も出てこない。私はそれだけ言うのがやっとだった。

「おかしいんですよ、娘たち。柚子香も凜香も『みんなで花火大会に行こうね！』って、わたしに約束させたりするんです。花火大会、八月なんですよ？　わたし、その頃にはもう生きていないって分かっているくせに、そんな約束をさせるんです」

優しい声で悲しいことを話すほのかさんの言葉が応え、私は面をあげられなくなる。

気づけば傍らに座る秀樹さんも、目頭を押さえながらしきりに洟《はな》をすすりあげていた。

「きっと約束を交わしたら、わたしの余命がその分延びるって思っているんでしょうね。『うん、いいよ』って約束しましたけど、なんだかひどい罪悪感も覚えるんです」

ぽつりぽつりと言葉を重ねるほのかさんの声風《こわぶり》に、戸外で静かに降りそそぐ雨の音がさらさらと幽《かす》かに、だがしきりに、まるで伴奏のようにかぶさる。

か細く痩せさらばえ、優しい声音にかすかな憂いをこめて家族の今後を一心に案じるほのかさんの姿は、まるで生きながらにして幽霊になってしまったかのような印象さえ、私の心には感じられた。

けれどもそれは、とても優しい幽霊なのである。

家族思いの、底なしに慈悲深い幽霊なのだ。

「それからそう……『ガーディアンズ・オブ・ギャラクシー』って、ご存じですか？」

ほのかさんが私に尋ねる。

タイトルと概要だけは知っていた。『ガーディアンズ・オブ・ギャラクシー』は確か、近々公開される大作系のＳＦ映画だったと思う。

「ええ、くわしい内容までは分かりませんが、なんとなくは」

「花火の次は、映画なんですよ。『ガーディアンズ・オブ・ギャラクシー』の公開って、九月の半ばなんです。花火の約束をしたから、あの子たち欲張っちゃったんでしょうね。今度は『映画も観に行こうね』なんて言うんです。笑いながらも必死な顔で言うんです。わたしも笑って『うん、絶対一緒に行こうね』って、娘たちと約束しました」

――でも、やっぱり罪悪感も覚えるんです。

ふと顔をあげると、ほのかさんの頬に細い涙が伝っていた。

「そんな頃まで、わたしは生きていられないはずです。約束は、守れそうにありません。でも、あの子たちのことを悲しませたくないんです。娘たちだけじゃなくて、夫もそう。あの人、実はすごい泣き上戸なんですよ？　ちょっと頼りないところもあるから心配で。だから、わたしが死んだら代わりになるものを作ってもらおうって思ったんです」

ひとしきり語り終えると、ほのかさんはハンカチで目元をそっと拭《ぬぐ》った。

「お気持ち、よく分かりました。できましたよ。これがその秘密兵器です」

ようやくできあがった〝よすが〟としての御守りを四枚、ほのかさんの前に差しだす。

白い和紙にほのかさんの髪の毛と家族円満のお札を入れた、簡素な作りの御守りである。

「あれ……。数、一枚多くないですか？　わたしの分はいいんですよ」

きょとんとしたまなざしで、ほのかさんが私の顔を見つめる。

「何言ってるんですか。もう一枚はお父さんの分ですよ」

私が答えると、隣に座っていた秀樹さんが嗚咽《おえつ》をあげてうつむいた。

「別にまだ死んでないんだから。泣かないでよ。泣くのは死んでからにしてください」

秀樹さんの肩をさすりながら、ほのかさんも泣きながら笑っている。

「郷内さん。父の分まで、ご厚情ありがとうございます。これで何も思い残すことなく、入院することができます。今まで本当にお世話になりました。楽しかったです」

泣きながら、笑いながら――ほのかさんは温雅な面持ちで深々と私に頭をさげた。

「こちらこそ、今まで本当にありがとうございました」

そう言って、私も彼女に深々と頭をさげた。

来週からほのかさんは、市内の総合病院に入院するのだという。長いようで短すぎる、本格的な闘病生活の始まりである。

もうきっと、彼女がこの仕事場を訪れることはないのだろう。

言葉にして語らずとも、彼女の心のこもった挨拶《あいさつ》がそれを如実に物語っていた。


私が作った御守りは、来たるべき日まで秀樹さんが預かることになった。

ほのかさんが息を引き取ったのち、秀樹さんから利明さんへ渡す手はずにするという。

相変わらず白糸のような雨が戸外にさらさらと降りしきる中、ほのかさんは傘を差し、秀樹さんと肩を並べて、ふらふらとおぼつかない足どりで車へ乗りこんでいった。

やがて車が、我が家の門口からゆっくりと滑りだす。

私はそれを眺めながら、本当に魔法使いになれればと思った。

無力な自分がひたすら惨めで、私はなんだかひどく虚《むな》しい気分になった。

勧告

矢萩《やはぎ》さんという五十代半ばの男性から、こんな話を聞いた。

五年ほど前のことである。矢萩さんの妻が、自宅で拝み屋を始めると言いだした。名を千代《ちよ》さんというこの妻は、若い頃からいわゆる〝霊感〟が強いと自称する人物で、折に触れては他人に感知できない不可視の存在に怯《おび》え、慄《おのの》くことが多かったという。

そんな千代さんが五十代に差しかかった頃のことだった。

夕方、矢萩さんが帰宅すると、玄関口で千代さんがぎらぎらした目で待ち構えていた。

「わたしのところに、神さまが降りてきてくださったのよ」

煮えたぎったように充血した目から滂沱《ぼうだ》のごとく涙を流し、千代さんは微笑んだ。

その日の白昼だったという。

庭先で千代さんが洗濯物を干していると、にわかに空が輝きを増した。

まるで太陽が百個に増えたかのような、それは強烈な明るさだったという。

何事が起きたかと思い、頭上をゆっくりと振り仰ぐ。すると、金色に輝く天の中心にひとりの女が浮かんで、微笑みながら千代さんを見おろしていた。

竜宮に住まう乙姫《おとひめ》のような衣を召したその女は、千代さんの顔をひたと見つめながら、涼やかな声でこう言ったのだという。

「才ある者よ。これよりあなたの守護となりましょう。悩める衆生を共に導くのです」

とたんに身体中がかっと熱くなり、胸の内に明々とした自信が漲《みなぎ》るのが感じられた。

「畏《かしこ》まりました。それがわたしの使命と申されるのなら、この身を生涯捧《ささ》げましょう」

千代さんはその場にさっとひれ伏すと、女に向かって恭しく誓ったのだという。


「わたしが長い間、自分の霊感に悩んできたのは、全部これからのためだったんだって。わたしには、この広い世間で苦しんでいる可哀想な人たちを正しい方向へとお導きする大事な役目があるんだって！　そのように神さまがおっしゃってくださったのよ！」

はらはらと熱い涙を流しながら、千代さんはぞっとするような笑みを浮かべてみせた。

思えば若い頃から、斯様《かよう》な兆候はたびたび見受けられていた。

だが、それらはせいぜい「墓参りに行ったら、たくさんの白い人影に追われた」だの、「夜中に金縛りに遭ったら、自分の腹の上に誰かが乗っていた」などという話ばかりで、まだどうにか許容できる範囲内の言動ではあった。だが、今回は別である。

あまりにも度が過ぎる。

とうとうここまで来てしまったかと思い、矢萩さんの目の前は真っ暗になった。

翌日からさっそく、千代さんの〝準備〟が始まった。

自宅の奥座敷に木組みの祭壇を設《しつら》え、その壇上に以前から買い集めていた水晶や仏像、香炉に燭台《しょくだい》、花瓶などをずらりと綺麗《きれい》に並び整える。

当然ながら矢萩さん本人を始め、彼の義父母や成人した長男も、これに強く反対した。けれども千代さんはまったく聞く耳を持たなかった。

語気を強めてたしなめると、千代さんは狂った獣のごとく激昂《げっこう》し、家族一同に抗《あらが》った。結局、千代さんの意向はヒステリックな力業で押し切られ、数日後には自宅の奥座敷に仰々しい雰囲気を醸しだす、大きな祭壇ができあがってしまった。


祭壇が完成して、四日目の晩のことだった。

玄関戸を叩《たた》く「どんどん!」という音に、矢萩さんが玄関口へ向かって戸を開けると、真っ白い背広を着こんだ背の高い男が、戸口に立っていた。

すらりと手足の異様に長い男で、年代は五十代の半ばから終わりほど。手足と同じく、面筋も骨張って細長く、どことなく歳を重ねた古狐のような雰囲気を漂わせていた。

「千代さんは、あちらですかな?」

鋭い目つきで廊下の奥に視線を向けながら、男が言った。

「……そうですが」と矢萩さんが答えるや否や、男はすかさず「失礼する」と言い放ち、ずかずかと廊下を渡って奥座敷の中へと入っていった。

奥座敷では千代さんが祭壇を前に、数時間前から何やら儀式のようなことをしていた。もしかして初めての〝相談客〟かもと思ったため、矢萩さんはそれ以上の詮索《せんさく》をやめた。

それからおよそ三十分後。

矢萩さんと家族一同が茶の間でくつろいでいるところへ、千代さんが入ってきた。

「ごめんなさい。わたし、拝み屋をやめます……」

か細い声でつぶやくなり、千代さんはその場にへなへなとへたりこんで泣きだした。

何事があったのかと尋ねても、千代さんの口から返ってくる答えはない。ただ一心に「わたしが悪いんです。悪い夢を見たんです。本当に本当にごめんなさい……」などと、要を得ない謝罪の言葉を繰り返すばかりである。

泣き崩れる千代さんをなだめすかしているうち、矢萩さんは妙なことに気がつく。

そういえば先ほど訪ねてきたあの背の高い男は、どこへ行ったのか？

千代さんに訊《き》いても、「もういいから訊かないで」の一点張りで、要を得ない。

気味が悪くなって奥座敷の様子を覗《のぞ》きに行ってもみたが、男の姿はどこにもなかった。

家族に尋ねてみると、矢萩さんが玄関口で誰かと話をしている声は、全員聞いていた。けれども男がいつ帰っていったのか、その気配を感じた者は誰ひとりとしていなかった。

奇妙な出来事だったが、この日を境に千代さんは祭壇を畳み、以後は霊感や神さまに関する話題を一切口にしなくなってしまったそうである。

不備の湧く人

会社員の小川《おがわ》さんは、ひとりで飲食店に入るとかなりの確率で余分に水をだされる。数は店によってまちまちなのだという。ふたつだす店もあれば、三つだす店もある。給仕にきた従業員に「多いですよ」と訴えると、怪訝《けげん》な顔をしながら水を片づける。ある時などは、一気に六つも水が運ばれてきたこともある。

さすがに少々声を荒らげ、「多いですよ！」と抗議した。

すると従業員は「団体様かと思いまして……」と、謝罪した。

そんなこんなが、もうかれこれ半年以上も続いているのだという。

原因らしい原因も分からず、途方にくれた小川さんは、私の許《もと》へ相談に訪れた。

「うしろに何か憑《つ》いてるとか、ヘンなものは見えませんかね？」

おどおどしながら尋ねる小川さんに、私は「いいえ」と首を振った。

確かにヘンなものは憑いていないと判じる。ただ、小川さんが仕事場に入ってきた時、私は彼を双子と認識していた。同じ顔の人間がふたり並んで入ってきたのである。

勘違いかとも思ったのだが、彼の前には妻の淹《い》れた茶が、やはりふたつ並んでいた。

今は以前よりだいぶよいと聞いているが、水は未《いま》だに多くだされることがあるという。

似て非なる悩みを持つのが、主婦の野沢《のざわ》さんである。

野沢さんの場合、水が余分に来たりすることはない。

代わりに飲食店の料理や食料品店の商品に、高確率で異物が混入している。

髪の毛や爪に始まり、小石や綿くず、セロハンテープの切れ端やクリップに至るまで、その種類は幅広く、中身は毎回異なっている。

この不具合は数年前になんの前触れもなく、突然始まったのだという。

当初は店に訴えて、その都度交換してもらっていたのだが、今は断念しているという。あまりにも頻繁に異物が発見されるため、自分で故意に混ぜこんでいるのではないかと疑われるのが、厭《いや》なのだそうである。

私も当初、そうではないかと微妙に勘繰ってしまったのだが、続く野沢さんの証言で、その考えは一蹴《いっしゅう》された。

「こういうのって、食べ物だけじゃないんですよ」

言いながら野沢さんは、持参したバッグから数冊の書籍を抜きだした。

書店で購入する本もまた、落丁・乱丁本をつかむことが多いのだという。実際に本を開いて検《あらた》めてみると、確かに全ての本にページの抜けなどの不備が認められた。

本に限らず、衣類や電化製品に関してもこうしたトラブルは多いと、野沢さんは語る。

私もいろいろ思案はしてみたのだが、原因は今もって不明のままである。

蠟燭

ある日のよく晴れた朝のこと。

主婦の薫《かおる》さんは、夫と子供を送りだしたあと、いつものように仏壇の蠟燭《ろうそく》に火を灯《とも》し、ご先祖さまへ手を合わせた。

ところが合掌を終えて目を開けたとたん、愕然《がくぜん》となる。

仏壇の蠟燭が二本とも大きな火柱を立て、物凄《ものすご》い勢いで燃え盛っていたからである。

即座に火を消そうと試みたが、仏壇用の小さな火消し程度ではまったく埒《らち》があかず、火はますます勢いを増していく。

どうしようと薫さんがおろおろしているうちに、火柱は蠟をどんどん溶かしてゆき、今度はぶすぶすと、どす黒い煙をあげ始めた。

水!

我に返って思い立ち、全速力で台所へ水を汲《く》みに走る。

気ぜわしくバケツに水を汲み、大急ぎで再び仏間へと舞い戻る。

しかし、バケツを抱えて仏壇に駆け寄ると、さっきまであんなに燃え盛っていた炎は煙の一筋さえも残さず、綺麗さっぱり消え失せていた。

よかった……と一瞬、胸を撫《な》でおろしたが、消えた蠟燭を見るなり再びぎょっとした。

燭台に刺さった蠟燭が二本とも、人の手の形になっていたのだという。

どろどろに溶けた蠟の残骸がちょうど五本、天へと向かってばらけたような形に変じ、人の指のようになっていた。

見ると五本の指のうち、一番外側の一本は短く、その隣の指は少し長め。まんなかの指がいちばん長く、その隣はまた少し長め。最後の一本はそれより少し短い。

親指、人差し指、中指、薬指、小指の長さに揃っている。どう見ても人間の手だった。

二本の手はマニキュアを乾かす時のような恰好《かっこう》で指を上方に向けて開き、燭台の上でつやつやと直立していた。

なんだろう、こんなの初めて……。

どぎまぎしながら見入っているところへ、茶の間の電話が突然鳴り響く。

出ると警察からだった。つい今しがた、夫が通勤の途中、対向車に正面衝突をされて病院に搬送されたと報《しら》された。

真っ青になってすぐさま病院へと駆けつけたが、フロントがぺしゃんこになるような大事故だったにもかかわらず、幸いにも夫は軽傷だったという。

禁忌を書く　中

販元から正式な執筆依頼を受け、およそ半月が経過した七月の上旬。

頻発する原稿の消失に加え、体調のほうも日増しに悪化の一途をたどっていた。

真夏だというのに身体が異様に凍え、キーボードを叩《たた》く指先が氷塊のように凍《い》てつく。

執筆を続けているとしだいに身体が激しく震えだし、腕すらまともに動かせなくなる。

そのため少しでも身体を温めるべく、日に何度も風呂《ふろ》に入る必要があった。

熱い湯にしばらく浸《つ》かると、芯《しん》まで冷えきった身体が徐々に本来の温もりを取り戻す。

ただ、それはあくまで応急的な対処に過ぎなかった。風呂からあがって数時間もすれば、
身体は再び四肢の端々から冷え始め、またぞろ風呂に入らずにはいられなくなる。

こんなことを毎日繰り返し、私は一日の間に五回も六回も風呂に浸かった。

また、肩や膝《ひざ》、背中の痛みに加えて、胃腸の具合も日を追うごとに悪くなっていった。

七月に入ったあたりから、腹には絶えず、刺すような痛みが生じるようになっていた。

汚い話で恐縮だが、気づけば血便が出るようになっていた。蒼《あお》ざめて病院へ駆けこむと、
胃腸炎ではないかと診断されたが、くわしい原因はついぞ分からずじまいだった。

こんな悲惨な毎日が続いていたので、気力も俄《が》然《ぜん》、萎《な》え衰えていく。

原稿のデータが消失する頻度も、四月に比べると段違いに増えていった。苦肉の対抗策として原稿を一枚書きあげるたび、プリントアウトを試みたこともある。手段としては単純なものだが、バックアップ対策としてはもっとも確実なものである。

ところがある朝、平積みにしていた原稿の紙束を見ると、紙の端が小さく焼け焦げて黒くなっていた。わずか二センチ足らずの燃え跡だったが、原稿の周囲に火の気はない。たとえわずかな焦げであっても、火など絶対につくはずがないのである。

これ以上続けたら、家を燃やされる——。

恐れをなした私は、その日をもって原稿のプリントアウトを一切やめた。

これらと並行して、座敷の押入れから聞こえてくる乾いた物音も不定期に続いていた。かさかさ……がさがさ……という静かで乾いた、かすかな物音。昼夜の一切を問わず、それは唐突に始まり、短い時は数十秒、長い時には数分ほど断続的に続く。

ただそれだけの現象なのだが、物音の原因を知っている私としてはひたすら恐ろしく、体調不良も相俟《あいま》って、再び襖《ふすま》を開けて何がしかの対処をする気になどなれなかった。

さらに加えて七月の初め頃からは、仕事場でも不穏な気配を感じるようになっていた。PCへ向かう私の背後や隣に貼りつくようにして、常に何者かの気配を感じるのである。意識を集中していると、時折静かな息遣いさえ感じられることもあった。

相手が何者であるかは、考えずともすぐに分かった。

私が書いている原稿に、その異様な仔細《しさい》の全てがつぶさに語り記されている。

だが、その姿は私の目には決して視《み》えない。

代わりに、間違いなく何かが自分のそばに〝いる〟という圧迫感だけが、まざまざと感じられるだけである。だから〝視えない〟というよりもむしろ、向こう側が意図して姿を〝視せない〟のだと私は確信していた。おそらくは明確な悪意をもって。

怪異の対象が視えるよりも視えないことのほうが、いかに不穏で恐ろしいものなのか。平素、人の目に視えないものが視えてしまう私にとって、その効果は絶大なものだった。

連日、はらわたを氷嚢《ひょうのう》で撫でられるような心地に晒《さら》され、神経もすり減らされていく。

そうした状況の中、なおも悪いことに怪異以外の問題も発生する。

『花嫁の家』は、曰《いわ》く因縁《いんねん》が云々《うんぬん》という以前に、過去における私自身の実体験でもある。だから原稿が進めば進むほど、当時のフラッシュバックがひどくなり、書けば書くほど身体の寒気が増大し、涙がこぼれて止まらないことも多かった。

こんなひどい状態だったため、本業の拝み屋も不定期で休みがちになっていく。

電話で予約を受けつける際、依頼主から相談内容の詳細を注意深く尋ね、厄介そうな案件は辞退させてもらうか、私の師匠筋を紹介するようにしていた。

この当時、私が仕事として引き受けていたのはせいぜい、交通安全や厄払いといった当たり障りのないお祓《はら》いぐらいのものである。自身の憑《つ》き物さえ落とせないというのに、他人に憑いたものを落としたり祓ったりする自信など、私の疲弊しきった心と身体には、もはや一片たりとも残されてはいなかった。

斯様《かよう》な窮地に追いつめられていても、凶事のほうは止《とど》まることなく、その後も続いた。

七月の中頃である。朝方、居間に設《しつら》えてある九十センチ規格の大型水槽を覗《のぞ》きこむと、中で飼っていた五匹のナマズたちが全滅していた。

体長二十センチほど。大きな頭に、ずんぐりとした体形をした南米産の中型ナマズで、我が家の飼育魚の中でも、私がとりわけ大事に飼育してきたナマズたちだった。

生き物だから、いずれは死ぬのが定めである。だが、死に様があまりにも異様だった。ナマズたちは水面に腹を向けてぷかぷかと浮かび、身体の表皮がずるずると剝《は》がれて、風船のごとくぱんぱんに膨れあがっていた。事情を知らなければ、死んでからかなりの日数が経ち、極度に腐敗の進んだ死骸《しがい》にしか見えない有り様である。

だが私は前日の夜にも、ナマズたちの姿を見ている。

夜行性である彼らのため、深夜に餌を与えているのである。その時、ナマズたちにはなんらの異常も見られなかった。私が水中に餌を投下すると、いつものように水槽内をせわしなく泳ぎ回って、元気に食事をしていたのである。

死骸となったナマズたちを網で掬《すく》いあげると、案の定、強烈な腐敗臭が鼻をついた。やはり腐っていたのである。そんなことなど、絶対にあるはずがないのに。

どろどろと肉の溶けかかったナマズたちの死骸を見つめていると、言い知れぬ不安と恐怖が腹の中にそよぎ立ち、私はしばらく身体の震えが止まらなかった。

次は魚では済まないぞ——。ナマズたちの変死は、そのような警告にも受け取れた。

その後も〝向こう側〟が姿を見せることは一切なく、日々気配ばかりが感じられた。姿はおろか、声すらも聞こえず、私が感じ得るのはあくまでも空気のような気配だけ。だから私自身の思いこみだと解釈してしまえば、これは単にそれまでの話である。

ただ、実際にこうした状況に身を置かれてみると、とてもそんな解釈はできなかった。この頃にもなると物事を楽観的に、ないしは合理的に考える余裕など微塵《みじん》も湧き立たず、私の胸中には絶えず、言い表わしようのない焦りと恐怖ばかりが渦巻いていた。

四六時中、視えない〝敵〟の存在感と、いつ始まるやも知れない〝敵〟からの襲撃に為《な》す術《すべ》もなく、ただひたすらに怯《おび》え続ける。

とにかく一刻も早く原稿を書き終え、この現世の冥府《めいふ》のような毎日から脱出したい。ほんの少しでもいいから、心の和らぐ時間が欲しい。平和に過ごせる時間が欲しい。版元から正式な依頼を受けた以上、もはや個人の一存で逃げだすこともできなかった。なんの希望もないまま、そんなことばかりを思い続け、私はひたすら筆を進め続けた。

そうした一方、妻の身になんらの異変も起こっていないことだけは、甚《いた》も幸いだった。仕事場に漂う気配はおろか、座敷の押入れから聞こえる物音さえも妻は知らないという。知らなくて幸いだし、実害がないのはさらに幸いなことだった。

私自身に降りかかる災いは、言うなれば自業自得だし、何が起きても文句は言えない。だが、妻と飼い猫たちは違う。なんの罪もない。とにかく全ての原稿を書きあげるまで、妻や猫たちの身に一切の凶事が起こらないよう、私は日々切々と願い続けていた。

然様《さよう》にのっぴきならない状況下、からくも執筆を続けていた七月下旬のことである。

どうにか原稿も大詰めを迎え、ようやく最後の仕上げに至った頃のことだった。

ある朝目覚めてPCを立ちあげると、いつものごとく原稿データが消えていた。

またかと思いながらも、慣れた手つきでバックアップを保存している記録メディアをPCに差しこみ、データの復元を図る。

ない。

昨晩、記録メディアに保存したはずの原稿データが、丸ごと消失してしまっていた。

他に保存していた記録メディアをPCに差しこみ、データを順に確認していくうち、私の顔からみるみる血の気が引いていった。

全部で五つ、バックアップ用に保存していた原稿データのうち、ふたつは完全に消滅。残り三つのうち、ひとつは、原稿全体の要所要所が文字化けを起こしていて、判読不能。残りふたつは原稿の前半部分や一部分のみを残して、データが半分消えていた。

仕事場のカレンダーを見ると、締め切りまでは残り一週間しかない。

私の手元に現存している原稿は、かろうじて消失を免れた前半部分の数十ページと、スクラップのごとく断片的に切り取られた中盤、後半部分の原稿が百数十ページほど。

『花嫁の家』は総ページ数三百八十ほどの長編である。同時に、たとえ数ページ分でも原稿が欠ければ、全体の構造が成立しない複雑な流れを持つ話でもあった。

締め切りまで残り一週間という最悪のタイミングで、そのうちの二百ページあまりが一瞬にして消滅した。事態を把握するまで多少の時間を要したが、状況が呑《の》みこめると、奈落《ならく》の底へ突き落とされたような悲鳴が勝手に口から溢《あふ》れ出た。

数ヶ月前までは、担当の編集者にもバックアップ用の原稿を随時送信していたのだが、記録メディアからの復元だけで対応できると判断したのちは、いつのまにかやめていた。その油断と驕《おご》りが、ここに至って大きな仇《あだ》となってしまった。

消えた二百数十ページ分の原稿はもう、この世に存在しないのである。

ぐらぐらと、視界が妙に回ると思っていたら、眩暈《めまい》を起こしていることに気がついた。心拍数は急激に跳ねあがり、しゃっくりのごとく不安定な吐息がのどからこぼれ始める。

蒼ざめたまま、すぐさま担当に連絡を入れたものの、何がどうなるわけでもなかった。ここにきて締め切りを延ばすことは不可能だと告げられ、私の視界は真っ暗になる。

——とにかく消えた部分を全て書き直すしか、解決策はない。

二時間ほど座卓に突っ伏し、たっぷり煩悶《はんもん》した末に出た結論は、結局それだけだった。

残り一週間で、およそ二百ページ。

必死になって書き直したところで、あるいはまた、原稿を消されるかもしれない。さもなくば原稿が消える以上の、何かとんでもないことが起きるのかもしれない。

そんなどうしようもない予感に押し潰《つぶ》されそうになっているところへ、隣の座敷からがさがさと、乾いた静かな物音がまたぞろ小さく聞こえてくる。

同時に耳元から肩口にかけての背後に、何者かの強い気配をありありと感じ始める。気配を感じたとたん、全身にひどい悪寒を覚え、ぶるぶると総身が震え始めた。

もういい加減、うんざりだった。

こんな思いをするのは、そろそろ終わりにしたい。

間に合うにせよ、間に合わないにせよ、いずれにしてもやるより他なかった。

とにかく最後の最後まで死力を尽くして書きあげないと、この歪《ゆが》んでしまった異様な日常にいつまでも区切りをつけられそうにない気がした。

私は再びＰＣを立ちあげ、あまりにも膨大過ぎる〝消えた原稿〟を書き直し始めた。

式神ホテル

塗装工をしている西《にし》さんから、こんな話を聞いた。

同じ職場の後輩に当たる小堀《こぼり》君という男の子が、こんな体験をしたという。


ある夏の深夜。小堀君は彼女とふたりで、海辺の丘の上に建つ廃ホテルに忍びこんだ。

目的は肝試しではなく、ホテル代を浮かすため。

当然彼女は嫌がったが、ふたりとも財布の中は寂しく、他に楽しめそうな場所もない。

しぶしぶ彼女のほうも小堀君の提案を承諾したのだという。

ホテルは二階建ての簡素な造り。ホテルというより、雰囲気はモーテルのそれに近い。

外装は古めかしかったが、閉館したのはまだわずか数ヶ月ほど前。小堀君の見立てでは、
内部はまだまだ綺麗《きれい》な状態のはずだった。

加えてホテルが閉館したという事実は、地元でもまだそれほど広く知られていない。

今ならば冷やかし目的で出入りする連中もいないだろうと、小堀君は踏んだのだった。

周囲に人気がないことを見計らい、ホテルの裏手に車を停める。

彼女の手を引き、手頃な窓ガラスをぶち破って中へと分け入る。

懐中電灯で屋内をぐるりと照らしてみると案の定、ホテルは営業当時の綺麗な状態をほとんどそのまま保っていた。

壁面の落書きやガラスの破損など、いかにも廃墟《はいきょ》然とした無粋な傷みは一切見られず、廊下に敷かれたカーペットにすら目立った汚れは見受けられない。

これならしばらく、いい感じに使わせてもらえるかも。

したり顔で彼女とふたり、懐中電灯の明かりを頼りに暗い廊下を進み、客室が連なる二階への階段を上る。二階も同じく、荒らされた形跡などなく、電気がつかない以外は通常営業しているホテルとなんら変わらない状態を保持していた。

適当な客室を選んで中に入ると、持参してきたタオルケットをベッドの上に広げ敷き、さっそくふたりで事に及んだ。

暗闇の中、初めは多少の怖さと緊張感にどぎまぎした。けれども一旦《いったん》行為が始まると、そんなこともすぐに忘れて夢中になった。

無人のホテルはしんと静まり返って、虫の声ひとつ聞こえてこなかったという。

小一時間ほどベッドの上で過ごしたあと、彼女が「もう帰りたい」と言いだしたので、ふたりで手を取り合い、客室を出て再び一階へとおりた。

懐中電灯をかざしつつ、侵入してきた窓ガラスを指して、真っ暗な廊下を並んで歩く。彼女に向かって「また来ようぜ」などと、話をしている時だった。

「ふふふん」

うしろから突然、女の小さな笑い声が聞こえた。

どうやら彼女の耳にも聞こえたらしく、小堀君の腕にぎゅっと身を寄せ、固まった。

「今の、何……？」

小さく肩を震わせながら、彼女が消え入りそうな声で小堀君に訊《たず》ねる。

「気のせいだよ。行こうぜ」

内心、そうではない、絶対にそうではないと、確信めいた思いが湧きあがってはいた。

しかしあくまでも平静を装い、そのまま暗い廊下を歩き続けようと懸命に努める。

と、そこへ——。

「ふふふっ」「んふふっ」「ふふん」「ふふふふん」「あはははっ！」

今度は背後でたくさんの笑い声が、大きく湧いて鳴り響いた。

思わずふたりともぎくりとなって、ほとんど条件反射でうしろをぱっと振り返る。

真っ暗なロビーの受付カウンターに、スーツ姿の女がいた。それも大勢の女たちが。

女たちは受付カウンターの端から端までずらりと並び、ふたりを見ながら笑っていた。

「あははは」「ははははは」「ふふふふ」「あはははは！」「ははははは！」

「ははははは！」「あははははは！」「あははははははははははっ！」

「はははははは！」「ふふふふふ！」「あっはっはっはっはっ！」

　ふたりで悲鳴をあげながら転がるようにして外へ飛びだすと、一直線に車へ駆けこみ、全速力でホテルの敷地をあとにした。

　助手席で泣きじゃくる彼女の嗚咽《おえつ》を尻目《しりめ》に、小堀君は荒い息をはずませ、真っ暗闇の海岸線をひたすら飛ばす。ハンドルを握る手には冷たい汗がしとどに滲《にじ》んでいた。

「なんなの？　ねえ！　あれ、なんなの！」

　非難めいた彼女の叫びにどう答えたら良いか困惑しているところへ、ふいに小堀君の携帯電話が鳴った。ディスプレイに発信番号は表示されていない。

　恐る恐る出てみると、音声ガイダンスのような無機質な女の声で、

「本日はご利用ありがとうございました」

　と、ひと言聞こえた直後、
あはははははははははは！　はははははは！　ははははははは！

ははははははははは！　あはははははははははは！

　電話の向こうから大勢の女の笑い声がけたたましく轟《とどろ》き、通話が切れた。

　この夜の一件が原因となり、ほどなく小堀君は彼女と別れることになったのだという。

小堀君の話を聞いてしばらく月日が経ったあと、西さんも一度、仲間を連れて夜中にホテルを訪れてみたことがあるという。

小堀君の侵入からだいぶ時間が経っているというのに、中は同じく綺麗なままだった。荒らされた形跡と言えば、かつて小堀君が侵入のために割った窓ガラスぐらいのもので、他に乱れた様子は見受けられなかったという。

女たちが笑っていたという受付カウンターへ向かうと、カウンター奥の事務室らしき部屋の中を一瞬、誰かがすっと横切るのが目に入った。

恐る恐る中へ入ってみた瞬間、西さんはぞっとする。

部屋の壁一面に紺色をした女性用のリクルートスーツが一式、両袖《りょうそで》と腰元を太い釘《くぎ》で打ちつけられ、磔《はりつけ》のようになってずらりと並んでいた。

薄っぺらいスカートの中からは、空っぽのストッキングがだらりと床まで垂れさがり、足首にはご丁寧に靴まで履かされていたという。

その異様な姿は西さんに、陰陽師を扱った映画で知った式神という概念を連想させた。

「誰かがなんか、あそこで呪いの実験みたいなことでもしたんですかね？」

当時の光景を思いだしたのか、わずかに肩を竦《すく》ませながら西さんは語った。

その後、まもなくホテルは取り壊され、今は見る影もないという。

喰われる知らせ

「ああいう場所で怖いのは、お化けだけだと思ってたんです。でも違うんですね」

介護関係の仕事をしている保坂《ほさか》さんが、高校時代に体験した話を聞かせてくれた。

高校二年生の夏休み、茹《う》だるように蒸し暑い深夜のこと。

保坂さんと友人たちは、地元の山中に建つ廃工場へ肝試しに出かけた。

周囲から聞く話によれば、二十年ほど前に操業を停止した小さなガラス工場だという。過去に人死にがあったり、幽霊が出没するなどの心霊スポットじみた噂こそなかったが、怪しげな雰囲気は十分にある。それだけで条件は事足りた。

言うなれば花火や海水浴と同じ、真夏のちょっとしたお楽しみ感覚だったのだという。手軽に怖い気分を味わうための興味本位で、保坂さんたちはバイクで山道を上った。

目的の廃工場は木造平屋建てで、どことなく昔の分校を彷彿《ほうふつ》させるような構えだった。操業停止からそれなりの年数が経っているにもかかわらず、外見はさほど荒れていない。一見すると、まだ人の出入りがあるのではないかと思えるほど綺麗に保持されていたが、逆にその〝変わらなさ〟が余計不気味に感じられたという。

それぞれが持参した懐中電灯を片手に、中へと足を踏み入れる。

工場内は壁や仕切りの類《たぐい》がほとんどなく、がらんとした空間に巨大なガラス溶解炉やベルトコンベヤーが整然と配されており、外側から見た印象よりも広々と感じられた。

周囲を染める闇は外よりもなお暗く、みんなで懐中電灯をかざしてもどっぷりと暗い。静まり返った工場内に響き渡るのは、保坂さんたちの乾いた足音のみである。

入口から奥を目指してどんどん進んでいくと、やがて行き止まりの壁に「事務室」と札の貼られたドアが見つかった。

ドアを開けて中へ入ると、十畳ほどの空間に灰色の事務机とスチール製の本棚が並ぶ、いかにもありふれた事務室らしい風景が広がっている。

そのまま事務室の奥まで進んでいくと、壁の隅に大きなホワイトボードが立っていた。ボード上には業務に関する報告や注意事項などが、黒色のマーカーを用いた大小様々なサイズの文字で、ずらずらと縦横無尽に書き殴られている。

なんの気もなく、みんなでそれを覗《のぞ》き見ている時だった。

保坂さんの隣に立っていた中島《なかじま》さんという友人が、突然「えっ」と奇妙な声をあげた。

「どうした？」と尋ねてみると、中島さんは「なんなんだよ、これ……」と言いながら、かすかに震える指でボードの片隅を指し示した。

「うわ……なんだこれ」

向けられた指の先に視線を巡らすなり、保坂さんと他の友人たちもぞっとなる。

中島茂利《しげとし》　平成〇〇年〇月〇日生まれ　赤鬼に喰《く》われ、惨《むご》たらしくも絶え果てる

黒字でびっしりと書かれたボードの中に、中島さんの名前があった。

姓も名前も生年月日も、それは現場に居合わせた中島さんとまったく同じものだった。

「気持ち悪《わ》りぃ。こんなとこ、さっさと出ようぜ……」

ボードのトレーに置かれていたイレイザーで、中島さんがごしごしと名前を拭《ふ》き消す。

薄気味悪くなっていた保坂さんたちも、中島さんの提案に抗《あらが》うことなく同意した。


それから二週間ほどが過ぎた、夏休みの終わり近く。中島さんが亡くなった。

深夜遅く、老朽化した台所の給湯器から出火した炎で自宅が全焼。異変に気がついた他の家族はいち早く避難して事なきを得たものの、逃げ遅れた中島さんは炎に捲《ま》かれて、焼け跡から焼死体として発見された。


赤鬼に喰われ、惨たらしくも絶え果てる――。

単なる偶然と思えばそうなのかもしれないが、割りきることはできなかったという。

「お化けを見に行ったつもりが、それ以上にとんでもないものを見てしまいました」

と、保坂さんは暗い顔をしながら話を結んだ。

至大な警告

闇夜に灯《とも》るヘッドライトに無数の羽虫と蛾の飛び交う、真夏の蒸し暑い深夜のこと。

コンビニ店員の久保山《くぼやま》は友人たちと肝試しをすべく、山中に建つ廃屋へと赴いた。

真偽のほどは定かでないが、件《くだん》の廃屋ではその昔、猟奇殺人事件があったと伝えられ、今でも殺された被害者の怨霊《おんりょう》が出るなどと、まことしやかに囁《ささや》かれていた。

山中に分け入り、しばらく車を飛ばしていくと、やがて目指す廃屋が見えてきた。

平屋建てのこぢんまりとした造りで、いかにも昔の民家といった風情の佇まいである。

おのおの懐中電灯を片手にたずさえ、車外へと降り立つ。

懐中電灯の明かりで照らしつけてみると、建物は外装のあちこちが剝《は》がれて荒れ果て、不気味な様相を醸しだしているのが一瞥《いちべつ》しただけで分かった。

玄関側に面した廊下の窓ガラスは半分以上が叩《たた》き割られ、屋根の縁からは細長い樋《とい》が蛇のようにだらりと斜めに垂れさがっている。

玄関脇の柱もあらかた腐りかけ、エナメル層の溶けた虫歯のようになっていた。

「よっしゃ、そんなら行ってみっかあ」

にやけ面を少々引きつらせながら、友人のひとりが声高らかに宣言する。

それに続いて久保山と他の友人たちも、怖々とした足取りで玄関へ向かい進んでいく。ぼろぼろに荒れ果てた玄関まで、あと数歩という距離だった。懐中電灯に照らされた前方の光景にふと、久保山の目が異様なものを捉《とら》える。

顔だった。――それも巨大な巨大な、老婆の顔だった。

横幅一間あまりの玄関口をすっぽり覆い隠すようにして、とてつもなく大きな老婆の顔面が、懐中電灯の薄明かりの中にぬっと浮かびあがっていた。

老婆の顔は眉間《みけん》と口元に深々とした皺《しわ》を刻ませ、久保山の顔をひたと睨《にら》み据えていた。よく見るとそれは、数年前に病気で亡くなった久保山の祖母だったという。

わけが分からず悲鳴をあげながら一直線に車まで駆け戻ると、友人たちが笑いながらあとを追ってきた。

「おめえ、何そんなにビビってんだよ！　大丈夫だって！」

がたがた震える久保山を友人たちがせせら嗤《わら》う。

と、その時だった。

背後で凄《すさ》まじい轟音《ごうおん》が鳴り響いたのと同時に、大量の土埃《つちぼこり》が嵐のように襲ってきた。

振り返ると廃屋の玄関口が倒壊し、ぺしゃんこになって潰《つぶ》れていたという。

嗤う女　転

『花嫁の家』の再執筆で絶不調のさなかにあった、七月末頃の深夜。

仕事場で原稿を書いているところへ、ようやく朝子から電話が入った。

「先生！　神さまとお話をするのって、どうすればいいんですか？」

いつものごとく、ろくな挨拶《あいさつ》すらなく、能天気な声音で朝子の口から飛びだしたのは、こんな浮世離れをしたひどい台詞《せりふ》だった。なんだか非常に厭《いや》な予感を私は覚える。

「話をする――というのは要するに、神棚へのお願いの仕方とか、そういうこと？」

絶対違うと思いながらも、あえて私は朝子の意図を汲《く》まない体を装う。

「違いますよ、もう。実際に目の前に現れた神さまと、わたしはお話がしたいんです」

朝子の返事を受けて、私は心底落胆させられる。悪い予感が当たってしまった。


朝子の話は、こうだった。

私が送った魔祓《ばら》いの御守りは、あの後も順調に効果を発揮し続けているとの話である。

以来、不穏な気配を感じることはなくなったし、金縛りに遭うこともなくなったという。

御守りを受け取ってからしばらくの間、極めて平穏な毎日が、朝子の許《もと》に訪れていた。

ところがそんな毎日に、一週間ほど前から変化が生じ始めた。

ただしそれは――朝子本人にとっては、の話だが――決して悪い変化ではなかった。

明け方近く、いつものごとくネット遊びを終え、ベッドに潜りこんだ時だったという。

閉じたまぶたの裏側に、朝子は不思議な光を感じた。

電気を消しているため、部屋の中は真っ暗である。にもかかわらず、まぶたの裏には薄明るい金色の光が感じとれたのだという。

不審に思い、ゆっくりまぶたを開けてみる。

すると、朝子の頭上に純白の衣をまとった美しい女性の姿があった。

女性は、すらりとした綺麗《きれい》な立ち姿で部屋の宙に身体を浮かせ、慈愛に満ちた笑顔で朝子の顔を見おろしている。女性の背後からは金色《こんじき》の光明が放射状にさんさんと放たれ、朝子の顔をまばゆく照らしつけていた。

異様な状況にもかかわらず、女性のことを恐ろしいとはまったく感じなかったという。代わりに朝子は、女性の容姿と後光が醸しだす神々しさにたちまち心を奪われた。

「あなたさまは、どなたですか？」

ほとんど無意識のうちにがばりと上体を跳ね起こし、女性に向かってお伺いする。

けれども、女性から返ってくる言葉は何もなかった。代わりに彼女は朝子に向かってゆっくりと両手を広げ、頬をゆるめてさらに優しく微笑んだ。

それから女性は朝子の目の前で、眩《まばゆ》い光とともにすっと姿を消したのだという。

「ひと目見た瞬間、『あっ絶対に神さまだ』って直感しました！」

朝子が私に言う。電話越しであっても声色から察して、朝子の顔に恍惚《こうこつ》とした笑みが浮かんでいることは、容易に察することができた。

件の〝神さま〟らしき女は、それから数日おきに朝子の枕元に浮かぶようになった。

その都度朝子は起きあがり、あれやこれやと声をかけるのだが、女のほうから言葉が返ってくることはやはりない。ただただ、両手を広げて微笑むばかりなのだという。

「それで、神さまと交信するためにはどうしたらいいんだろうって、もう悩んで悩んで。いろんな本とかも読んで調べてためしてみたんですけど、全然ダメなんですよねえ……。それで、郷内先生だったらいいアドバイスをしてくれるんじゃないかと思いまして」

悪びれる様子もまるでなく、朝子は抜け抜けと私に語った。

「悪いんだけど、そんな方法は私も知らない。というか、神さまと直接話をするなんて、そもそも拝み屋の領分じゃない。残念ながら力にはなれないよ」

長らく続く体調不良も加わり、朝子の語る話と願望に、私は大層辟易《へきえき》させられていた。

一体何をやっているのだろうと、内心呆《あき》れ返りもする。

「ところで仕事のほうはどうなったの？　働き始めたりしてる？」

呆れたついでに間髪を容《い》れず、我ながら意地の悪い質問をぶつけてやった。

「あ……いや、それはまだですけど」

一瞬の間があり、思ったとおりの返答があった。倦怠感《けんたい》がさらに強まる。

先月、仕事や将来に関する提案をしたところ、朝子はたちまちしどろもどろとなった。その後、ぴたりと電話が来なくなったのだ。理由は容易に察することができる。

核心を突かれて気まずくなったのだ。それは裏を返すなら、朝子本人が将来に対する方針や責任から逃げ回り、放棄しているという表れでもある。

そんな人物が、ひと月あまりも時間を空けて電話を寄こしてきたかと思えば、今度は「神さまと話がしたい」ときたものだ。いい加減にしろよと言ってやりたい気分だった。

「あ、でも今日はそういう系の話じゃなくって、神さまの話を聞いてほしいんですよ！わたし、神さまの言葉は直接聞いてないけど、なんだかとっても大事なことをわたしに伝えようとしているんだっていう確信はあるんです！」

しかし、当の朝子は私の心情を軽々とうっちゃり、寒気のするような怪気炎をあげた。

実のところ、こうした話や台詞というのは、過去にも一部の相談客の口からさんざん聞かされてきていた。

わたしのところに神さまが降りてきました。わたしの身体に如来さまが宿られました。わたしの耳元で竜神さまが囁かれるのです――。

朝子が視《み》ている〝神さま〟の件も含め、こうした告白を無下に否定する気は毛頭ない。たとえそれがどれほど荒唐無稽《こうとうむけい》な体験だろうと、客観的に証明しようのない話だろうと、本人がそれを事実と言うなら、とりあえず耳をかたむけるようにはしている。

だが、こうした話を語る相談客は、例外なく「前を向いていない」ということもまた、紛れもない事実である。

一個人の目の前に神なり仏なりが姿を現され、その威光や言葉によって個人の人生がよりよい方向へと向かっていくのなら、それは喜ばしいことだと思う。

けれども実際は、その正反対である場合が多い。常人の目に視えざる神仏との接触に舞いあがった彼ら、ないしは彼女たちの人生はその後、急転直下の勢いで落ち始める。

職に就いていない者は日がな神仏との対話にうつつを抜かし、働く意欲をさらに失う。視えざる神仏への心酔が高じ過ぎた者は、新興宗教もどきの怪しげな祈禱《きとう》道場を開設し、家族や身内は元より、内実を知らずに訪れた一般客へも多大な迷惑をかける。

因果関係の証明ができないため、明言こそは避けるものの、さらにつけ加えるならば、神仏の名を騙《かた》り過ぎたあまりか、罰らしきものが当たった者も中にはいる。

こんな末路をこれまで飽くほど聞き知らされているため、朝子の突飛な言動に対して私は警戒心を抱いたし、同じく心配もし始めていた。

「それにしても、神さまってほんとにいるんですねえ。悪霊とか浮遊霊みたいなものは今までけっこう視てきたけど、神さまはこの目で視るまで信じられませんでしたよ！」

だが肝心要《かなめ》の当の本人は、このように至って暢気《のんき》なものである。

そもそも、私が暗に朝子からの連絡を待っていたのは〝神さま〟と話がしたいだとか、その後の就職活動の結果だとかを聞きたかったからではない。

前回の電話が終わる間際、再び耳に聞こえてきた、あの得体の知れない女の嗤い声に一抹の不安を覚えたからに他ならないのだ。こんな心配をするためではない。

通話が始まり、もうすでに一時間近くが経っていた。

思い返せば前回も前々回も、声が聞こえてきたのは通話の終わる間際だったはず。受話器越しに延々とさえずる朝子の言葉は、件《くだん》の〝神さま〟の話題で持ちきりだった。そろそろ限界だと判じる。締め切りも迫っていた。原稿に戻らなければならない。

「悪いんだけど、時間ももうだいぶ遅いし、切らせてもらっていいかな？」

淡々とした口調で告げると、朝子は名残惜しそうな気振りを声音に浮かばせながらも、素直に応じた。聞こえてくるならそろそろだな、と私は少し身構える。

「今夜も話を聞いてくれて、ありがとうございました。神さまのほうはわたしのほうでもう少しがんばってみますね。ありがとうございます」

「神さまもいいけど、自分の将来と向き合うこともたまには考えてね。それじゃあ」

言い終えて受話器を耳元から離し、慎重に通話を切る。

沈黙。

座卓の上に電話を置いても、今夜は何も聞こえてくる気配がない。

静まり返った仕事場を見回しながら三十秒ほど様子をうかがっていたが、やはり何も起こる気配は感じられない。ならば私としてはもう、問題なしである。

朝子と関わるのは、今夜これっきりで終わりにしようと思った。

じわじわと痛む関節やら腹やらをかばいながら重たい腰を持ちあげ、トイレへ向かう。

仕事場を抜けだし暗い廊下を渡って、自宅の北側にあるトイレのドアを開ける。

用を足し終え、再び廊下に出た直後だった。

あっはっはっはっはっはっはっはっはっはっはっはっはああああ！

あっはっはっはっはっはっはっはっはっはっはっはっはああああ！

仕事場のほうから突として、あの嗤《わら》い声が轟《とどろ》いた。

ぎくりとなってその場に立ち竦《すく》み、声に向かって耳をそばだてる。

あっはっはっはっはっはっはっはっはっはっはっはっはああああ！

あっはっはっはっはっはっはっはっはっはっはっはっはああああ！

時間にしておよそ十数秒。声はけたたましく笑いはじけ、それからふいに立ち消えた。

深夜の薄暗い廊下に再び静寂が戻る。今回は通話後にも声が聞こえてこなかったので、すっかり油断していたのが仇《あだ》となった。嗤い声の唐突な顕現にがくがくと膝《ひざ》が笑いだす。

わななく足でどうにか床板を踏みだし、仕事場へ向かってゆっくりと戻っていく。

廊下を歩きながら、頭の中では厭《いや》な光景ばかりが浮かびあがって身を縮こまらせた。

六月半ばの深夜。朝子から初めて電話を受けたあの日、仕事場の座卓越しに垣間《かいま》見た嗤う女の幻影。長い黒髪を振り乱し、顔の輪郭さえ分からないほど激しく髪頭《かみがしら》を振って嗤っていた、あの異様で不穏で心底おぞましい姿。

そんな女が嗤い声をひそめ、またぞろ座卓の前に座っているのではないかと考えると、それだけでぶつぶつと二の腕に粟《あわ》が生じ始めた。

ガラス障子越しに部屋の様子をうかがい、恐る恐る仕事場へ戻ってみると、幸いにも女の姿はどこにもなかった。ひとまず安堵《あんど》の息を漏らし、座卓の前に腰をおろす。

一体あの女はなんなのかと、改めて思い始める。

朝子にとり憑《つ》いている、あるいは朝子と何かつながりのある女なのだろうか。

〝神さま〟がどうのこうのと、だいぶご執心の様子だったが、その〝神さま〟とやらもあの嗤う女が見せている幻ではないのか？

頭皮にさらさらとした不快な寒気を感じながら、そんな推察を漠然と思い巡らせる。だが結局、何も分からなかった。推察は推察であり、確証となる裏づけなど何もない。

頼むからもうこれ以上、電話を寄こさないでほしい。

凍える頭で私が思い得たのは、敗北宣言とも言い替えられる、実に弱気な要望だった。『花嫁の家』における原稿消失や体調不良も重なり、それほどまでに私の神経はか細く、全てにおいて及び腰になっていたのである。

夜間外来

市街の総合病院で看護師をしている郁子《いくこ》さんから、こんな話を聞いた。

肌身が湿気ばむような蒸し暑い夏の夜。郁子さんが夜勤をしていた時のことだという。

深夜の一時過ぎ、夜間外来の受付方面から、常軌を逸した女の叫び声が聞こえてきた。

郁子さんはちょうど処置室での仕事が終わり、廊下を歩いて事務室へ戻る途中だった。

何事かと思って視線を向けると、上半身が血まみれになった四十代半ばぐらいの女が、受付の前で狂ったようにわめき散らしていた。

傍らには同年代の男が寄り添い、おろおろした様子で女を必死になだめすかしている。

ところが女のほうは男の言葉など、まるで聞き入れるそぶりがない。あらんばかりの大声を張りあげ、静まり返った深夜の病棟内に大絶叫を響かせている。

対応に向かっていた同僚の看護師たちも、女をどうにか鎮めようと懸命に声をかける。

しかし、女はそれでも一向に落ち着く気配を見せなかった。

よくよく女の声を聞いていると、傷の痛みや苦しみを訴えるようなものではなかった。

「我は三千世界の領主なるぞ!」とか「貴様らに永劫《えいごう》の苦しみをくれてやる!」などと、わけの分からない文言をしきりに繰り返し続けている。

一種の錯乱状態ではあるようなのだが、それは傷の痛みなどから生じるものではなく、なんらかの薬物を用いた恣意《しい》的なトランス状態か、あるいは統合失調症などに見られる宗教妄想に近しい印象があった。

ただ原因はどうであれ、彼女が血まみれの状態でこの場へ訪れたことに変わりはない。他の患者への迷惑にもなるし、まずは診察を受けられる状態にするのが先決だと判じた。郁子さんもとり急ぎ、彼女の許《もと》へと駆け寄っていく。

「我は今、この者の粗陋《そろう》な心と身体を支配しておるのじゃ！」

同僚たちと協力しながら女を取り押さえ、半ば引きずるようにして処置室を目指す。

ところが女の力は尋常ではなく、郁子さんたち女性看護師が四人がかりで押さえても、片腕一本で看護師たちを軽々と薙《な》ぎ払ってしまう。

脚の力も凄《すさ》まじく、油断した一瞬の隙に郁子さんは向こう脛《ずね》を思いっきり蹴飛《けと》ばされ、その場にもんどり打って倒れこむ羽目になった。

結局、見兼ねた警備員と、騒ぎを聞いて駆けつけてきた男性看護師たちの手によって女はようやく羽交い絞めにされ、拘束ベルトのついたストレッチャーに乗せられる形で処置室へと運びこまれた。

「卑しい屑《くず》どもが！　かくも無礼な所業、決してただでは済まさぬぞおおお！」

処置室へ入ってもなお、女は未《いま》だわめき続けていた。怪我をした経緯や痛みを尋ねる医師の質問に対しても、まともに答えるそぶりすらない。

拘束ベルト越しに上着をはだけて女の肌を露《あら》わにすると、胸元に刃物で切ったような細長い切り傷が一本あった。上着についた血の量は多かったが、出血はすでにあらかた止まっているようで、傷の程度も浅そうに思えた。

「やめろおおおおぉぉぉぉ！　やめぬか、この下郎どもおおおおぉぉぉぉぉ！」

「落ち着いてください！　何も危害を加えたりはしませんよ！」

痺《しび》れを切らした医師が、女に向かって大声をあげる。

「黙りおろう！　貴様ごとき下賤《げせん》の繰り言に耳をかたむけるとでも思うてかッ！」

それでも女は、医師の声などどこ吹く風。あくまで騒ぎ立てるばかりである。

まるで要を得ない女の言葉に見切りをつけ、医師が黙々と処置を始めた時だった。

「やめろ、貴様らあああああああああああああああああああああああ！」

さんざんわめいていた女の声が一際大きくなった直後、視界がふっと真っ暗になった。

停電になったのである。

時間にすれば、およそ五秒程度の短い停電だったという。その場に居合わせた一同が「あっ」と思って焦る頃には、再び視界がぱっと明るくなった。

とたんにしんとした静寂が、処置室に舞い降りる。

はたと気づくと、先ほどまで荒れ狂うように叫び続けていた女の声が止んでいた。

「大丈夫ですか」と郁子さんが女に尋ねると、女は顔をしかめながら「うう」とうめき、

「大丈夫です……」と小さな声で応《こた》えた。

その後、傷の処置は滞りなく終わり、女は処置室の外で待っていた同年代のあの男と、まるで何事もなかったかのようなそぶりで帰っていった。

傷の原因はおろか、この夜、女の身に何が起きたのかについては結局何も分からない。

ただ、病院には緊急用の予備電源が設備されている。だからあんな停電が起こるなど、通常ならば、まずもってありえないことだった。

それだけは今でも不思議に感じられて仕方がないと、郁子さんは語っている。

念描

デザイン関係の仕事をしている佐古田《さこだ》さんから聞いた話である。

佐古田さんが大学に入学したばかりの頃、理香子《りかこ》さんという同い年の彼女ができた。物怖《ものお》じしない明るい性格の女の子で、出会ってすぐにふたりは打ち解け、気がつけばごくごく自然に交際が始まっていたという。


理香子さんとの交際が始まり、二月ほどが経った頃だった。

休日の昼間、自宅のアパートで理香子さんと仲睦まじくおしゃべりをしているうち、佐古田さんはふと、理香子さんの顔を描いてみたくなった。

この頃からデザイン関係の仕事に就きたいと考えていた佐古田さんは、日課のようにデッサンの勉強を続けていたのだという。

はにかみながらも頼んでみると彼女は快諾し、さっそく居住まいを正してくれた。

手頃なスケッチブックを開き、テーブルの向こうに背筋を伸ばして座る理香子さんを一筆一筆、慎重な手つきで描き始める。

そうして十分ほど、夢中になって描き進めた頃だったという。

白紙に描かれていく理香子さんの顔をふと注視すると、佐古田さんは違和感を覚えた。顔が理香子さんのそれと、まったくの別人なのだという。

本来あるべき理香子さんの髪型は、肩口で切り揃えられたミディアム・ロングである。ところが絵の中の理香子さんは、長い黒髪が胸の下までたっぷりと伸びている。

髪型ばかりでなく、顔も本人とまるで似つかないものだった。

丸くて大きな両目、細くて長い鼻筋、少し肉厚で幅の広い唇をした理香子さんに対し、スケッチブックに描かれた理香子さんは、閉じ気味の細長い両目、鼻頭の丸いだんご鼻、肉薄で小さな唇をしている。

人物デッサンも基礎から学び手慣れたものだったので、モデルとこれほどかけ離れた顔になることなど、絶対にあり得ないことだった。なんとも薄気味の悪い気分になる。

ただそうは感じても、佐古田さんの手が止まることはなかった。

まるで右手が勝手に動いているかのように、握った鉛筆は白紙の上に次々と線を重ね、理香子さんとは似ても似つかない少女の顔を克明に描きだしていく。

ほどなく手が止まり、絵が完成した。

理香子さんに見せるべきか否かためらっていると、その様子を見ていた理香子さんがいたずらっぽい笑みを浮かべ、佐古田さんからスケッチブックを奪い取った。

とたんに理香子さんの顔から笑みが、すっと消える。

「ごめん……なんか失敗しちゃったみたいで。もう一回描き直すよ」

しどろもどろになりながら理香子さんに謝るが、彼女は佐古田さんの言葉など上の空。スケッチブックに描かれた女の絵を凝然と見つめ、わなわなと唇を震わせている。

「……ねえ、どうして知ってるの？」

冷え冷えとした声音で理香子さんがぽつりとひと言、つぶやくように言った。

「え、何が？」

「……この娘《こ》、あたしの友達。ていうか、友達だった娘だよ」

——もう死んじゃったけど。

消え入るような声でつぶやくと、あとは佐古田さんが何を尋ねても答えはなかった。

無言のまま荷物をまとめると、理香子さんは逃げるようにして部屋を出ていったという。

理香子さんの帰宅後、彼女の携帯電話に連絡を入れてみたが、応答はなかった。

翌日以降も電話はつながらず、大学へ登校しても理香子さんの姿は見当たらなかった。

日に日に心配ばかりが募ってゆき、彼女の住んでいるアパートも訪ねてみたのだという。

ところが部屋の中に彼女の気配はあれど、彼女が玄関ドアを開くことはなかった。

一体、彼女に何があったのか。皆目見当もつかないまま、時間ばかりが過ぎていった。

理香子さんとの音信が途絶え、ひと月あまりが過ぎた頃だった。

大学の図書室で佐古田さんは、たまさか理香子さんと高校時代に同級生だったという女子学生と話をする機会があった。

「──ていうか、あんなのと付き合わないほうがいいよ」

理香子さんを案じて尋ねたひと言に、女子学生の口からは意外な答えが返ってきた。

「どうして？」と重ねて尋ねる佐古田さんの問いに、彼女は渋面を浮かべて語りだす。

「だってあいつ、ろくでなしの人殺しだもん」

高校二年生の夏、親友の彼氏に横恋慕した理香子さんは、親友の評判を貶《おとし》める風評を手当たりしだいにまき散らし、彼氏の心を彼女の許《もと》から引き離した。

結果として彼氏は理香子さんのものになったが、事はそれだけで終わらなかった。

願いがかなった理香子さんが忍び笑う一方、元々内気で感じやすい性分だった親友は周囲の噂に耐えられず、まもなく自室で首をくくって亡くなったのだという。

「同じ女として最低。あんな奴、連絡ないならそのままでいいんじゃない？」

険しい顔で毒づく女子学生に圧倒され、佐古田さんは返す言葉も思い浮かばなかった。

会話のさなか、理香子さんをモデルに描いた、あの見知らぬ少女の絵が何度も脳裏に蘇《よみがえ》ったが、とうとう確認できずじまいだったという。

その後も理香子さんからの連絡は一切なく、ふたりの関係は自然のうちに消滅した。

今でも件《くだん》のスケッチは、佐古田さんの手元にある。

この絵の本当のモデルが何者であるのか、確認しようと思えばできなくもないのだが、あえてそんなことをしてみる勇気もないと佐古田さんは語っている。

散骨

数年前の初夏、細田《ほそだ》さんのお父さんが病の末に亡くなった。

お父さんは細田さんをはじめ、家族にひとつの願いを残して逝った。

「俺が死んだら、遺骨を海にばらまいてほしい」

若い頃から、海と汽船が大好きな人だったのだという。家族で出かける行楽といえば、夏でも冬でも、決まって海が見える観光地だった。

お父さんは平凡な会社員として人生を終えたが、本当は船乗りになりたかったのだと聞かされてもいた。それは、目の前にさざめく紺碧《こんぺき》の大海原を家族揃って仰望するたび、細田さんが幼い頃から何度も聞かされてきた、お父さんのかなわなかった夢だった。

細田さんの家族にも親類にも、お父さんの最期の願いに反対する者は誰もいなかった。

あの人の天国はきっと、はるかな憧憬《しょうけい》を抱き続けたわだつみの中にあるんだ――。

見渡す限り、視界のすべてに水平線を望む、果てなく広がる青々と澄みきった大海原。

何もかもが尊いその洋上で、念願の汽船を操舵《そうだ》しながらゆったりと微笑むお父さん。

そんな姿を誰もがまぶたの裏に思い描き、親類一同、葬儀の席で熱い涙をこぼした。

四十九日を終えた、その翌日。

細田さん一家は、三陸《さんりく》海岸の沖合いに浮かぶ島へと向かう船に乗り、船上からそっと、お父さんの遺骨を波間に撒《ま》いた。

どこまでも青々と澄みわたり、涙が出るほどまばゆい夏の空。

その青さをたっぷりと染みこませた海原は、まるでお父さんを抱きしめるかのようにどうどうと幾重にもうねり、灰塵《かいじん》と化したその身を優しく迎え入れたように見えた。


それから二週間ほどが過ぎた、深夜のこと。細田さんは、お父さんの夢を見た。

暗い海の底にぽつりと独り、お父さんは佇《たたず》んでいる。

「やっぱり嫌だ。帰りたい……」

顔中に苦悶《くもん》と悲哀の色を滲《にじ》ませ、お父さんは涙を流しながら細田さんに訴えた。

目覚めると朝だった。妙な夢を見たものだと思いながら、朝食の席へと向かう。

すると細田さんのお母さんと奥さんも、同じ夢を見たのだと聞かされた。のみならず、小学生の子供ふたりも同じ夢を見ていた。

その日以来、数週間おきに家族揃って同じ夢を見せられるのだという。

夢の中でお父さんは、しきりに「帰りたい、帰りたい……」と涙を流し続けている。

菩提寺《ぼだいじ》の僧侶《そうりょ》に追善供養を頼んだりもしたが、未《いま》だにお父さんは夢に出るのだという。

禁忌を書く　後

二〇一四年七月三十一日。『花嫁の家』の原稿締め切り日が、とうとうやってくる。

この日、午後十一時の時点で、まだ書きあげていない原稿が八十ページ分ほどあった。件の原稿消失事件から一週間。連日連夜、必死になって原稿を書き直してはいたのだが、期日である三十一日の夜になっても、結局間に合わせることができなかったのである。

一週間前、担当の編集者に締め切りの延長を打診した折、私は言いわけをしなかった。ただ「間に合いそうにもありません」とだけ、伝えた。

怪談本の執筆とはいえ、仕事として引き受けた用件に〝祟《たた》り〟の話などを持ちだして、必死になって弁解するのは絶対に嫌だったし、多大な恥とも思ったからである。

午後の十一時が過ぎ、残り一時間で日付が変わりそうな頃、再び担当に連絡を入れた。ありのままの現状のみを報告すると、「翌日の正午がぎりぎりのデッドラインなので、それまでにどうにか書きあげてほしい」という答えが返ってくる。

残り時間は十三時間。単純に見積もって一時間に六ページ分ずつ原稿を仕上げないと、間に合わない計算である。物理的に到底無理な作業だと直感する。

けれどもこの段階に至って、もはや「できません」と言うことはできなかった。

「分かりました。がんばります」と答え、私はそれから再び原稿を書き進めた。

その後のことは、実を言うとよく覚えていない。

かろうじて記憶しているのは、自分自身に向かって「余計なことは何も考えるな」と、ひたすら呪文のごとく暗示をかけ続けていたこと。

おぞましい寒気に全身をがたつかせ、たびたび激しく嘔吐《えず》きながらも、キーボードを叩《たた》く音だけはぱちぱちと、片時たりとも鳴り止まなかったこと。

そして、執筆中は絶えず涙が流れていたこと。覚えているのは、これくらいである。


おそらく、一生忘れはすまい。

二〇一四年八月一日、午前十時三十分過ぎのことだった。

締め切りのデッドラインまで〝残り一時間三十分〟という、まさに危機一髪の状況下。担当の編集者にようやく『花嫁の家』の完成原稿を送信することができた。

度重なる原稿消失と体調不良。日がな、肌身に感じる〝視《み》えざる敵〟の気配と息遣い。そんな不遇に身も心も、あるいは寿命さえも削《そ》がれ続けながら、それでもどうにか私は全ての原稿を書きあげ、『花嫁の家』を初めて完全に近い形にまで書きおおせた。

送信を終えてから一時間ほどで、担当から「確かに受けとりました」との返信が届く。それを確認した瞬間、私は仕事場の床上にどっと身を投げだし、そのまま死人のように静かで深い眠りへと落ちた。

再び目覚めたのは、すでに日もとっぷりと暮れ落ちた午後の七時半過ぎだった。

からくも原稿は送信したものの、まだ仕事が完全に終わったわけではない。

これから一週間ほどで、原稿に校正の入ったゲラが版元から届く手はずになっていた。今度はその校正を元に原稿の修正作業をおこなっていくのである。

身体は未だ気だるく、手足の節々も痛んでいる。まぶたもひどく重たかった。

加えて頭部全体には孫悟空《そんごくう》の緊箍児《きんこじ》よろしく、ぎゅうぎゅうと締めつけられるような不快な鈍痛が認められた。このまま脳梗塞《のうこうそく》でも起こすのではないかと、不安も覚える。

手元にゲラが届くまでの間、休養に専念すべきだと、弱りに弱った身体が訴えていた。私自身もできることならそうしたいと思う。

だが、眠りから目覚めた私の傍らには、悄然《しょうぜん》とした面持ちで寄り添う妻の姿があった。私が「一応だけど、一区切りついた」と告げると、妻は「おつかれさま」とだけ言って、私の右手を両手で包みこむようにして強く握った。

何か変わったことが起きたら、すぐに言えよ。

妻には常々、そのように伝えてはいたのだが、二月に白無垢《しろむく》姿の花嫁を目撃して以降、妻自身の周囲にはなんらの異変も生じていなかった。それでなんとなく安心してしまい、私は妻の心情を察することをすっかり怠っていたのである。

実際は、何かが起きたどころの話ではないのだ。

妻のほうからすればこの半年以上、日に日に衰弱していく私の姿を傍から何もできず、ただ見守るだけの役に徹していたのである。その心労は、私自身の苦労とはまた別種の忍耐を強いられる、過酷なものであったことは想像に難くない。

現に久しぶりにまじまじと見る妻の顔は、ひどく病み疲れているように見受けられた。知らず知らずのうちにとんでもない目に遭わせていたのだと、今さらながら心が痛む。

身体は相変わらず、疲労が抜けきらない。寝ようと思えばいくらでも眠れそうだった。このまま再び眠りに就けば、あとはゲラが届くまでほとんど寝たきり状態になるだろう。そんなことが容易に察せられるほど、私の心と身体はほとほと衰弱しきっていた。ただその前にどうしてもひとつだけ、やらねばならないことがあった。

「映画を観にいこう」

言いながら起きあがると、私は急いで身支度を整えた。

それから車で三十分ほどを費やし、私は妻を連れて地元のシネコンへと出向いていた。七月の初旬に封切られたある映画を、妻はとても楽しみにしていたのである。口にこそ決してださなかったが、妻はきっと、いつ映画に連れていってもらえるのか、今日か明日かと、毎日健気《けなげ》に待ち侘《わ》びていたはずなのだ。そのいじらしさを想像すると、私の胸はさらに痛んだ。

妻にせめてもの罪滅ぼしをしたい。その一心で、私は急遽《きゅうきょ》シネコン行きを決意した。

売店で妻に飲み物とポップコーンを買ってやり、まんなか辺りの座席に並んで座る。金曜日とはいえ、平日の夜である。館内は思った以上に空いており、閑散としていた。周囲をぐるりと眺めても、私たち以外には両手の指で数えられるほどの観客しかおらず、ほとんど貸し切り状態である。

やがて館内の照明が落ち、予告編が上映され始めても、観客が増えることはなかった。暗々とした闇の中、巨大なスクリーンに煌々《こうこう》と映しだされる映像を黙って観ていると、それだけで軽い眩暈《めまい》と吐き気を催した。今の私の身体は、強い光にも耐えられないほど弱りきっているのだと知り、改めて愕然《がくぜん》となる。

隣に座る妻を横目で見やると、彼女のほうはすっかり映画に集中しているようだった。ならば本望である。私のほうは正直なところ、映画の中身などどうでもよかった。

スクリーンから目をそらし、まばらと言うにも足りないほど閑散とした館内の座席に、ゆっくりと視線を投じる。墓標のように整然と立ち並ぶ座席からは、少ない観客たちの後頭部がちらちらと覗《のぞ》いている。

そうして、スクリーンの左から右へと視軸を動かしていた時だった。

たくさんの座席の中にふと、奇妙な形をした後頭部が突きだしているのが目に入る。

スクリーンからちょうど一列目、右側付近の席。頭というにはあまりにも大きすぎる、真っ白い綿菓子のような物体がぬっと突きだし、暗闇のさなかに浮かんで見える。

鈍痛で痺《しび》れた頭で意識のピントを合わせながら、それに向かって視線を凝らす。

とたんに背筋がびくりと大きく波打った。

己の観察眼の浅はかさにほとほと呆《あき》れる。真っ白い綿菓子のような物体なのではない。常人の頭部と比べ、異様に大きな白い球形。ふわりとしていて、柔らかそうな手触り。

――厳密に言うとそれは、和装姿の花嫁がかぶる純白色の綿帽子だった。

全身を巡る体温が、急速にさがっていく。おっつけ動悸《どうき》も高まりだした。

怖《お》じ怖じとなりながらも、前方に小さく垣間《かいま》見える綿帽子の様子を注意深くうかがう。純白の綿帽子は微動だにせず、まっすぐ前を見つめているようだった。

ただ、あれがずっとこのまま動かないという保証は何もない。

あれがいつ、こちらへ向かって振り返るかと思うと、もはや気が気でならなかった。

完全にふいを突かれた形だった。ようやく原稿を書きあげた時点で、私はあの花嫁にとうとう勝ったという確信すらも暗に抱いていたのだ。

読みが甘かったのである。昨年の冬以来、一度も姿を現さなかったあの異形の花嫁が、今再び目の前にいる。それはすなわち、かの花嫁による災いは未《いま》だ潰《つい》えていないという事実を、歴然と証明するものに他ならなかった。

震え気味の不安な気持ちが、たまらず妻に救いを求める。

笑い顔でスクリーンに見入る妻の片手を、そっと握る。妻には決して気取られぬよう、あくまで平静を装いつつ――。けれども一方、慄《おのの》く気持ちを少しでも和らげられるよう、静かにそっと、妻の手を握る。

妻の手の柔らかな感触に、少しだけ気持ちが落ち着き始めた時だった。

囁《ささや》くような小声で、妻が私に「ありがとう」と言った。

反射的に妻のほうへと振り返る。妻は私の目を見て、遠慮がちな笑みを浮かべていた。

「別にいいんだ」と応《こた》え、再び視軸を前方に戻した時だった。

――座席から、綿帽子が消えていた。

時間にすれば、たかだか数秒間の出来事。ほんの一瞬、目を離しただけだというのに、前方の座席にはもう、あの白い綿帽子の輪郭は影も形もなくなっていた。

それで安心できたのかといえば、そうではない。むしろ逆だった。

こんなにたやすく、あいつが消えるはずなどない。絶対にまだ、館内のどこかにいる。

とたんに強い怖れと不信感が湧きあがり、周囲の座席にぐるりと視線を張り巡らせる。けれども人影のまばらな館内には、やはり綿帽子の異容は見当たらない。

どこに隠れた？　どこに隠れている？　次はどこから姿を現し、どう仕掛けてくる？

視えるよりも、視えないほうが格段に恐ろしい――。

その不文律は、この場においても同様だった。鳩尾《みぞおち》にたちまち冷たい風が湧きあがる。

上映中は気が気でなく、眠ることはおろか、わずかに気を休めることとさえできなかった。狭苦しくて座り心地の悪い座席の中で私は小さく縮んで震えながら、映画が終わるのを今か今かと祈るような気持ちで待ち侘び続けた。

やがてエンドクレジットが流れ、まばらな観客たちがぽつりぽつりと席を立ち始める。館内に照明が戻るのを待つ気はなかった。私も妻の手を引き、周囲に目を光らせながら、急ぎ足で劇場を出る。

人気の多いロビーまで戻ってきたところで、ようやく安堵《あんど》のため息が大きくこぼれた。ここまで来れば安心だろうという感慨が、心の中をゆるゆると満たしていく。

緊張がほぐれるのと同時に、今度は吐き気を催してきた。感情と環境の急激な変化にきっと身体が追いつかないのだろう。弱った胃の腑《ふ》がぐねぐねと蠕動《ぜんどう》し始める。

仕方なく妻をロビーに置き、トイレの中へ駆けこんだ。勢い任せに個室のドアを開け、便器の前にひざまずき、ほとんど胃液ばかりの吐瀉《としゃ》物をげえげえと吐き散らす。

どうにか人心地つき、立ちあがろうとした時だった。

両肩にぽんと、何かが乗った。

手の感触だった。

背後を振り返るより先に、視界の端に現れたふたつの異物に目が留まる。

やはり手だった。白粉《おしろい》を塗った色白い手がふたつ、私の両肩にそっと乗せられている。

もっと警戒しておくべきだった。これは己自身の怠慢が招いた結果によるものである。

目の前が真っ暗になるのと同時に、全身がふるふると小刻みに震え始める。

手は両肩に乗ったまま、動く気配をまったく見せない。このままうしろを振り返れば、間違いなくその全容を目の当たりにしてしまうだろう。

——純白の綿帽子と白無垢に身を包んだ、忌まわしき花嫁の全容を。

その姿をはっきりと目にするのは、『花嫁の家』の舞台となった二〇一〇年の春から、実に四年ぶりのこととなる。

あの時も〝寝こみ〟という不意打ちを喰《く》らって、私は為《な》す術《すべ》もないまま襲われていた。結果、左の耳の聴力に異常をきたし、四年が経った今でも完治には至っていない。

今度は何をされるのかと思うと、背筋がますますうそ寒くなった。

なんとしてでも逃げださねば。膠着《こうちゃく》状態の中、焦燥感ばかりが鬱積《うっせき》していく。

そこへかつかつと、個室の外に乾いた足音が聞こえてきた。誰かがトイレに来たのだ。

振り返ればきっと、花嫁の顔を目の当たりにする。だが、逃げるなら今しかなかった。

便座の縁にかけた両手に力をこめ、二の腕のバネを使ってぽんと一思いに立ちあがる。

続いて背後のドアに向かって、すかさず踵《きびす》を返す。

振り返った瞬間、目の前の視界いっぱいが、白粉に染まった女の顔で埋め尽くされた。

純白の綿帽子に包まれた女の顔は、満面に貼りついたような笑みを浮かべている。

ああ、やはりお前か……。

気が遠のくような寒々とした笑みは、以前に襲撃を受けた時と少しも変わっていない。心の古傷を開かれたような鈍い痛みと痺れが、頭の中をずっしりと駆け巡る。

慄きながらもそのまま構わず、前へと向かってずんと足を踏みだす。とたんに視界が一瞬真っ白になり、続いてトイレのドアが目の前に現れる。

花嫁の身体をすり抜けたのである。全身の皮膚がぞわぞわと粟立《あわだ》つのを感じながらも、半ば突進するようにしてドアを開け放ち、全速力で個室を飛びだす。

改めて背後を振り返る気などなかった。そのまま立ち止まることなく、私は全速力でロビーへと舞い戻った。

激しい緊張と動揺から、右へ左へぐらぐらと視界が揺れ始める。胃も痛くなってきた。ロビーの売店で時間を潰《つぶ》していた妻に声をかけ、ふたり並んで駐車場へ向かう。

帰宅したら、とにかくたっぷり休みたかった。厭《いや》なことは何もかも、一切合財忘れてひたすら死んだように眠るのだ。

そんなことを考えながら、駐車場に停めた自分の車のドアを開ける。開けたとたんにこの夜、必死に堪《こら》えていた悲鳴が、ありったけの声量でのどから盛大に絞りだされた。


暗々とした車内一面が、白一色に染めあがっていた。


反射的にその場を飛び退き、すかさず車から離れる。悲鳴はなおもあがり続けていた。車内の異変に気づいた妻も、私につられて金切り声を張りあげる。

一瞬、垣間見た車内の異様な光景は、まるで巨大な白無垢《しろむく》が眼前にあるような錯覚を私の頭に引き起こさせていた。ただその一方で、そんなはずはないとも考える。

どうにか気を落ち着かせ、再び車内を覗きこんで見ると、異変の正体が判明した。

ティッシュだった。

前後の座席から床の上、ダッシュボード、果てはハンドル部分のインパネに至るまで、無数のティッシュペーパーが山積し、車内全体を白一色に染めあげていたのだ。

車内の後部座席には確かに、エチケット用のボックスティッシュがひとつ積んである。ただし車はずっと、鍵《かぎ》のかかった状態にもあった。

仮に誰かがいたずらでこんなことをしたのだとしても、物理的に不可能なのである。

車内を埋め尽くすように散らばった無数のティッシュの白さは、どれほど思うまいと努めても、あの忌まわしい白無垢のイメージを想起させる。

妻とふたりで蒼白《そうはく》になりながらティッシュを片づけ、どうにか車を発進させる頃には、私の胃の腑はきりきりと、鋭い痛みを発していた。

助手席に座る妻は深く項垂《うなだ》れ、無言のまま車内の床を虚《うつ》ろなまなざしで見つめている。

私の心遣いが裏目に出てしまった。余計なことをするんじゃなかったと心底悔いる。

ずっと楽しみにしていた映画をようやく観られて、先ほどまで本当に楽しそうだった妻の様子を知っているだけに、彼女の心の暗転がこの上なく不憫《ふびん》に思えてならなかった。

同じく私も、落胆していた。軽率だったのである。

こんな思いをするくらいなら、やはり大人しく家で寝ていればよかったと悔悟する。

その後、私たちはほとんど言葉を交わすことなく、重苦しい気分が抜けきらないまま、深夜近くに帰宅した。

翌日の昼過ぎ。目覚めると私は、四十度近い高熱をだしていた。

咳《せき》やくしゃみなど、風邪特有の症状は一切ない。代わりにこんな症状ならあった。

目、鼻、口。頬に額。首から上の何もかもが、まるで炎に捲《ま》かれたようにひどく熱い。

半面、首から下の全身は氷のように冷えきって、あまりの寒さに両の手足ががたがたと小刻みに震え続けた。

単なる過労からくる発熱だと思いたかったが、花嫁と遭遇した昨晩の一件を思いだし、悪い想像ばかりが脳裏をよぎる。

ほんの一瞬とはいえ、あいつの身体を強引に通り抜けたことが原因なのではないか？

あるいは四年前の耳以上に、とんでもない代償を支払わされたのではないか？

朦朧《もうろう》とした意識の中、そんなことを考えたりもする。

原稿を全て書き終え、役目も終えた今、このまま死ぬのではないかと弱気にもなった。

しだいに容態が悪化していくにつれ、「殺すなら殺せ」と思うようにもなる。

医者にも行ったが病名はつかず、私はそれから四日ほど、生死の境をさまよった。

死霊歌

八月初めの蒸し暑い盛り。高校生の公佳《きみか》さんが体験した話である。

部活へ向かうため、通い路に使っている田園沿いの田舎道に自転車を走らせていると、道端に花束やジュースが供えられているのが、ふと目に留まる。

前の晩、地元で交通事故があって運転者が亡くなったのだと、母から聞かされていた。多分ここが現場なんだろうなと察しながら、そのまま部活へ向かったのだという。

その日の夕方近く。

部活が終わって家路をたどっていると、またぞろ件《くだん》の事故現場に差しかかった。

母の話によれば、事故で亡くなったのは若い女性だったのだという。

どんな人かは知らないけれど、まだ若いのにかわいそうだなと公佳さんは思う。

そんなことを思いながら、道端に供えられている花束などをじっと見つめているうち、だんだんと気持ちが落ち着かなくなった。自転車を停めると、花束の前にしゃがみこみ、女性の冥福《めいふく》を祈って手を合わせたのだという。

気の向くままに祈りを捧《ささ》げ、再び自転車を漕《こ》ぎ始めた時だった。

どこからともなく、お囃子《はやし》の音色が聞こえてきた。

毎年八月に入ると、地元の方々では地区ごとに主催するささやかな夏祭りが開かれる。今夜もどこかでお祭りがあるのだと思い、お囃子を聴きながら自転車を走らせる。

ところがよくよく聴いていくうち、それがお囃子などではないことに気がついた。

リズム自体は確かにお囃子の調子に似ているのだが、音色は笛や太鼓のそれではなく、くぐもった女の声が鼻歌を奏でるものだった。

それも全体的に音程がおかしく、時々うめき声や絶叫にも似た、薄気味の悪い声音が歌の中に混じりこむ。その印象は歌というよりむしろ、正気を失った女が思いつくまま適当な言葉やうなりを好き放題に吐き連ねているように受けとれた。

聴けば聴くほど気味が悪かったし、周囲を見回してみてもお祭りを催す気配はおろか、声の出処すらも判然としない。

声は結局、公佳さんが自宅へ帰り着くまで延々と続いた。

その間、声の調子は一切変わることがなかったが、蒼《あお》ざめながら玄関戸を閉めた瞬間、ぴたりと嘘のように立ち消えたという。

夕飯の席でこの話を家族にすると、苦い顔をした祖母にこう言われた。

「お前がかわいそうだって思っても、相手がどんな奴だったか知れたもんじゃねえんだ。見ず知らずの仏さんなんか、気安く拝むもんじゃねえ」

それを聞いて以来、公佳さんは見知らぬ他人に手を合わせることを厳に慎んでいる。

返却譚

西浦《にしうら》さんという五十代の男性から、こんな話を聞かせてもらった。

油照りの酷暑に見舞われた、お盆の暑い昼日中だったという。

その日、西浦さんは自家の墓参りをおこなうべく、地元の菩提寺《ぼだいじ》へと赴いた。

山門をくぐって境内に入ると、広々とした寺の庭園のそこかしこから、盛んにすだく蟬たちの声が、やかましいまでに大きく耳に聞こえてくる。

西浦家の菩提寺は自宅からほど近い位置にあったため、子供の頃には夏休みになるとこの寺へ連日のごとく通い詰め、蟬捕りに興じた思い出がある。寺の庭園には背の低い金木犀《きんもくせい》や松などの樹々が多く、子供の背丈でも容易に蟬を捕まえられたのだという。

遠い昔の記憶を小さく胸に思いだしながら、炎天下に晒《さら》された灼熱《しゃくねつ》の境内を突っ切り、墓地の広がる区画へと向かう。

自家の墓前に線香を供え、手を合わせ終わる頃には全身が生ぬるい汗でびっしょりとそぼ濡《ぬ》れ、まるで頭から水をかぶったような有り様になっていた。

方々から鳴り響く蟬たちの大合唱を聞きながら、しとどに流れる額の汗を手先で拭《ぬぐ》い、再び境内へと引き返す。

頭上から降りそそぐ激しい日差しに辟易《へきえき》しつつ、墓地の中を歩いている時だった。

そういえばもう、四十年以上にもなるんだな――。

蟬たちの合唱からふと蘇《よみがえ》った昔の記憶が、さらに昔の記憶を呼び覚ましたのだという。

境内へ続く参道から脇道にそれ、墓地の奥へと向かって進んでいくと、ほどなくして目当ての墓は見つかった。

邦明《くにあき》くんという、かつて西浦さんが小学校時代に親友だった子の墓である。

小学校低学年の時分に邦明くんは、重い病気を患い亡くなっていた。くわしい病名は知らなかったが、骨髄に関する難しい病気だったと聞かされている。

子供の頃、西浦さんはこの邦明くんと昵懇《じっこん》の間柄だった。

お互いの自宅が近かったこともあり、登下校はいつも一緒。放課後は日が暮れるまで野に川にと遊び回り、幼い時代をはつらつと謳歌《おうか》した。

夏になるとこの寺にも参じて、ふたりで蟬捕りをすることも多かった。

他のワルガキ連中とつるんで、この墓地で鬼ごっこやかくれんぼに興じたこともある。

そんな古くて懐かしい記憶が、境内にかまびすしく鳴き交わす蟬たちの声に誘発され、ふとして脳裏に蘇ったのだという。

ガキの時分には、お盆やお彼岸になると自家の墓参りと一緒に、邦明くんの墓前にもかならず立ち寄って手を合わせたものだった。

それがいつしか足も遠のき、気づけばもうすでに数十年以上も墓参りをしていない。

「長い間、ごめんな」と、墓石に頭をさげながら線香を供え、邦明くんの冥福を祈って長々と手を合わせる。

合掌を終えて立ちあがると、気分はなんだか晴れ晴れとして心地がよかったという。

「また来るからな」と、墓石に向かって別れを告げる。

蟬たちの鳴き交わす炎暑の下、陽炎《かげろう》揺らめく墓地の参道を再び戻り始めた時だった。

「ありがとうね」

ふいに背後から、声をかけられた。

反射的に振り返ると、無数の墓石がひしめき並ぶ参道のまんなかに、西浦さんと同じ、五十過ぎとおぼしき男がひとり、笑顔を浮かべて立っていた。

全体が雑巾《ぞうきん》のごとく灰色に薄汚れた、ランニングシャツ。ぶかぶかと生地が膨らんだ紺色の半ズボン。丸刈りにした頭に、つばのついた黒い学生帽を被《かぶ》っている。

一見するなり、妙な風采《ふうさい》をした男だと西浦さんは思う。

とっさに「はあ」と、間の抜けた返事をしてみたものの、男に面識などまったくない。なんだか普通ではなさそうな雰囲気だったので、関わり合いになりたくなかった。

山門に向かって踵《きびす》を返そうと、体勢を戻しかけた時だった。

「これ、ありがとうね」

満面に変わらぬ笑みを浮かべたまま、男は西浦さんに一冊の本を差しだした。

突然のことに戸惑いながらも、思わず本を受け取ってしまう。

全体がぼろぼろに擦り切れ、インクもかなり色褪《いろあ》せた、いかにも古めかしい本だった。

こんなものをもらう理由など、自分にはない。ただちに突き返そうと考える。

ところが表紙を見た瞬間、西浦さんはぎょっとなって驚いた。

「あの、これ！」

驚愕《きょうがく》したまま顔をあげると、件の奇妙な男の姿は、すでに影も形もなくなっていた。どぎまぎしながらも再び視線を落として、手元の本の表紙を検《あらた》める。

少年向けの漫画本だったという。

それも西浦さんが大昔、小学時代に愛読していた漫画本だった。

今と違って、日本がまだ貧しかった古い時代。ましてや地方の片田舎ともなれば、その貧しさは一際だったという遠い時代。

西浦さんが生まれ育った山間《やまあい》の鄙《ひな》びた農村という環境もまた、例外ではなかった。

どこの家々も食うや食わず。着るものさえもろくろく買えずに暮らしていたあの頃に、漫画本などといった贅沢品《ぜいたくひん》は、めったに手にできるような代物ではなかった。

そんな貧しい時代を生きる中、西浦さんは小学校にあがったお祝いとして、父親から特別に一冊の漫画本をようやく買い与えてもらった。

無論、その後は新しい漫画本など買ってもらえるはずもなく、たった一冊の漫画本を何度も何度も繰り返し、穴が開くほど読み続けていたのだという。

そんな大事な漫画本だったが、本はほどなく西浦さんの手を離れてしまう。

ある日、邦明くんが「貸してほしい」とねだるので、貸してあげたのである。邦明くんには全幅の信頼を寄せていたので、西浦さんは快く本を貸してあげた。ところが本を貸してまもなく、邦明くんは重い病気にかかって遠くの病院へ身を移し、そのまま帰らぬ人になってしまった。

葬儀には列席したものの、正気を失ったように泣きわめく邦明くんの両親を前にして、とうとう「本を返してほしい」とは言いだせなかった。

結果、漫画本は西浦さんの手に戻ることなく、四十年以上の歳月が過ぎていた。ゆるゆると古い記憶をたどっていくうち、西浦さんは再びはっとなって仰天する。

薄汚れたランニングシャツに、ぶかぶかと生地が膨らんだ紺色の半ズボン。

丸刈りにした頭に、つばのついた黒い学生帽。

年恰好《としかっこう》こそ、老けこみ始めた中年男性のそれだったが、よくよく思い返してもみれば、あの奇妙な男の出で立《い》ちは、幼い頃の邦明くんの服装とまったく同じものだった。

仮に邦明くんがまだ生きていれば、確かにあんな顔つきだったのかもしれない――。そんなことを考えると、無性に胸が熱くなったという。

山門までの帰りしな、奇妙な感慨を抱きながらも、こみあげる懐かしさに耐えきれず、参道を歩きながら古びた漫画本を開いてみた。

同時にどこからともなく、灼熱の熱気を払いやる一陣の颶風《ぐふう》が境内を吹き抜けていく。

涼やかな風に嬲《なぶ》られた本は、西浦さんの手の上でぱらぱらと勝手にページを躍らせる。四十年以上前の古びた本は、しだいに端から崩れ始め、無数の小さな紙片と化していく。ちぎれた紙片は風に引かれて、空へと高く舞いあがっていく。

はらはら、はらはらはらと――。

セピア色に染まった無数の紙片は風に遊ばれるようにして、青々と澄みわたる夏空や周囲に色づく万緑の中へと、吸いこまれるように散っていった。

はたと気づくと古びた漫画本は、西浦さんの手からすっかり消えていたという。

祖霊火

建設会社に勤める安田《やすだ》が昔、こんな体験をしたのだという。

高校二年生の夏休み、卓球部の合宿で山間の宿泊施設に泊まりに行った時の話である。

合宿初日の深夜、安田は宿舎をそっと抜けだすと、ひとりで外へと忍び出た。

煙草を吸うためである。

同じ卓球部に所属している連中は、誰も彼も頭の固い真面目一辺倒みたいな優等生か、モヤシみたいにひ弱な奴しかおらず、一緒につるめるような友人は誰もいなかった。

元々、安田が卓球部に入部したのも、単に他の運動部と比べて楽ができそうだったと思っただけのことであり、卓球自体にはなんの愛着もなかった。

ひたすら地味で退屈なこの合宿は、安田にとってストレス以外の何物でもなかった。

せめて一日の終わりに煙草の一本も吸わなければ、やっていられなかったのだという。

宿泊施設の近辺では誰かに見られるかも知れないと判じ、安田は施設の裏側に広がる雑木林の中へと分け入っていった。

林の中はゆるやかな下り斜面となっており、少しおりていけば施設から死角となって人目につくこともなさそうに判じられた。

慎重な足どりで斜面を少し下っていき、背後を振り返る。果たして安田の思惑どおり、施設は雑木林の鬱蒼《うっそう》たる樹々と傾斜のついた地面に隠れ、まったく見えなくなっていた。

ここらでいいかと地べたに腰をおろし、ポケットから抜きだした煙草に火をつける。橙色《だいだいいろ》の火種が輝く煙草の先端を見つめながら軽く煙を吸いこみ、続いて口の片端からゆっくりと紫煙を吐きだす。頭の内がくらりとなって、心地がよかった。

そうして何度か、ぷかぷかと煙を吹かしていた時だった。

ふと眼前に灯《とも》る橙色の火種が増えていることに、安田は気がつく。

煙草を口から離して前方を見やると、真っ暗闇の斜面の少し先に橙色の炎がいくつか、ゆらゆらと躍りながら灯っているのが小さく見えた。

どうやら誰かが雑木林の向こうで火を熾《おこ》しているらしい。

こんな夜中に何をやってんだ？

微妙に興味の湧いた安田は、煙草を片手にそろそろとした足どりで斜面をさらに下り、炎に向かって距離を詰め始めた。

屹立《きつりつ》する樹々の合間をすり抜け、炎まで十メートル、五メートルと近づいていく。炎まで残り三メートルほどの距離にまで接近したところで、ついに斜面を下りきった。

同時に前方の視界を遮っていた樹々の壁が少し開ける。

小藪《こやぶ》の間からそっと前を覗《のぞ》きこむと、樹々の刈られた平地の中に古びた墓場が見えた。丸みを帯びた石などに字が刻まれた墓ばかりが十基ほど、無造作に並んでいる。

よく見ると、炎はその墓石の上で細長い線を描いて天に伸び、煌々《こうこう》と燃え盛っていた。数は墓石と同じく、十個ほど。いずれも同じような形で燃えている。

墓場の中央には腰の曲がった小さな人影があって、こちらに背を向けて立っている。

背恰好から察して老人だろうと思ったが、炎が逆光となって仔細《しさい》はよく分からない。

初め安田は、老人が墓石の上に薪でも置いて火を焚《た》いているのだろうと思っていた。

ところがよくよく見ると、そうではなかった。

橙色に輝く炎は、墓石のてっぺんからちょうど二十センチほど上の中空に浮きあがり、ふわふわと上下にゆらめきながら燃えている。

その様子は炎というよりまるで、昔話に聞く人魂そのものだったという。

唖然《あぜん》としながら異様な光景に目を奪われていると、ふいに人影がこちらを振り返った。

思わずびくりとなって、はじかれたようにその場を数歩あとじさる。

「そんなもん吸ってっと、罰が当たって連れていかれっど」

厳かな声でつぶやきながら、人影もこちらに向かって数歩、歩み寄ってくる。

顔を見ると、やはり老人だった。土気色の不健康な肌をした顔中に深い皺《しわ》の刻まれた、小柄で体軀《たいく》の痩《や》せた老人である。

老人の視線をたどって目を落とすと、指先に挟んだ吸いさしの煙草に行き着いた。

「ガキが一丁前にそんなもん吸ってんでねえ。親不孝もんが！」

呆《あき》れ顔にわずかな怒気をはらませ、斬りつけるような鋭い声で老人が言った。

これが普段であれば「うるせえ、このクソジジイ！」とでも言い返すところなのだが、この時は返す言葉が何も出てこなかった。

老人の放つ言葉や物腰から滲《にじ》み出る異様な迫力に気圧《けお》されたことも多分にあったが、それ以上に、老人の背後でぼおぼおと火柱を立てて燃え盛る炎の群れが恐ろしかった。

「……あの、なんなんすか？　うしろの火」

地面に落とした煙草の火種を靴底でもみ消しながら、安田がおずおずと尋ねる。

「古い先祖だ。夏んなると帰ってくる。悪さをすっと罰も当てるぞ、気いつけろ」

安田を睨《ね》めつけながらそう言うと、老人は踵《きびす》を返して再び墓の前へと戻っていった。

安田もこの場に留《とど》まり続けることなどできず、追われるようにして斜面を駆け戻った。

真っ暗な斜面を上りながら肩越しに背後を振り返ると、炎たちはまだ樹々の合間からちらちらと顔を覗かせ、橙色の光を不気味に発し続けていたという。

翌日からは煙草を吸う気になどなれず、悶々《もんもん》としながら合宿の終わりを待ち願った。

件《くだん》の炎も老人も、その後は一切目にしていないため、果たしてあれがなんだったのか、今でも安田は分からないと語っている。

ほのかさん　完

油蟬の大群が自宅の周囲で一際大きく鳴き交わす、八月初旬の昼下がりだった。

この日、私は弱りきった身体を仕事場の畳へ投げだし、死に身のように横臥《おうが》していた。

謎の高熱が引いたあとも心と身体の容態は未《いま》だ晴れやかにならず、目覚めながらにしてうなされているかのような、気だるい状態が何日間も続いていた。

畳の上で煩悶《はんもん》しながら、うめいていた時である。座卓に置いていた携帯電話が鳴った。

ディスプレイの着信表示を見れば、ほのかさんの夫・利明さんからだった。

電話に出る前からすでに嫌な予感はしていたが、果たして私の予見したとおりだった。

「昨夜、ほのかが亡くなりました……」

嗚咽《おえつ》の混じったかすれ声で語る利明さんの言葉に、私の身体はさらに力と色みを失う。

四日ほど前から、ほのかさんの意識がなくなったのだという。

静かな個室のベッドの上、酸素マスクを着けられたほのかさんの口から出てくるのは、苦しそうに乱れた呼吸のみ。一度亡失した意識は決して戻らず、口を利くことはおろか、目を開けることさえなくなったのだという。

この段に及んで、利明さんも相応の覚悟はするようになっていた。

ほのかさんに戻ってきてほしいという願いはあったが、目の前に垣間《かいま》見える現実にはそんな希望を軽々と打ち砕くだけの凄《すご》みがあった。

半透明の酸素マスク越しにはあはあと荒い息をはずませ、時折全身を薄く波立たせるほのかさんの姿はあまりにも痛ましく、そして生々し過ぎたという。

彼女がこれ以上苦しむのなら、早く終わってほしい。楽にしてあげたい。

そんな想いのほうが、利明さんの心中に勝り始める。

柚子香ちゃんも凜香ちゃんも口にこそださなかったが、ほのかさんの最期が近いのを肌身に感じ取っていたようだという。

別れの時が訪れたのは、昨夜の午後十一時近くだった。

日の暮れ始める頃から、ほのかさんの呼吸は一際荒くなり始めていた。担当医師から「今夜が山になります」と告げられたのが、合図だった。

ほのかさんの父・秀樹さんを筆頭に、利明さんの両親、近しい親類たちに連絡を入れ、報《しら》せを聞きつけた一同が、続々と病室に集まった。

個室の小さなベッドの上。刻一刻と呼吸が荒く乱れ、顔色もどす黒く成り果てていくほのかさんの様子をうかがい、誰もが悲愴な予感を想い抱く。

みんなでベッドの脇へと身を寄せ、物言わぬほのかさんの手を代わる代わる握り締め、言葉をかけ続けていた時だった。

病室にふと、かすかな甘みを含んだ優しい香りが漂い始めた。

「――いい匂いがする」

初めにそれを口にしたのは、長女の柚子香ちゃんだったという。

利明さん自身も、病室に漂い始めた香りに気がついていた。

ラベンダーのようなさわやかな香気に、洗剤を思わせるうっすらとした甘さを含んだ、どことなく懐かしいような、嗅《か》いでいるとほっとするようなおだやかな香り。

そんな香りが、いつのまにか病室中にほんのりと漂い続けていた。

「ほんとだね。なんだかすごくいい匂いがするね」

柚子香ちゃんの言葉を受けて、周囲の親類たちも声を揃えて語りだす。

けれども、匂いの発生源は分からなかった。病室に集まった身内のものでもなければ、窓際に置かれた一輪挿しでもなく、ましてや医療機器や薬品などが発する匂いでもない。

そもそも匂いの原因がそれらなら、とっくに鼻が嗅ぎつけているはずだった。

一体、どこから漂ってくる匂いなのだろう。親類たちがにわかに騒ぎ始めた時である。

「女房の香水の匂いだよ」

ほのかさんの手を握っていた秀樹さんが、囁《ささや》くような小声でつぶやいた。

「ほのか、今まで本当にがんばったな。苦しかったな。お母さんが迎えに来てくれたぞ。だからもう、がんばんなくてもいい。ゆっくり休め」

声を詰まらせ、娘に語りかける秀樹さんの言葉に、周囲も思わずすすり泣きを始める。

と、その時だった。

「利明くん！　ほのかの手、握ってやって！」

溢《あふ》れる涙も構わず、秀樹さんが利明さんの腕を引いた。

秀樹さんにうながされるまま、ほのかさんの手をそっと握る。とたんにはっと驚いた。

今まで人形のようにだらりと力を失っていたほのかさんの手が、ぎゅっと力をこめて、利明さんの手を握り返してきた。

熱気を含んだ手のひらと指先の体温が、じわじわと手に染みこむように伝わってくる。

それはほのかさんの生命の最後の一絞りを思わせる、尊く儚《はかな》い熱さだった。

ああ、終わってしまう……。

「柚子香！　凜香！　こっちにおいで！」

自分はもういい。ほのかさんの握力を十分に感じ取ると、利明さんは娘たちを呼んだ。

「お母さんの手、握ってあげて。お母さん、柚子香と凜香の手を握りたいんだって」

のどから押しだす言葉はふるふると撓《たわ》み、言葉と一緒に涙が止めどなくこぼれ落ちた。

心なしか病室に漂う甘い香りは、最前よりも一層濃くなっているように感じられる。

「お母さん！」「おかあさん！」

柚子香ちゃんと凜香ちゃんがベッドの両側に回りこみ、ほのかさんの両手を握った。

とたんにふたりの口から、悲鳴にも似た泣き声があがり始める。

力強い手の感触と一緒に、いよいよ母の最期を確信したのだろうと利明さんは思った。

ふたりとも、ほのかさんの入院中は一度も泣くことがなかった。その気丈さは幼い頃、ほのかさんがお母さんの闘病生活に立ち会っていた時の姿に重なるものがあった。

あの頃のほのかさんと同じく、おそらく必死で我慢していたのだろう。

日に日に痩《や》せ衰えていくほのかさんと、どれほど花火や映画を観にいく約束をしても
それがかなうことなど決してないのだと、本当は理解していたのかもしれない。

けれどもふたりはたとえそうであっても、ほのかさんと未来の話をし続けていた。

強いといっても、まだまだほんの子供なのである。

かなうはずはないと思っていても、同時にふたりは奇跡を信じていたのかもしれない。

花火や映画が、母の生きる力を呼び起こす魔法になってくれるかもしれないと。

そんな願いが、急速に色を失っていく。潰《つい》えていく。何もかも、駄目になっていく。

ほのかさんの運命を知って数ヶ月。溜《た》まりに溜まった怒りと悲しみ、遣《や》り切れなさが
涙となって爆発したかのように、柚子香ちゃんと凜香ちゃんは泣き叫んだ。

仰向けに眠るほのかさんの呼吸が、はじけるように激しさを増していく。

同時に病室に漂う甘く優しい香気も、一際濃密になっていく。

「ほのか、ずっと大好きだからね」

泣きじゃくる凜香ちゃんの隣に寄りそい、利明さんがほのかさんの腕をさすり始めて
まもなくだったという。

甘い香気が、搔《か》き消すようにすっと消えた。

「長いようで短い闘病生活でしたけど、妻も娘たちも本当によくがんばったと思います。今は僕も娘たちもただ、妻に『おつかれさま』とねぎらってあげたい気持ちです」

全てを語り終える頃には嗚咽も止まり、利明さんの声は温和になって落ち着いていた。

「ああ、それから形見の御守り、義父からちょうだいしました。これをいただいたから僕も娘たちも、今は取り乱さないでいられます。あんなに泣きじゃくっていた娘たちも、本当にお母さんがそばにいてくれるみたいだって、喜んでいるんですよ」

このたびは最後の最後まで、本当にありがとうございました——。

利明さんはおだやかな声音で、私に丁重に礼を述べた。

礼を言われるようなことなど、私は何もしていない。形見はほのかさんの意思である。ただ、ほのかさんに希《こいねが》われるまま、私はそれを作っただけだ。

電話が終わったあと、私は泣くことすらできず、仕事場の座卓に身を預けて放心した。

突然の訃報《ふほう》に実感が湧かなかったせいもあるかもしれない。

けれどもその実、悲しみよりも自分自身に対する腑甲斐《ふがい》なさが勝っていたのだ。

病気祓《ばら》いをあげようが、御守りを作ろうが、結局私は、ほのかさんを生かせなかった。

利明さんに柚子香ちゃん、凜香ちゃん、秀樹さんの願いをかなえることができなかった。

そんな自分が許せなかった。

こんな仕事になんの意味があるのかと、しだいに強く考えたりもする。

けれどもさんざん病み疲れて鈍りきった頭に、答えらしい答えなど何も出てこない。代わりに思い浮かんでくるのは、在りし日に知り得たほのかさんの人柄ばかりだった。

笑顔が素敵な人だったと思う。

どんな時でも家族想いで、利明さんや柚子香ちゃん、凜香ちゃんに向けるまなざしは包みこむような温かみを帯びていた。

ふわりと柔らかな物腰をした人だったが、芯《しん》はとても強い人だった。

数年前、柚子香ちゃんが複数の同級生からいじめに遭った時、ほのかさんは親として、母として、できうる全ての手段を用いて娘を守った。

いじめの事実を頑《かたく》なに否定する担任や校長と真っ向から対立し、同級生の父兄らからいじめに関する証言を収集。柚子香ちゃんのランドセルにはICレコーダーを忍ばせ、実際にいじめがおこなわれている際の音声を記録し続けた。

そうした動かざる証拠を揃えたうえで、必勝祈願をしてほしいと私の許《もと》へ家族揃って訪れたのが、ほのかさんとの初対面だった。それでも学校側が事実を認めないのならば、最終的には司法に全ての判断を委ねて徹底的にやり合うつもりだったのだという。

結果は日村家の大勝利だった。

決定的な証拠を突きつけられた学校側は急遽《きゅうきょ》、保護者会を開いて父兄の前で謝罪した。加害者側の児童とその父兄も保護者会の席上で断罪され、同時に和解も成立した。

涙ながらに謝罪する加害児童と父兄たちを、ほのかさんが即座に許したからである。

さらにはいじめの一件が解決を迎えたのち、柚子香ちゃんとかつての加害児童たちは親しい友人同士となった。以来、クラスで陰湿ないじめが再発することもなくなった。

ほとんど孤立無援の状態でそんな流れを作りあげたのが、ほのかさんという人である。そんな素晴らしい母親だった人が、もうこの世にいない。

彼女は強くて優しい人だった。娘のいじめ問題を解決せしめたのも、私の力ではない。彼女自身の努力による賜物《たまもの》である。

形見の御守り作りを発案したのも、ほのかさん自身である。

だから本当のところ、拝み屋などという商売とはまったく無縁の人だったのだと思う。私の存在などなくとも、彼女は自分で思ったことがなんでもできる人だったはずである。優しさの中に驚くほどの芯の強さを秘めていたのが、ほのかさんという人だった。

私が代わりに死ねばよかったのに――。

そんなことさえ思ってしまうほど、彼女を失った痛みは私の中で大きかった。

疲弊に沈みきった身体を座椅子から引き剥《は》がし、祭壇を前に供養の経をあげ始めても、自責の念は一向に拭《ぬぐ》えなかった。

利明さんに感謝される資格など、私にはない。

代わりにそんな思いだけが頭の中でずるずると鎌首をもたげ、悄然《しょうぜん》たる気持ちのまま、私は自分ののどを嗄《か》らすような勢いで一心不乱に供養の経を唱え続けた。

宣告と継続

拝み屋になって以来、毎年お盆になると決まって同じ怪異に見舞われる。

これは以前、別の本でも紹介した話なので、本書では先にその概要を説明しておく。

お盆の迎え火から送り火までの間、私は視《み》えざる何者かに名前を呼ばれ、続けざまに意味の分からない数を宣告され続けている。

声の主は子供――それも小さな女の子らしく、声質はキーが少し高くてあどけない。

この声がたとえば、「しんどう、じゅうに」「しんどう、はち」などといった具合に、頭のうしろから突然語りかけてくる。

ある年には迎え火を焚《た》いているさなか。ある年には夜中にテレビゲームをしている時。またある年は、県外へ出張仕事に出かけている真っ最中に呼ばれたこともある。

どうやら時間や状況に関して、特定の法則はないようである。

回数は毎年決まって一回。他には何が起こるでもない。

〝毎年かならず呼ばれる〟という不気味さはあるにせよ、状況のみを俯瞰《ふかん》して考えればたったこれだけの、ごくごく些細《ささい》な怪異である。

とはいえひとつだけ、なんとなく気がかりな案件がこの怪異にはあった。

毎年、名前のあとに告げられる数字が年々減っているのである。数はひとつずつ減ったり、いっぺんに三つも四つも減る年もあった。数の減り具合に法則があるのかどうかは元より、数字が有する意味自体も未《いま》だに分かっていない。もしかしたらこの数というのは、私自身の寿命なのではないか。そう考え始めたのは、残りの数が当初の二十三から一桁《ひとけた》台にまで減り始めた頃である。ちなみに一昨年《おととし》、二〇一三年のお盆に告げられた数は「よん」だった。

何が起こるにせよ、もうそろそろだな……。

などと思って煩悶《はんもん》し、去年のお盆は少々陰鬱《いんうつ》な気持ちで過ごしたものである。

件《くだん》の『花嫁の家』の執筆や、その後に起きた謎の高熱、加えてほのかさんの訃報にもほとほと打ちひしがれていたこの年の夏、私の心は例年以上に落ちくたびれていた。

お盆に入り、門口に迎え火を焚いた翌日。八月十四日の昼下がりのことだった。

在りし日のほのかさんと交わした約束を守るため、私は祭壇に向かい、ほのかさんのお母さん、そしてほのかさん自身にも供養の経をあげていた。

先日までに比べれば、身体は多少なりとも回復していたが、未だ本調子ではなかった。背筋は終始重だるく、何時間眠っても眠気と疲れは一向に晴れる気配がない。

本来ならば気分も同じく重だるいのだが、ほのかさん母娘《おやこ》に読経《どきよう》をあげ続けていると、そのうち自分の体調のことなど、だんだんどうでもよくなってきた。

結局、救《たす》けてあげられなかった。実質、何もしてあげられなかった。

読経が進むにつれ、心身を取り巻く不調の代わりに、後悔や自責の念といった感情が、心の内にひしひしと芽生えていく。

拝み屋などと仰々しい肩書きを名乗っておきながら、大事なことは何ひとつできない。自分はどれほど無益なことをしているのだろうとも思った。

ほのかさん母娘の成仏を願う経なのか、それとも謝罪のための経なのか。

結局どっちつかずな気持ちのまま、私の読経は十数分ほどで虚《むな》しく終わりを迎えた。

祭壇に灯《とも》した蠟燭《ろうそく》に火消しの蓋《ふた》をそっとかぶせ、痺《しび》れた足でのろのろと立ちあがる。


「しんどう、いち」


祭壇を前に立ちあがった直後、すぐ真後ろで声が聞こえた。

声の主は例年どおり、女の子らしきそれである。けれども今年は声のトーンが違った。

声色に少しばかり、意地の悪い含みが感じとれたのだ。

まるで私を嘲笑《あざわら》うかのような、侮蔑《ぶべつ》と脅しがそこはかとなく入り混じった不穏な声音。

とうとう「いち」か、と病み疲れた頭で茫然《ぼうぜん》とした感慨を思い抱く。

果たして「してやったり」という含蓄あっての声色だったのか。

それとも、今現在における私の悲惨な状況を蔑《さげす》む意味での声色だったのか。

その真意は分からないし、分かろうが分かるまいが、どうでもいいと思った。
「いっそゼロでもよかったぐらいだ、この性悪め！」
仕事場の虚空に向かって、投げやりに毒づく。
とたんにがさがさと乾いた物音が、隣の座敷の押入れから静かに小さく聞こえ始めた。
思わずびくりとなって身が竦《すく》みあがる。
弱りきった身体で読経をあげたせいで足元がふらふらとよろめき、息もあがっていた。
仕事場の座椅子に転がるように座りこみ、そのまま座卓の上へ上体を突っ伏す。
八月初日の映画館での一件を最後に、あの忌々しい花嫁は再び姿をくらましていた。
数日前にゲラが届いて修正作業もおこなっていたのだが、大きな異変は起きていない。
これまでさんざんひどい目に遭わせられてきたので、朗報といえば朗報である。
だがそれでも決して、油断することはできなかった。
現に今もなお、座敷の押入れからは時折こうして、あの乾いた物音が聞こえてくる。
弱りきった身の上で何ができるわけでなし。再び中を覗《のぞ》いて見ることこそなかったが、
家の中にまだ〝何か〟がいることだけは事実である。用心するに越したことはない。
その後も座敷の押入れは不定期に鳴り続け、その都度私の気分を滅入《めい》らせた。
原稿の執筆完了からおよそ半月。未だ収束の見えない怪異の継続に、弱りきった心は
ますます陰って光を失い、私は残された八月を死人のような心地で生き腐れた。

帰還と継続

私の虚《うつ》ろな頭には、お盆も遠い過去のように感じられ始めた、八月の終わり頃。『花嫁の家』の最終ゲラを届けるため、東京都内に所在地を構える版元に出かけた。

ゲラは通常、宅配便などを使って返送すればよいのだが、今回はなんの巡り合わせか、ゲラの返送期日と同じ日に、都内在住の相談客から出張相談の依頼が舞いこんだ。原稿の執筆中は私自身も相当悲惨な状態に追いこまれたものの、それとはまた別枠で担当の編集者にも度重なる原稿の消失を始め、かなりの心労と迷惑をかけている。

不平も何も言わなかったが、私からかけられた負担の量は容易に察することができた。できればじかにお会いして、今回の謝罪とお礼をさせていただきたかったのである。

新幹線で朝早く宮城を出発したその日。午後の遅い時間まで出張相談の仕事を手がけ、版元に足を延ばしたのは、すでに夜の八時近くのことだった。

小綺麗《こぎれい》なオフィスで担当と挨拶《あいさつ》を交わしながら、さっそく持参した最終ゲラを手渡す。ゲラに書かれた修正箇所をチェックする担当からは、特に大きな注文が出ることもなく、まもなく「これで大丈夫でしょう」というお墨付きをいただいた。

この瞬間をもって『花嫁の家』における私の実作業は、本当の意味で終わりとなった。あとは見本が仕上がり、書店に本が並ぶのを待つだけとなる。

長い闘いだったと思うと同時に、ようやく解放されたという実感も湧きあがる。

八月に入ってからおよそ二週間のうち、ゲラの修正作業は二回おこなっていた。

作業中はまた何か悪いことが起こるのではないかと、終始怯《おび》えていたことを思いだす。

原稿執筆中に常々感じていた、あの視えざる異様な気配こそ感じることはなかったが、仕事場の隣に面した座敷の押入れからは、件の乾いた物音がなおも時折聞こえてきた。

油断のならない気配は、まだまだ十分にあったのである。

とりわけ不安だったのは火災だった。クリップで留められたゲラの紙束に向かうたび、いつかのようにまた火が出るのではないかと本気で案じ、連日、気が気でならなかった。

だから作業を終えると毎回、アルミの鍋《なべ》にゲラを収めて保管するようにしていた。

こうした配慮が功を奏したのか、ゲラの作業中にとんでもない事態が起こったことは、ただの一度もなかった。

それでも八月の初日に地元の映画館で、花嫁に不意打ちを喰《く》らったという失態もある。

最後の最後まで油断はできないと考え、ゲラを抱えて上京する際も細心の注意を払って行動するよう、私は絶えず心がけていた。

結果、担当の許《もと》へ無事にゲラを引き渡すことができ、私の務めは滞りなく終わった。

あとは書店に本が並ぶ日まで、関係各位に何事もないよう祈らせてもらうだけである。

午後の九時過ぎ、担当に見送られながら版元を辞し、電車に乗って宿泊先へ向かった。帰りが何時になるのか分からなかったので、この日はビジネスホテルを予約していた。目的駅に到着し、ホテルに着いたのは午後の十一時頃だったと思う。独りきりで部屋へと戻り、最寄り駅近くのコンビニで買った弁当を、黙々と咀嚼《そしやく》する。無事にゲラを届けられたことで気持ちは多少上向いていたが、肉体の疲労はそれ以上に凄《すさ》まじく、ほとんど食が進まない。結局、弁当の半分も手をつけないうちに箸《はし》を止める羽目になってしまった。

やはりまだ本調子ではないのだな、と改めて実感する。

身体は未だに重だるく、足腰はふらふらとして、いつでもまぶたに強い眠気を感じる。胃腸も時々しくしくと痛み始めることがあり、薬を飲んでも改善は見られなかった。お盆のあたりに比べれば、だいぶ良くはなってきているものの、それでも少し歩いて身体を使えばこのとおりの体たらくである。

ベッド脇の机の上に突っ伏しているうち、身体の疲れは激しい睡魔へと変わっていく。風呂《ふろ》に入ってさっさと寝ようと思い、持参したバッグから髭剃《ひげそ》りなどを探し始める。

着替えなどでぎゅうぎゅう詰めになったバッグの中を、まさぐっているさなかだった。がさがさという乾いた音とともに、バッグの底から小ぶりなビニール袋が出てきた。見れば、白地に店のロゴマークがプリントされたコンビニ袋である。

身に覚えのないものだったが、どうせゴミだろうと思い、袋の中を覗いてみる。

だが、私の予想とは裏腹に、袋の中身はゴミではなかった。

袋の中にはCDが二枚、入っていた。

ジャケットを検《あらた》めてみると、二枚とも私が贔屓《ひいき》にしているアーティストのCDである。

一枚はアルバムで、もう一枚はマキシシングルだった。

どちらもかつて私が所有していたCDだったが、いつのまにか所在が分からなくなり、長らく紛失していたものである。

訝《いぶか》しみながらもケースを開けて、ライナーノーツを引っ張りだしてみる。

中を開くと、ページとページの間から、一枚のメモ書きがはらりと床にこぼれ落ちた。

メモには英語の歌詞を自分なりに和訳したものが、かすれた鉛筆文字で書かれていた。

やはり私のCDである。このメモ書きはもうかなり昔、拝み屋になる以前に私自身が書いたものだった。好きな曲だったので、わざわざ訳して書きしたためたのである。

メモを書いた時期は、今からおよそ十三年前。

拝み屋を始める少し前、今で言うブラック企業然とした地元の店でバイトをしていた、二十代前半の頃だと記憶している。

どうして今さらこんな物が――。驚くより先に、背筋がすっと寒くなる。

二枚のCDは、確かに長らく紛失したままだった。それは紛《まご》うことなき事実である。

けれどもこんなところで、それもこんなタイミングで発見されるような道理はない。

持参したバッグはここ数年、旅行や出張に出かける際に毎回使用しているものだった。

この年も同じバッグで何度か地方に出向いている。

そのたびに中身を入れ替え、覗いてみてもいるが、こんなCDが入っていたことなど一度も記憶にない。それが今回に限って、まるで勝手に湧いたかのようにバッグの底に紛れこんでいるなど、やはりどう考えてもおかしいのである。

もう一度、二枚のCDをじっくり食い入るようにして眺めてみる。

プラ製の透明ケースに付いた微細な傷や、ライナーノーツの端にできたわずかな折れ。盤面の裏にうっすらと走る、直線状のごくごく薄い走り傷。

いずれも覚えのある、懐かしい傷ばかりだった。それらの全てが私の記憶の中にある。

しかし、だからこそ薄気味の悪さもまた一入《ひとしお》だった。

このCDが一体なんだというのか。『花嫁の家』に書き記したあの忌まわしい事件に、こんなCDは一切関係ない。しだいにむかむかと、やり場のない怒りがこみあげてくる。

ようやく版元に最後のゲラを届け、今夜はしばらくぶりに気分がよかったというのに、たかだか古びたCD二枚のおかげでせっかくの余韻が台無しである。

もやもやとした気持ちを抱えながらシャワーを浴び、私はベッドに潜りこむ。

CDはどうしたものかと悩んだが、このままホテルに捨て置くのも気が引けてしまい、一応持って帰ることにした。気味が悪いとはいえ、これらは紛れもなく私のCDである。

このまま処分してしまうのも、それはそれでなんだか後味の悪い思いがした。

翌日の夕方近く。再び新幹線に乗って、宮城の自宅へ帰り着いた。

留守中に届いたメールのチェックをしようと思い、仕事場でPCを開いた時である。

がさがさ、がさがさ、がさっがさっ、がさがさ、がささ……。

とたんに隣の座敷から、乾いた物音が聞こえ始めた。

「一体なんだってんだッ!」

思わず立ちあがり、座敷に向かって大声を張りあげる。

ゲラを届けたことでもう終わりだと内心期待していたというのに、昨夜の一件も含め、実態は相変わらずこの有り様である。結局、何も変わってなどいない。

怒りと焦りの勢いに任せ、再び押入れを開け放つこともできたが、すんでのところで思い留《とど》まった。今の私の精神力と体力では、あまりにも無謀だと察したのだ。

仮に不測の事態が発生した場合、こんな状態ではまともな対応ができる自信はない。

押入れの不可解な物音に関しては、幸いにも現状ではなんらの実害も発生していない。ならば今は迂闊《うかつ》に手はださず、容態の回復を待ちながらじっくりと機をうかがうことが得策と判じられた。

今に見ていろ。いずれかならず、正体を突き止めてやる。

座敷の押入れから届く乾いた物音を聞きながら、私は猛《たけ》る衝動を静かに押し殺した。

驕りの魔祓い

浩子《ひろこ》さんの勤める会社に、朱美《あけみ》さんという三十代半ばの女性がいた。

朱美さんは社内で、いわゆる〝視《み》える人〟と認知されている女性で、朱美さん自身も常々「私には霊感がある」と公言してはばからない人物だったという。

入社から二年近くが過ぎた頃、浩子さんは実家から独立を果たし、会社からほど近い市街のアパートへと引越した。

ところが浩子さんの引越しを耳聡《みみざと》く聞きつけた朱美さんが、こんなことを言ってきた。

「新しく引越したアパートは、きちんとお清めをしないとまずいわよ」

昼休み中のトイレで浩子さんを捕まえた朱美さんは、苦い顔でうなずいた。

「まるっきりの素人には難しいでしょうから、代わりに私がやってあげてもいいわよ？　お代は不要。お金儲《もう》けが目的じゃない。わたしは人助けだと思ってやっているんだから。部屋に悪い霊が潜んでいたら大変よ。絶対お祓いしたほうがいいわ」

したり顔でほくそ笑むと、朱美さんは浩子さんの目を覗《のぞ》きこみ、無言で答えを待つ。

実のところ、浩子さんは朱美さんのことが、どちらかといえば苦手なタイプだった。

浩子さん自身はこうした方面に興味などなかったし、霊や神仏の存在も信じていない。

甚だありがた迷惑な申し出だった。けれども無下に断れば今後、社内で朱美さんとの関係が気疎いものになってしまう。そんな後腐れも、想像するだに煩わしいことだった。渋々ながらも浩子さんは、朱美さんの〝ご厚意〟に甘えることにしたのだという。

翌日の退社後、浩子さんは朱美さんを連れて引越したばかりのアパートへ帰宅した。玄関を開けて中へ入ると、背後にいた朱美さんがさっそく「うっ！」と苦々しい声で大仰にうめいてみせた。

朱美さんに気づかれないぐらい小さく肩を竦《すく》め、「どうしたんですか？」と尋ねると、朱美さんは「やっぱり、わたしの思ったとおりね……」と、息も絶え絶えにつぶやいた。

居間のテーブルについた朱美さんの説明によると、こうである。

浩子さんが引越してきたこの部屋には〝邪悪で不穏な霊気〟が満ち満ちているらしい。ざっと朱美さんが確認する限りでも、俗に〝不浄霊〟とか〝浮遊霊〟と呼ばれるものが、部屋中の至るところに視えるのだという。

「やだ嘘！　怖いわ。朱美さんの力でなんとかできないんですか？」

呆《あき》れてため息をつきそうになるのを必死で堪《こら》えながら、どうにか話を合わせる。

すると朱美さんは、小難しい表情に自嘲《じちょう》的な笑みを浮かべながら、

「所詮《しょせん》、わたしも素人だからね……。わたしの力でどれぐらいできるか分からないけど、やれるだけはやってみるわ！」と、力強く宣言した。

今さらだったが、浩子さんは朱美さんを招いてしまったことを腹の底から後悔した。

かくして朱美さんによる〝浄霊〟の儀式が始まった。

朱美さんはテーブルの前に正座すると、右手のひらに数珠《じゅず》をぶらさげて深々と合掌し、それから静かに目を閉じて、何やら呪文のようなものをぶつぶつと唱え始める。

浩子さんは傍らに正座してその様子をじっと眺めていたが、必死に呪文を唱え続ける朱美さんの姿を見ていても、なんのありがたみも感じることができなかったという。

数分後。それまで淡々と流暢《りゅうちょう》に唱えていた朱美さんの呪文が、突然つっかかった。

今度は一体、なんの真似だろう。

完全にしらけムードの漂っていた浩子さんは、呆れ顔で朱美さんの横顔に目を向けた。するとと、いつのまにか朱美さんの額に玉のような汗が浮かんでいるのが目に入る。

同時に朱美さんの呪文は二度、三度とつっかかり始め、ついにはぜえぜえと苦しげな喘《あえ》ぎ声まで発し始めた。

直後、朱美さんは突然ばっと立ちあがったかと思うと、「何これ！　何かいる！」と、震える声で絶叫した。

いや、初めにそう言ったのはあんたでしょうに……。

朱美さんの奇行に少々驚きつつも、浩子さんは心の中で高らかに舌打ちをかました。

「厭《いや》だ！　なんなの、これ！　何！　なんなの！　なんなのこれええ！」

なおも絶叫を続ける朱美さんに狼狽《ろうばい》し、浩子さんも渋々立ちあがって彼女をなだめる。

「ちょっと朱美さん、大丈夫ですか？　落ち着いてください」

朱美さんがこちらにぐわりと顔を振り向けた瞬間、思わず硬直した。

朱美さんの顔は今や真っ青になり、顔中から大量の汗が滝のような勢いで流れていた。

「厭だ！　厭だ！　こんなの厭だあああぁぁぁぁぁ！」

まるで正気を失ったような金切り声をあげ、朱美さんはがたがたと身を震わせ始める。

その異様な振る舞いに浩子さんはそれでも（これもパフォーマンスのひとつなんだ）と自分自身に言い聞かせ、どうにか平静を保とうとした。

ところが案に相違して朱美さんの剣幕は収まるどころか、なおも勢いを増していった。

「朱美さん、落ち着いて！　ねえ、怖いです！　落ち着いてください！」

胃の腑《ふ》が冷たくなるのを感じながらも、朱美さんの両肩をつかんで必死に呼びかける。

その迫力に気圧《けお》され、浩子さんの平常心もやがてゆるゆると崩壊を来たし始める。

「厭だ！　厭だ！　来ないで！　厭だあああぁぁぁぁ！」

浩子さんの腕を、朱美さんの両腕が薙《な》ぐようにして振り払った。

「やだ、朱美さん！　しっかりしてくださいよ！」

それでも浩子さんは懸命に朱美さんの腕をつかみ直し、何度も何度も呼びかける。

「朱美さん！　落ち着いて！　大丈夫ですから、落ち着いて！」

その瞬間、がたついて取り乱していた朱美さんの両目が、かっと大きく見開いた。

「うるさい！　あんたに何が分かる！　あんたなんかに何が分かるんだよ、馬鹿！」

雄叫《おたけ》びのような声をあげながら朱美さんは踵《きびす》を返すと、浩子さんの身体を押し払ってそのまま玄関口へと駆けだした。

押された反動でよろけた浩子さんがどうにか体勢を立て直し、玄関口に目を向けると、ドアチェーンを死に物狂いで外しながら、朱美さんが部屋から出ていくところだった。

「ちょっと朱美さん……」

呼びかけた瞬間、浩子さんの言葉がぷつりと切れた。

長い黒髪を振り乱してドアノブを回す朱美さんの背中に、女の顔があった。

顔は朱美さんの長い黒髪と連結したかのように、彼女の髪の毛の先端からぶらさがり、腰の辺りでぶらぶらと振り子のように揺れていた。

「あ……」

浩子さんが短い喘ぎを発すると、背中で揺れていた女が、浩子さんの顔を見た。

目が合う。

出来損ないの寒天のように、べとべとと湿り気を帯びてどんよりと濁った目。

全身が凍りついたまま女の視線に釘《くぎ》づけになっていると、女は大きな口を横に広げて、トトロのような顔でにぃーっと笑った。

次の瞬間、ばーん！　という轟音《ごうおん》とともに、女の顔が視界から消える。

朱美さんがドアを開け放ち、部屋から飛びだしていったのだった。

浩子さんはその場に崩れるようにへたりこむと、そのまましばらく放心し続けた。


その後、朱美さんは四日ほど会社を無断欠勤したあと、電話で唐突に退職の旨を伝え、職場から姿を消した。

仲のよかった同僚にも連絡はなく、今はどこでどうしているのか分からないという。

浩子さんはその後も同じ部屋に住んでいるが、差し当たって異常はないと語っている。

けれども一方、朱美さんが来訪した晩、自分の部屋で起きたこの一連の事象に関しても、真相は未《いま》だ定かでないとも語っている。

真実は果たしてどちらだったのか。

浩子さんの部屋に元からいた何かを、たまさか朱美さんが連れ帰ってしまったのか。

それとも朱美さん自身の身に、元々良からぬ何かがとり憑《つ》いていたものなのか。

いずれにしても後味の悪い体験だったと、浩子さんは語っている。

冥土の土産

市役所に勤める増岡《ますおか》さんから、こんな話を聞かされた。

今から四年ほど前、増岡さんに新しい彼女ができた。高校時代の同級生に紹介された
ふたつ年下の女性で、名を満里奈《まりな》さんという。

交際を始めて二週間ほどが経った、週末の土曜日。増岡さんは、満里奈さんを自宅の
マンションに招いて一夜を過ごす運びとなった。

その晩の出来事だという。

夜更け過ぎ、満里奈さんとふたりで自室のベッドで眠っていると、ふいにどこからか
激しい鈴の音が聞こえてきた。

音はしゃんしゃんしゃんしゃんしゃん！　と鋭い響きをあげ、絶えることなく鳴り続ける。

初めは半分夢見心地でいた増岡さんも、しだいに頭が冴《さ》えてきた。

同時に鈴の音が、自分の枕元のすぐそばから聞こえてくることにも気がつく。

隣を見れば、満里奈さんがすやすやと静かに寝息をたてて眠っていた。

自分たち以外の誰かが枕元に立って、鈴を鳴らしている――。

それ以外にこの状況を説明できる答えはなかった。とたんに全身が総毛だつ。

しゃんしゃんしゃんしゃんしゃんしゃんしゃん！　しゃんしゃんしゃんしゃんしゃんしゃん！

増岡さんが蒼《あお》ざめて竦《すく》みあがる一方、満里奈さんのほうはまったく起きる気配がない。その間にも鈴の音は絶えることなく、突き刺すように鋭く耳に聞こえてくる。

満里奈さんを起こそうとも考えたが、気づけば身体がぴくりとも動かなくなっていた。

どうすることもできず、まぶたを固く閉じ結び、音が止むのを慄《おのの》きながら待ち続ける。

しかし、音は一向に止む気配がないばかりか、しだいに激しさを増すばかりだった。

気力もついに限界を迎え、増岡さんは目を開けた。音の出処に視線を振り仰いだ瞬間、総毛だった全身から、どっと冷や汗が噴きだした。

巫女《みこ》装束に身を包んだ女が、ベッドのすぐ脇で激しく身体を揺らしていた。

襷《ちはや》と呼ばれる、道行のような作りをした純白の上衣に、鮮血のごとく色鮮やかな緋袴《ひのはかま》。両手には葡萄《ぶどう》を逆さにしたような形の神楽《かぐら》鈴を握っている。

女は全身をくねらせるように振り乱しながら、しゃんしゃんしゃん！　と一心不乱に鈴を鳴らしていた。顔には恍惚《こうこつ》とした笑みが浮かんでいたが、目からは大粒の涙が溢《あふ》れ、ぼろぼろと頰を伝って上衣の胸元を点々と濡《ぬ》らしている。

よく見ると女は、増岡さんの職場の同僚だった。名を凪子《なぎこ》という。

女の素性が分かったとたん、増岡さんはさらに色を失い、全身に寒気が生じ始める。

今現在は単なる同僚という関係に戻っていたものの、つい数ヶ月ほど前まで、彼女は増岡さんと交際関係にあった人物だった。

地味で口数も少ないくせに執着心だけは人一倍強く、何かと増岡さんの行動を制限し、独占しようとする。付き合い始めてみると、そんな傾向が随所に見られる女だったため、交際からわずか半年足らずで増岡さんは凪子に別れを告げていた。


しゃんしゃんしゃんしゃんしゃん！　しゃんしゃんしゃんしゃんしゃんしゃんしゃん！


凪子はなおも変わらず、恍惚とした顔から涙をこぼし、激しく身体を揺らしている。

「おい、お前何やってんだよ！」

あまりの光景に慄きながらも、思わず怒声が張り裂けた。同時に身体も軽くなる。

そのままがばりと身を起こし、凪子の身体につかみかかる。

だが増岡さんの手が彼女の身体に触れる直前、彼女の姿は煙のように掻き消えた。

薄暗い自室に再び静寂が戻る。音の消えた闇の中、耳の奥がじんと疼《うず》く。今の今まで聞かされていたあの鈴の音は、増岡さんの耳に生々しい余韻を残していた。

恐れと不安に慄いているところへ、隣で寝ていた満里奈さんが目を覚ます。

「どうかしたの……？」と寝ぼけ声で尋ねられたが、言葉にすることすらもおぞましく、増岡さんはその場を適当に取り繕って口を閉ざすことにした。
翌週の月曜日。職場に行くと、同僚の口から瓜子の訃報《ふほう》を知らされた。
自殺かと思ったが、若年性の心筋梗塞《しんきんこうそく》だったという。
亡くなったのはちょうど、増岡さんがマンションの自室で瓜子の異様な姿を目撃した、
あの時間帯と重なっていた。
正直なところ、増岡さんの胸中では悲しさよりもむしろ、安堵《あんど》のほうが勝ったという。
瓜子とは職場が同じだということもあり、別れたのちにも彼女の視線や立ち振る舞いが
鬱陶《うっとう》しく感じられていた。
最後の最後に厭《いや》な思いをさせられたが、これであいつとも完全に縁が切れたと思うと、
内心せいせいしたのだという。

ところが話はそれで終わらなかった。
瓜子の死から二週間ほどして、今度は満里奈さんが亡くなってしまった。
死因は瓜子と同じ、若年性の心筋梗塞。
時間もちょうど瓜子が死んだ頃と同じ、夜の遅い時間だったという。
冥土《めいど》の土産に瓜子が連れていったのだと、今でも増岡さんは確信していると語る。

木彫りの子犬

都内で企画関係の仕事をしている悠美《ゆみ》さんは、高校時代にお父さんを亡くしている。

死因は自殺だった。

当時、悠美さんのお父さんは、宮城の片田舎で代々続く小さな町工場を経営していた。

しかし、長引く不況と経営不振から負債が重なり、最後は自ら命を絶ったのだという。

そんなお父さんが生前、趣味として嗜《たしな》んでいたのは木彫りの彫刻だった。

休日には自宅の縁側で好きな動物を彫ったり、手製のハンコを作ったり、日がな一日、夢中で作業をしていたという。

その仕上がりは家族の目から見てもなかなか見事なもので、現に身内や知人などから時々〝仕事〟の依頼が舞いこむこともあるほどだった。

だから少なからず、その道で人を惹《ひ》きつける才能はあったのだろうと悠美さんは語る。

悠美さんが九歳の誕生日の時だったという。

友達を招いたお誕生会の席で、悠美さんはお父さんから、木彫りの子犬を贈られた。

モデルは当時、悠美さんが大好きだったラブラドルレトリバーの子犬である。

悠美さんの小さな両手にちょうど収まる、小ぶりなサイズのかわいらしい子犬だった。大きな両目をきょとんと見開き、うつ伏せになって寝そべるその姿は、なんとも言えず愛らしく、たちまち悠美さんを虜《とりこ》にした。

誕生会に招いた友人たちに見せると、みんな「いいなあ」と欲しがった。

その様子を傍らで微笑みながら見ていたお父さんは、友人たちにも好きな動物を尋ね、自宅の縁側で順番に動物を彫ってあげた。

それが悠美さんにとって、お父さんと過ごしたいちばん楽しい思い出だという。

そんなお父さんが、木彫りをしながら悠美さんに語っていたのが、「お父さんはさあ、本当はこういうのを仕事にしたかったんだよね」というひと言だった。

作業中にはかならずといっていいほど出る、ほとんど常套句《じょうとうく》のようなひと言である。

その声風《こわぶり》にはどことなく自嘲《じちょう》的な色も漂っていたが、お父さんの木彫り作りに対する熱意を見ていると、まんざら冗談とも思えなかった。

木彫りを仕事にしたかった――。

それはやはりお父さんの本心なんだろうと、幼心にも感じ取れたという。

お父さんが生前手がけた彫刻は、大小合わせて優に数百体を超える数にのぼっていた。一部は形見分けとして身内や知人に引き取られていったりもしたが、遺《のこ》された大部分は今でも悠美さんの実家の方々に所狭しと並んでいる。

お父さんが亡くなったのち、まもなく高校を卒業した悠美さんは、職を求めて上京し、都内の古びたアパートで独り暮らしを始めた。

お父さんとの思い出が詰まった実家に留《とど》まることが、いたたまれなかったのだという。無理にでも環境を変えて気持ちを立て直さないと、自分が駄目になってしまう気もした。大事にしていた木彫りの子犬も、後ろ髪引かれる思いで実家の自室に置いてきた。覚悟を決めての上京だったという。

けれども環境が変わっても、心の痛みが消えることはなかった。

上京したのちも、お父さんの痛ましすぎる最期が記憶の中で薄まることは決してなく、楽しかった昔の情景を思いだすたび、とことん落ちこみ、打ちひしがれる。

あの時、気づいてあげられれば。もっと話を聞いてあげられれば——。

家族に弱音のひとつもこぼすことなく、いつでも明るい笑顔の絶えない良き父だった。その笑顔は亡くなる直前に至るまで、少しも陰ることがなかったという。

家族の前では微笑みながらも、何もかもを独りで抱えて苦しみ続けていたお父さんの心中を察すると、それだけで胸が張り裂けそうになった。

木を彫ることが本当に大好きで、作業中は子供のように目を輝かせていたお父さん。不況の煽《あお》りさえ受けなければ、大好きだった木彫りをずっと続けられていたはずなのに。

悔やんでも悔やんでも悔やみきれず、どれほど泣いても気持ちは一向に晴れなかった。悠美さんの二十代前半は、お父さんへの哀悼と悔恨にその大半が費やされていった。

しかし、二十代も半ばを過ぎた頃。

月日の流れとともに、悠美さんを取り巻く状況は劇的に変わった。

少しでも哀しさを紛らわそうと、無我夢中で打ちこんでいた仕事が大きな成果をなし、とたんに会社の仕事が忙しくなり始めたのである。

それから先は仕事、仕事の目まぐるしい毎日が続き、いつの頃からか悠美さんの中で、お父さんを失った痛みも少しずつ意識の上から薄れていくようになった。

忙しさに比例するようにして、お父さんを失った哀しみがしだいに淡くなっては霞《かす》み、やがて楽しかった思い出や情景さえも、日を増すごとに思いだす機会が減っていく。

気づけばいつしか、お父さんの顔や声すら思いだすこともめっきり少なくなっていた。

その心境の変わり様には、自分自身でも驚くほどだったという。

別段、お父さんの死そのものが、悠美さんの中で軽々しいものになったわけではない。

ひとえにそれは、多忙を極める仕事のせいであり、同時に〝おかげ〟でもあった。

会社でも自宅でも、頭の中は仕事のことで常にいっぱい。時間も余裕もないに等しい。

そんな状況が長引いていくうち、悲嘆もあらかた薄れてしまったのである。

思えば少し寂しいことだけど、ようやく区切りがついたんだろうな——。

そのように割りきり、悠美さんは己の心境の変化を素直に受け入れたのだという。

それからさらに月日が経った、ある夜のこと。

深夜近く、込み入った仕事をようやく切りあげ、悠美さんは自宅のアパートへ戻った。

仕事は相変わらず、休むまもなく忙しい。明日も朝一番に出社しなければならない。

一刻も早く眠って、疲れた身体を少しでも休ませたかった。食事と風呂《ふろ》もそこそこに慌ただしく寝支度を整え、急いでベッドに潜りこむ。

ところが寝ついていくらも経たぬうち、ふとした拍子に悠美さんの目は覚めてしまう。

しばらくベッドの中で悶々《もんもん》としていたが、二度目はどうしても寝つけなかった。

時計を見ると、夜中の二時を過ぎた頃。

ひどい過労で神経が昂《たかぶ》っているせいなのか。この頃はしょっちゅうこんなことがあり、夜中に目が覚めるたび気が滅入《めい》ったという。

仕方なくベッドを抜けだし、時間潰《つぶ》しにテレビをつける。

別に観たい番組などはない。次々とチャンネルを替え、手頃な番組を物色する。

一通りチャンネルを替えていくと、ふとテレビの液晶画面に木彫りの動物が映った。

黒地の背景に木彫りの動物たちが映しだされ、その上にナレーションと音楽が重なる。

どうやら木製の彫刻作品に焦点を当てた、美術番組らしかった。

木彫りの動物。懐かしいな……。

それでなんとなく久しぶりに、亡くなったお父さんとの情景を思いだした。

リモコンをいじる手を止め、この番組を観ることに決める。

画面に次々と映しだされる動物たちは、いずれもしみじみとした温かみを全体に帯び、作り手の素朴な人情味が感じられる、無邪気で優しい雰囲気を醸しだしていた。

犬、猫、鳥、馬、牛、山羊《やぎ》、羊、熊――。

愛らしい木彫りの動物たちの姿に、いつしか悠美さんの心はうきうきとはずんでいく。

やがて画面が切り替わり、続いて若い女性レポーターがカメラの前に現れた。

彼女の背後にはたくさんの作品や工具類が並んでいて、一見して工房だとうかがえる。

レポーターの簡単な挨拶《あいさつ》のあと、彼女のすぐ隣にいた制作者にカメラが回された。

そこで悠美さんは「あっ」と声をあげた。


紹介されたのは、悠美さんのお父さんだった。

お父さんはこめかみの辺りをしきりにぽりぽりと掻《か》きながら、伏目がちに笑っている。

恥ずかしい時や緊張している時にお父さんがよく見せていた、お馴染《なじ》みの仕草である。

「本当にどれもこれも、かわいらしくて素晴らしい作品ばかりですねえ」

「いやあ、そんな……。お褒めいただいて恐縮です」

わずかに肩を縮ませながら、ゆったりとした笑い声でお父さんが答える。

やはり間違いない。声も仕草も表情も、それは悠美さんのお父さんその人だった。

お父さんはレポーターと工房内を回りながら、次々と自分の作品を紹介していく。

「特に好きな作品は、これなんですよ」

「彫ってる時は、いつでも夢中になってしまいますね」

「この仕事を選んで、本当に幸せです」

在りし日とまったく同じ――。子供のように目を輝かせながら、お父さんは熱弁する。

その声風には控えめながらも、己の仕事に対する実直な誇りがありありと感じとれた。

ひとしきり工房を回ったのち、「それでは最後に何かひと言」と、レポーターが振る。

彼女の言葉を受け、訥々《とつとつ》とした口調でお父さんが語りだす。

「娘が今、東京にいるんですね。元気かなあ。今日、観てくれてるかなあ……」

顔中にはにかんだ笑みを浮かべ、お父さんはカメラに向かって手を振った。

「悠美ー！　お父さん、元気だよー！　悠美も元気にしてるー？　たまには帰ってきて
お父さんの動物、見にきてよー！」

涙が一気にどっと溢《あふ》れた。

「お父さん！　わたしも元気だからねっ！」

たまらず悠美さんもテレビに思いっきり顔を寄せ、声を震わせ泣きじゃくる。

涙とともにぴんと張り詰めていた心が弛《ゆる》み、素直な気持ちで泣けているのが分かった。

あの頃と同じように、お父さんは今でも変わらず笑い続けている。

久々に差し向けられた優しい笑顔に心がほぐされ、どんどん気持ちが楽になっていく。

知らず知らずに心配させていたんだなと思うと、大層申しわけない気持ちにもなった。

ほどなく番組は終わり、画面が真っ黒に暗転する。

悠美さんはその夜、再び眠りに就くまでの間、布団の中で熱い涙を流し続けたという。


それから数日経った、週末の昼。

悠美さんは数年ぶりに宮城の実家へ帰った。長らく疎遠にしていた仏壇の前へ座ると、大好きだったお父さんの位牌《いはい》に手を合わせ、感謝の言葉を捧げた。

仏壇脇の棚の上には、お父さんの彫った木彫りの動物たちがひしめき合って並び立ち、久方ぶりに郷里へ帰った悠美さんにそっと微笑みかけているようだった。

お父さんとの大事な思い出の詰まった、あの木彫りの子犬とも再会を果たした。

かつての自室に置かれっぱなしの、古びた小さな学習机。その片隅で子犬は寝そべり、きょとんと開いた大きな両目で、悠美さんの顔を見あげていた。

「おかえりなさい。寂しかったよ」

子犬がそんなふうに言っている気がして、悠美さんは子犬を東京に連れて帰った。

今は大事に、自宅のテレビの脇に飾ってあるのだという。

再会と天啓

野山を吹きわたる涼風にそろそろ秋の気配を感じ始めた、九月上旬のよく晴れた週末。私は妻とふたりで、三泊四日の東北旅行に出かけた。

目的は、宮城と山形の両県で連日連夜催される怪談イベント。その全てに参加すべく、春頃から予定を組んでいた旅行だった。

初日は仙台《せんだい》市内のホテルに一泊し、二日目は列車に乗って山形へ移動。山形駅近くのホテルに宿を取り、残りの二日間を山形市内で過ごした。


最後のイベントを回り終えた、三日目の晩である。

夜の九時頃。ホテルの部屋へ帰り着くなり、妻は早々とベッドに潜りこんでしまった。

私がベッドの縁に腰かけ、漫然とテレビを眺めるさなか、やがていくらのまも置かず、背後からすうすうと、妻の寝息が小さく耳に届いてきた。

まどろみや浮遊感の先触れさえもなく、おそらくは失神したように眠ったのだと思う。

元々身体は決して丈夫でない女である。よほど疲れたのだろうと判じる。

かくいう私自身も、相当に疲れていた。

『花嫁の家』の執筆で生じた心身の不調は、先月に比べれば格段に良くなってきていた。心も身体も日に日に安定を取り戻し、本業の拝み屋仕事も通常の業務に戻りつつある。

そんな折、久々に飛びだした世間の空気は大層心地よく、イベントで再会を果たした怪談関係の恩人、知人との話にもたくさんの花が咲いた。とてもいい休暇だったと思う。

ただ、それでも仙台と山形で過ごした三日という時間は、ひどく骨身に応《こた》えてもいた。病み上がりだということも忘れ、はしゃぎ過ぎたのである。ベッドに入れば妻と同じく、ただちに深い眠りに落ちるだろう。それほどまでに私の身体は疲労困憊《こんぱい》していた。

けれども私は、眠らなかった。

テレビを見つめる視界が、薄く滲《にじ》んでぼやけている。連日連夜、イベントの開催地を目指してひたすら歩き続けた両脚も、じんじんと鈍い痛みを発してうずいている。

身体はもう休みたいのだと、悲痛な叫びをあげていた。

けれども私は、眠らなかった。

背後で妻が寝返りを打ったのを受けて、私はベッドの縁から腰をあげる。

ベッドの近くの壁際に設《しつら》えられた机の下から椅子を引き、机の前へと座り直す。

テレビを消す。机上のナイトスタンドをつけ、それから部屋の電気を全部消す。

どうして私は、眠らないのか。自分自身でもよく分からなかった。

頭の芯《しん》はぼおっとしているのに、なぜか思考は鈍ることなく、眠りへ至る心の道筋を自らの無意識が頑《かたく》なに拒絶している。そんなもどかしくも、不可解な感覚だった。

そうして何をするでもないまま、時間ばかりが刻一刻と過ぎていく。ふと気がつくと、時刻は深夜を大きくまたぎ、いつしか午前二時を過ぎていた。

とうとう痺《しび》れを切らした私は矢も楯《たて》もたまらず、痛む足を引きずりながら部屋を出た。

ホテルのフロントを抜けて駅前の大通りに足を向けると、街は人気もすっかり絶えて、ゴーストタウンのようになっていた。

土地勘がないため、向かう当てなどどこにもない。だが、しばらく外を歩いていればそのうち体力が限界を迎え、無理やりにでも眠れそうな気がした。

無人と化した大通りをずきずきと痛む足裏で踏みしめながら、当て所《ど》もなく逍遥《しょうよう》する。両脚に感じる苦痛に顔を歪《ゆが》めつつ、真っ暗な歩道をたった独りでとぼとぼと歩く。

そのさなか、疲弊しながらも奇妙に冴《さ》えわたる私の頭は、万華鏡のごとくぐるぐると無数の記憶や感慨を取り留めもなく咲き開かせていった。

地獄を垣間《かいま》見た『花嫁の家』の執筆作業。あまりにも突然だったほのかさんの逝去。栗原朝子の電話攻撃と、彼女から電話を受けるたびに聞こえてくる異様な女の嗤《わら》い声。なんの法則性もなく不定期にがさがさと、奇怪な音をたて続ける座敷の押入れ。

思えばこの夏は、いろいろなことがあり過ぎた。

そうした諸々《もろもろ》に蹂躙《じゅうりん》され、翻弄《ほんろう》され、気づけば私の神経はぼろぼろに擦り切れていた。私が眠れない理由は、ひとえに後遺症のようなものではないかと思い始める。

ひと夏かけて恐怖と不幸にすっかり縮こまってしまった私の意識は、またぞろ何かが起こるのを暗に強く警戒している。休暇が目的の旅先でも決して油断してはならないと、心が自然と警戒態勢に入っているのだ。なんとも皮肉な話だと思った。

両脚の痛みを必死に堪《こら》えながら、静まり返った大通りをひたすら黙々と歩き続ける。十分ほど歩き続けると、足が歩みに馴《な》れてきたのか、それとも麻痺《まひ》してしまったのか、痛みはあまり感じられなくなってきた。同時に気分もいくらか落ち着いてくる。

そろそろ十分だろうと判じ、踵《きびす》を返してホテルへ戻ろうとした時だった。

私から十メートルほど前方の歩道を、若い女性が歩いているのが目に入った。

視界が暗くて判別しづらかったが、女性は水色のブラウスと、膝丈《ひざたけ》の黒いスカート姿。長い茶髪をうしろで束ね、私に背を向け歩いている。

いつから歩いていたのか、分からなかった。あるいは通りに面した建物から出てきて、私の前を歩きだしたのかもしれない。けれどもそんな記憶は私にはなかった。

別段、怪しげな服装をしているわけでなし。深夜とはいえ市街地の中心部なのだから、若い女性がひとりで歩いていても不思議なことは何もない。

だが、私は妙に彼女の正体というか、仔細《しさい》が気になり仕方がなくなってしまった。

別にやましい気持ちなど何もない。ただせめて、彼女の顔だけでも見ておきたかった。

無益な衝動に駆られ、気づくと私は歩みを速め、彼女の背中を追い始めていた。

せっかく気分が落ち着いてきたというのに、どうしてこんなことをしているのだろう。

皆目見当がつかなかった。けれども私は彼女の背を追い、ずんずん前へと進んでいく。

だが、それでもなかなか彼女に追いつくことはできなかった。

過度に疲れきった私の足が遅いのか、それとも彼女の足が速いのか。理屈はともあれ、私と彼女の距離は一向に縮まらず、気づけば十分近くも歩いていた。

まったく無意味であると思う。普段の私なら、こんな馬鹿げたことなど絶対にしない。だがこの時は違った。不毛であると思えど、身体が勝手に動いてやめられなかった。

それからさらに、五分ほど歩き続けた頃である。

ふいに女性が踵《かかと》の向きを変え、歩道に面した建物の中へ入っていった。私も足を速め、彼女の入った建物へと向かう。

建物は鉄筋コンクリート造りの小さな雑居ビルだった。外壁の角には企業名を記した小ぶりな看板が、縦に並んで段々に連なっている。

中へ入ると、目の前に細狭い上り階段が延びていた。階段の横手にはガラス製の扉がいくつか並んで見えたが、照明はすでに落とされ真っ暗になっている。

おそらく上に行ったのだろうと思い、急ぎ足で階段を駆け上っていった。

古びた蛍光灯の弱い光を浴びて、暗々とした輪郭を浮かばせる階段を踏みしめるたび、改めて自分は一体何をしているのだろうと考える。

普通に考えれば異常である。いや、普通に考えずとも十分異常なことである。

だが私は自分のおこないを異常と理解しても、階段を上る足を止めることはなかった。

彼女が何者なのか、どんな顔をしているのか、なぜだか無性に気になって仕方がない。衝動とも欲求とも判じかねる異様な思いに支配されたまま、いつしか私は死に物狂いで細狭い階段に乾いた靴音を踏み鳴らし、上へ上へと駆け上っていく。

　五階まで上ったところで、階段はとうとう行き止まりになった。

　おそらく屋上に通じる扉なのだろう。目の前には、ところどころが赤黒く錆《さ》びついた古びた鉄扉が進路を塞《ふさ》いでいるばかりで、他には何も見当たらない。

　階段を最後まで上りきり、扉の前に開かれた小さな踊り場の上に立つ。

　ゆっくり周囲に視線を巡らせていくと、扉の傍ら、踊り場の片隅に彼女の姿はあった。薄暗い踊り場の壁際に、彼女は両脚をくの字に投げだした姿勢でしおしおとへたりこみ、私に向かって小さな背中を向けている。

　どうしようかと、一瞬迷った。だが、ここまで来て引き返すのも癪《しゃく》だった。努めて平静を装い、彼女の背中に「大丈夫ですか？」と声をかける。

　すると一瞬の間を置き、彼女はゆるゆると上体を捻《ね》じ曲げ、私のほうへと振り返った。振り向いたその顔は、二十代前半とおぼしき、若い娘のそれだった。

　切れ長の大きな目。その上に引かれた茶色く細めの眉《まゆ》筋。鼻頭が少し高い、細い鼻筋。淡いピンク色のルージュを差した小ぶりな唇。

　とたんに私ははっとなって、その場を数歩よろめきしさる。

　それは私がよく知る――というより、かつて〝よく知った〟女性の顔だったからだ。

「……美雪《みゆき》」

名を呼ぶと、彼女は少し困ったような面差しで、私の顔を見つめ返した。

ただし、答えとなる言葉は何も返ってこない。彼女は無言のままである。

彼女――早瀬《はやせ》美雪は、私が拝み屋を始める直前まで勤めていたコンビニの同僚である。

当時の私よりもひとつ年下の二十二歳。人当たりのよい好人物で、勤め始めてまもなく私たちは意気投合し、時置かずして昵懇《じっこん》の間柄となった。

わずか半年ほどの短い付き合いだったが、当時の私にとって友人らしい友人といえば美雪ぐらいしかおらず、ふたりでずいぶん同じ時間を過ごした記憶がある。

しかしそれも、もはや十年以上昔の話である。コンビニを辞め、拝み屋を始めて以来、私は美雪との連絡を一切絶つようになっていた。

拝み屋などという、世間的には至極怪しげな生業《なりわい》を営むことになってしまった自分を、美雪が受け入れてくれるかどうか、当時の私は不安だったのである。

店を辞めてからも何度か、美雪のほうから電話やメールは届いていた。けれでも私は、結局ただの一度もそれに対して返事をすることなく、なしのつぶてを決めこんだ。

店を辞めて数週間もすると、美雪からの音信もついに途絶えた。私は拝み屋としての新たな人生を歩み始め、そのうち美雪の存在すらも忘れるようになってしまっていた。

こんなところで再び出会わなければ、今の今まで思いだすことなどまったくなかった。私にとって早瀬美雪とは、今やこれほどまでに些末《さまつ》な存在になり果てていたのである。

薄暗い踊り場の片隅で美雪は無言のまま、私の顔をじっと見あげている。

懐かしいという感慨は、私の胸中に微塵《みじん》も湧いてこなかった。懐かしさよりもむしろ、違和感のほうを強く覚えてしまったからである。

私の足元でへたりこむ美雪は、あの当時よりも幾分歳を重ねている。けれどもそれは、十数年という時の流れを経てきた加年ではない。

目の前の美雪はとても若かった。仄白《ほのじろ》く小さな細面には微々たる皺《しわ》も刻まれておらず、肌質は少女のようにきめが細かく、生き生きとした張りがある。

多く見積もってもせいぜい二十代の半ばほど。今現在の私よりもひとつ年下などとは到底思えないほど、美雪の姿は瑞々《みずみず》しく、そしてあまりにも若々しかった。

その姿が何を示唆するものか。かすかに理解はしていたけれど、認めたくはなかった。違和感に抑えつけられていた懐かしさが、意識の水瀬《みなせ》に怒濤《どとう》のごとく押し寄せてくる。

「……美雪、どうした？　こんなところで何してるんだ？」

困ったような面差しで私を見あげる美雪に向かって、そっと右手を差し伸べる。

それでも美雪からの反応は、何もない。

「……美雪」

再び名前を呼んだ時、眦《まなじり》から一筋、涙が勝手に流れ出た。

美雪と過ごした遠い昔の記憶が、楽しい日々が、潤んだ視界の片隅に色鮮やかに蘇《よみがえ》る。

彼女の声が、仕草が、微笑みが、古い記憶の奥底から留《とど》まることなく再生されていく。

認めたくはない。認めたくはないのだけれど、確認せずにもいられなかった。

強張《こわば》る右手をゆっくりと開き、美雪の肩へと差し伸ばす。

疲れているから。きっと頭が疲れているから、こんな幻を見てしまっているのだ。

一縷《いちる》の望みにしがみつきながら美雪の肩へと向かい、そろそろと手を差し向ける。

私の右手が、美雪の肩へ静かに触れる。

とたんに電気を消すかのように、彼女の姿はぱっと消えて失くなってしまった。

——ああ、やはりそうだったか。

認めたくもない現実を知り、私はその場にぽつねんと立ち尽くす。

これが私の気の迷いでないのなら、彼女はおそらくもう、この世にはいない。

美雪はとうの昔に死んでいるのである。

悲しさとくやしさと遣《や》り切れなさが綯《な》い交《ま》ぜになった奇妙な感覚に、心がざわついた。

もしかしたらどこかに隠れているのではないか？　つかのま、その場を懸命に見回し、美雪の姿を探し求める。だが結局、彼女の姿を再び目にすることはなかった。

薄暗く濁った雑居ビルから抜けだし、ホテルを指して深夜の大通りを再び歩きだす。帰りの道中、最前までの出来事が頭の中で何度も何度も反芻《はんすう》された。

初めのうちこそ、美雪との思わぬ邂逅《かいこう》や彼女の末路を知ったことについて肌身が震え、なんとも言いようのない心地になっていた。

だが、しだいに気持ちが落ち着いてくるにつれ、ふとした疑問が私の内に生じ始める。

——どうして美雪は、あんなところにいたのだろう。

いつのまにか私は、自分が山形市内にいることをすっかり失念していた。

仮にこれが私の住まう宮城県内、それも地元の雑居ビルかどこかでの出来事だったら、これほどまでに強い疑問は思い抱かなかったと思う。

だがここは、私の地元ではない。隣県とはいえ、地元から遠く離れた山形市内である。

なぜ、よりによって山形なのか。

仮に彼女がこの街のあのビルで、過去に死んでいるのだとしてもおかしいのである。

私が山形市内の中心部を訪れるのは、今回が初めてのことだった。

そんな折、しかも思いつきで深夜の市街地を徘徊《はいかい》中に私は美雪の姿を見つけている。

こんな偶然があるだろうか。

疑念が膨らみ始めると、先ほど雑居ビルに至ったまでの経緯にも疑問が生じ始める。

まるで私自身が不可視の糸に引かれて、この山形の地へと誘《いざな》われたかのようだった。

そんな感覚すらも覚え始める。

ただ、それ以上何を考えても明確な答えが出ることはなかった。

鬱屈とした気分で大通りを歩き続けていると、そのうち宿泊先のホテルが見えてきた。

再びもやもやとしてきた胸の内に懊悩《おうのう》しつつも、部屋に戻ってベッドの中へ潜りこむと、私はたちまち深い眠りに落ちていった。

翌朝、午前十時近く。

目覚めてまもなくホテルのチェックアウトを済ませると、私と妻はそのまままっすぐ駅へと向かい、山形市内をあとにした。

仙山線《せんざん》で仙台駅まで帰る列車の中、座席の傍らに座る妻は再び深い眠りに就き始めた。私は妻を起こさないよう、持参した本を開いて静かに時間を潰《つぶ》していた。

列車が県境を越え、そろそろ仙台市内に差しかかろうとする頃である。

ふと車窓から空を仰ぎ見ると、眩《まばゆ》い光を放つ太陽の外周に巨大な光の輪ができていた。日暈《にちうん》と呼ばれる気象現象である。大気中の氷晶がプリズムの役割を果たし、太陽光が回折・散乱することによって太陽の外周に光の輪ができるのだという。

普段、まじまじと太陽を眺める機会など少ないため、日暈はとても珍しく感じられた。読書を中断し、しばらくの間、青空に浮かびあがった金色の輪にじっと見入る。

れっきとした気象現象なので、いわゆる怪異でもなければ、超常現象の類《たぐい》でもない。けれども日暈を見あげる私の胸中は珍しさと同時に、なんともいえない奇妙な感慨に包みこまれていた。

まるで何か、素晴らしい奇跡が目の前で起きているかのような。あるいは黙って空を見あげていると、なぜだか無性に胸が熱くなるような切ない気持ちに駆られてくる。わけも分からず、私の内は明々と高揚したり、感極まったりを繰り返した。

そうしてしばらく凝然としながら、巨大な日暈を無言で眺め続けているさなかだった。

先月の終わり頃、版元にゲラを届けた夜遅く。都内のホテルで自前のバッグの底から発見した、あの二枚の古びたCDの一件がふいに脳裏をよぎる。

十年以上も前に紛失した、私の好きな二枚のCD。

それらがどのようにして私の手から離れていったのか。

ここに至って、ようやく私は思いだすことができた。


美雪である。


コンビニを辞める少し前、私は美雪にあの二枚のCDを貸していたのだ。

先述したとおり、店を辞めたのちは美雪との連絡を一切絶っていたため、彼女は私にCDを返すことができなかったのである。確かメールでも「借りてるCD返したい」と、何度か連絡を受けたことがある。

だが私はそれすらも無視して、拝み屋の道を進み始めた。悪意こそなかったとはいえ、あの頃、理由すらもまったく聞かされず、突然音信を絶たれた美雪の気持ちというのは、果たしていかばかりだったろうと、今さらになって強く悔いる。

美雪に貸したCDのうち、シングルのほうはYUKIの『プリズム』という曲だった。その歌詞の最後は、こんな一節で締めくくられている。

咲くのは
光の輪
高鳴るは、胸の鼓動

儚《はかな》く透きとおった歌声で情感たっぷりに唄《うた》い終える、とても印象深いフレーズである。そのイメージは頭上に広がる日暈の光景にぴたりと重なる。だから思いだしたのである。思い返せばCDが入っていたビニール袋も、私たちが勤めていたコンビニのそれだった。不思議な偶然ばかりがやたらと続くな。当惑しながら日暈をじっと見つめ続ける中、私の脳裏にまたひとつ、美雪にまつわる不可解な偶然が、突として思いだされる。

六月初め。私と美雪がかつて勤めていたコンビニで働いているという、板野さんの話。彼はたびたび、店内の雑誌コーナーに並び立つふたつの人影を目撃すると聞いている。影は薄暗く、なおかつ半透明でもやもやと揺らめいているため、仔細《しさい》までは分からない。板野さんは確か、そのように証言していたと記憶している。

だがようやく私は、この人影の正体がなんであるのか了解できた。

――多分それは、昔の私と美雪なのである。

実は件《くだん》のコンビニで私と一緒に生首を目撃したのは、他ならぬ早瀬美雪その人だった。

頭数も立ち位置も辻褄が合う。板野さんが深夜のコンビニで幾度も目撃していたのは、多分十数年前、窓の外の暗闇に頭の禿《は》げた生首を目撃した晩の、私と美雪の影なのだ。

同時にあの当時、私たちが目撃した生首の正体も分かったような気がした。

私の推測が間違いでなければ、それはおそらく、板野さんの生首なのである。

六月の相談時、頭の禿げた板野さんの笑顔になんとなくだが、妙な感慨を覚えていた。今改めて思い返せば、彼が弱々しく笑った時の表情は、十数年前に私と美雪が目撃した、あの生首の薄い笑顔に相通じるものがあった。

つまりは時を隔てて、私たちと板野さんは、互いを化け物だと認識し合っていたのだ。

確たる証拠は何もないが、それを否定するだけの材料も、私は持ち合わせてはいない。昨晩の件も含め、そのように考えたほうがむしろ、何もかもに合点がいく気もした。

我ながら信じがたい話ではあったが、ここまで綺麗《きれい》に話がつながってしまうのならば、あるいはもっと、この件には何か、大きな意味があるように思えてならなかった。

天高く輝く日輪は、金色の暈《かさ》に囲まれたまま神々しい風姿をなおも晒《さら》し続けている。

列車はまもなく仙台駅へ到着しようとしていた。

自宅へ戻ったらとにかく動こう。差し当たっては彼女の供養から始めてみるか。

あるいは私が動けば、何がしかの結末が見えてくるかもしれない――。

そんな予感を胸に強く思い抱きながら、私は駅への到着を静かに待った。

贖罪と収束

帰宅後、ただちに仕事場へ向かい、祭壇前に鎮座する。

美雪の名をあげ、静かに供養の経を唱え始める。

経を唱えながら頭の中に蘇《よみがえ》ってくるのは、昨晩消えてしまった物言わぬ美雪ではなく、十数年前の生き生きとした美雪の姿と、彼女にまつわる思い出ばかりだった。

ひとえに若さゆえだったのか。たった半年足らずの短い付き合いだったというのに、私たちはずいぶん気安い間柄だったと思う。

美雪はとにかく底抜けに明るくて、朗らかな性分だった。

音楽が大好きで、一緒に入った深夜勤務では、店内を流れる有線放送でお気に入りの曲がかかると、一緒になって口ずさむような娘だった。

そこからさらに記憶をたどっていくと、私がYUKIの『プリズム』を知り得たのも、この有線放送で毎晩のように流れていたからだと、思いだす。

美雪も『プリズム』がお気に入りだった。ご多分に漏れず、一緒になって唄っていた。

だから私はCDを買ってまもなく、もう一枚のCDアルバムとともに貸してあげたのだ。

結局、美雪が自分自身の手で返すことのかなわなかったあのCDを。

思えばあの頃の私――拝み屋になる直前の私は、様々な問題を心に抱えて気が滅入《めい》り、本来ならば他人と気安く言葉を交わすことさえ困難なほど、落魄《らくはく》していたはずだった。けれどもそんな状態であっても、どん底まで陥らずに済んだのは、やはり美雪の存在が大きかったからだと、今になってありありと思う。

そんな彼女に対して、私はひどい仕打ちをしてしまった。

拝み屋になった私を美雪が嫌うなど、今振り返れば私の勝手な思いこみに過ぎない。結局私は、単に臆病《おくびょう》だっただけなのだ。美雪に嫌われるかも知れないと恐れるあまり、美雪との関係を永遠に絶つという言語道断の本末転倒をやらかし、自分自身は元より、おそらくは美雪の心さえも深く傷つけてしまっている。

私は本当に、人として最低だと思った。

拝みながら、記憶をさらに巡っていく。

私が店を辞める直前の頃、私と美雪の間ではどんな会話が繰り広げられていたのか。遠くてぼやけた記憶だけを頼りに、些細《ささい》なやりとりのひとつひとつを拾いあげていく。映画の話。音楽の話。料理の話。仕事の話。下世話な話。恋愛話。世間話。将来の夢。この先、何をやりたいかの話。

そこで私の唱える経は、雨がやむようにふっと消えた。

思いだしたのである。――というより、ようやく思い至ったのだ。

祭壇前から立ちあがり、急ぎ足で仕事場を抜けだす。

廊下を渡って向かった先は、自宅で書庫代わりに使っている座敷だった。

つい数ヶ月ほど前の六月半ば、押入れの中で段ボール箱を引っ掻《ひか》く女の姿を目撃した、あの座敷である。

押入れの前を塞《ふさ》いでいる本棚をどかし、襖《ふすま》を開けて中に入る。ガラクタを押しのけて奥へと分け入り、女が引っ掻いていたあの段ボール箱を引っ張りだす。

箱を抱えて仕事場へ戻り、中を開けて覗《のぞ》いてみると、やはり私の思ったとおりだった。

箱の中に入っていたのは、私が美術専門学校時代から拝み屋になるまでに描き溜《た》めたイラスト作品やスケッチブック、コピー用紙にラフ画として描いた紙束などの山だった。

思いだしたのである。私が店を辞める、ほんのひと月前のことだった。

ある晩、店の事務所で休んでいると、美雪がふいに自分のスナップ写真を差しだした。

「何それ？」と尋ねると、「来月、誕生日なんだ。絵、描いてよ」と美雪が言った。

先にも触れたとおり、当時の私は様々な問題を心に抱え、悶《もだ》え悩んでいた時期だった。

絵は心を映す鏡でもある。荒《すさ》んだ心で描きだす自分の絵はどれもこれも陰気で無風流で、いずれも見るに耐えないものばかりだった。

そのうち自分の描く絵に嫌気が差してきた私は、イラストレーターになりたいという将来の目標すらもしだいに疎み始め、もうだいぶ前から筆を措《お》いていたのである。

大まかに事情を伝え、「描けない。無理だ」と応《こた》えると、

「描かないと、ますます描けなくなっていくんじゃないの？」と返された。

　その後、あれこれと言いわけを吐き連ねてみたものの、美雪は頑として譲らなかった。結局「リハビリのつもりで描いたら？」という励ましと、「お願いいたします」という冗談混じりの畏《かしこ》まった懇願に根負けした私は、渋々ながらも美雪の肖像画を描くことを引き受けたのである。

　だが、その絵が完成することはなかったし、美雪の手元に届けられることもなかった。段ボール箱から紙の山を引っ張りだし、一枚一枚検《あらた》めていく。

　ほどなくして、Ｂ４判のイラストレーションボードに半分描きかけた美雪の肖像画と、彼女のスナップ写真が見つかった。

　初めはどうにか描きあげて、美雪に渡そうという気持ちがあったのである。

　だが結局、描きあげることはできなかった。陰気に侵された私の筆は一向に捗《はかど》らず、描けば描くほど手が鈍り、紙面に描かれていく拙《つたな》い描線に何度もうんざりさせられた。

　全体の大まかな構図を描き終えるぐらいの段階で、私は自分の描いた絵の不出来さに心底絶望し、それ以上の作業を断念したのである。

　今思い返せば、それは単なる逃げに過ぎない。自分自身の弱さに甘え、弱さにかまけ、弱さに全てをなすりつけ、私は美雪が楽しみにしていた絵を途中で放りだしたのである。

これを〝逃げ〟と言わずして、なんと言おうか。代わる言葉を私は知らない。

　――この先、何をやりたいかの話。

覚えている。その話題が出た時に、私は「またいつか、絵を描きたい」と答えたのだ。

拝み屋など、なりたくてなったわけではない。あの頃、やむにやまれぬ事情があって、ならざるを得ずになっただけの話である。私は本当は、絵を仕事にしたかったのだ。

美雪も私がスランプ状態に陥っていたことは知っていた。しかし、だからこそ美雪はそんな私の心を奮起させるため、あえて私に肖像画の依頼をしたのではないかと思う。

結果として絵を描きあげなかった私は、彼女の気遣いさえも裏切っているのである。人の好意に後足で砂をかけるようなことを、あの頃の私は平然とやらかしているのだ。

イラストレーションボードには、肩口までの美雪の姿が鉛筆で大雑把に描かれている。色はついておらず、描線も荒れていて、全体的に拙い印象を強く感じる。

続いてモデルになった美雪のスナップ写真を見る。

写真には自室とおぼしき屋内を背景に、正面を向いてゆったりとした笑みを浮かべる美雪のバストアップが写されている。

おそらくはまだ、二十二歳だった頃の美雪である。

心根に宿った明朗さと快活さがふわりと表に滲《にじ》み出た、屈託のないおだやかな笑顔。その笑みをじっと眺めていると、郷愁にも似た切ない想いに胸が締めつけられてくる。

六月の半ば、押入れの中で段ボール箱を引っ掻いていたのは、間違いなく美雪である。あの時は暗くて顔がよく見えなかったが、これまでの流れを踏まえると確信があった。

思えば六月は、美雪の誕生月だったのである。その日にちまでは覚えていなかったが、六月だったということだけはよく覚えている。

だから彼女は六月からずっと、押入れの段ボール箱を無言で掻き続けていたのだろう。

焦点距離の弊害とでも言おうか。六月の半ばといえば『花嫁の家』にまつわる怪異や、栗原朝子に関する嗤《わら》う女の件で私の頭はいっぱいだった。押入れの女や物音に関しても、それらに関わるものだろうという先入観が多分にあったのである。

だからこそ私はずっと、真相にたどり着けないでいた。

なぜ今頃になって、という疑問も確かにあった。しかし、どれほど歳月が過ぎようと、この描きかけの肖像画は本来、美雪が受け取るはずのものである。時が経ったとはいえ、彼女がこの絵を欲することにはなんらの矛盾も生じない。

同時にこんなことも脳裏をよぎる。

あるいはずっと、美雪は件《くだん》の花嫁からひそかに我が家を守り続けていたのではないか。都合のいい解釈なのかもしれないが、私があんな化け物の脅威にさらされていたさなか、十数年前の約束だけを理由に、美雪が押入れの中に潜み続けるとは考えづらかった。

確かに全体の流れから鑑《かんが》みるに、この絵の件も含め、美雪自身にもなんらかの意図はあったと判ぜられる。自分の死を知ってほしかったという想いもあったかもしれない。

ただ、どんな意図があったにせよ、今まで美雪の存在に気づいてやれなかったことは、紛れもなく私自身の過失である。なんとか埋め合わせをせねばと思った。

座卓の上にイラストレーションボードを置き、ボードの隣にスナップ写真を並べる。

それから私は十数年ぶりに、未完成だった美雪の顔へと再び筆を走らせ始めた。

やがて日が暮れ落ちる頃には、美雪の風姿に水彩絵の具の淡やかな色みが差すまでに、絵が仕上がってきた。

まさしく自画自賛になるが、手応えはまずまず。この夏も気分は暗く滅入っていたが、それでも十数年前の気塞《きふさ》ぎと比べれば、まだまだ心に余裕はあったのだろう。紙の上を走る筆はほとんどつっかえることなく、すらすらと運び、作業は至極捗った。日が完全に暮れ、戸外に夜の帳《とばり》が降りても筆は少しも鈍ることなく、集中力も持続した。

それからさらに時間が経ち、午後の十時を過ぎる頃。ようやく私は筆を措いた。

十数年前の、少々古びてくたびれたイラストレーションボードには、淡々しい色彩で生命を吹きこまれた二十二歳の早瀬美雪が、朗らかな笑みを浮かべて私を見つめていた。

できあがった絵を祭壇に供えると、中断していた経を再開する。

美雪の冥福《めいふく》を祈るとともに、この絵が彼女の手に届くようにと、心から祈った。

それから経が終わったのち、私は美雪の絵を小脇《わ》に抱えて庭先へ出た。

美雪にこの絵を届けるのである。十数年も待ち侘び続けていたであろう、約束の絵を。

束に丸めたコピー用紙に火種を熾《おこ》し、橙色《だいだいいろ》に渦巻き始めた炎の中へ肖像画を放りこむ。

分厚いイラストレーションボードはたちまち炎に捲《ま》かれ、その身を黒く焦げさせながら、やがて仔細《しさい》を失い、千々の灰塵《かいじん》へ姿を変えて、闇夜に溶けるようにして消えていった。

自分が描きあげた絵を燃やしたのは、生まれて初めてのことだった。

けれども美雪の許《もと》へこの絵を届ける手立ては、これより他に思い浮かばなかった。十数年間の遅延を罰する美雪からのペナルティかと思い、私は少し微笑ましくもあり、同時に少し悲しくもあった。

無事に届けばいいが。

満天の星空にはらはらと舞いあがる無数の塵芥《じんかい》を眺めながら、心の中で静かに祈る。

十数年ぶりに蘇《よみがえ》った思い出が、再び意識のはるか彼方《かなた》へ引き戻されていくのを感じた。だがそれは決して、忘れるということではない。

もう二度と忘れたりはしない。思いだすことを忌避したりもしない。美雪と過ごした遠い昔の思い出も、私にとってかけがえのない大切な記憶なのだから。

私と断絶したのち、彼女がどんな人生を歩み、どんな最期を迎えたのかは分からない。けれどもどんな最期であったとしても、これから先の永久《とこしえ》は清福でいてほしいと思った。

この絵を眺めて――在るべき場所で笑っていてくれればいい。

心の底から希《こいねが》うと、星空の向こうで在りし日の美雪がふわりと笑んだような気がした。

翌日以降、座敷の押入れから聞こえる件の物音は、ぱたりと止んで静かになった。

音の正体が分かってしまった今、その沈黙は少しだけ寂しいような感慨も抱かせたが、音が絶えたということは、美雪の願いがかなったという証《あかし》でもある。

ずいぶん待たせてしまったが、喜んでいてくれれば何よりだと私は思った。

それからさらに数日が経ち、板野さんに連絡を入れてみた。

六月の相談以降、板野さんから続報を聞いていなかったので、あの後どうであるのか気になったのである。だが電話に応じた板野さんの回答は、私の予想の斜め上を行った。

「あれからすごく忙しくて、ご連絡を差しあげるのをすっかり忘れていたんですけどね。郷内さんに御守りをもらったあの日から、ぴたっと見えなくなったんですよ、例の影」

はずんだ声で板野さんは即答した。

斜め上もいいところである。もしかしたら影が消えたのではないかと予想はしていた。だが私としてはせいぜい、この数日の間にようやく見えなくなったとか、それぐらいの推測を頭の中に思い浮かべていたのである。

ところが蓋《ふた》を開けて見ればどうだろう？　正しくは、板野さんが私の仕事場を訪れたその日から、件のふたつの人影はぱたりと姿を消していたのである。

これではまるで、私に〝気づき〟を与えるために板野さんが再三怖い思いをさせられ、私の許へ話を持ちこんできたようなものではないか。

妙な偶然だと思ってしまえばそれまでの話だが、あながち偶然とも割りきれなかった。そもそも私たちは十数年の時を隔てて、互いを幽霊だと認識していたような間柄である。今さら何が起きてもおかしくないとも感じられた。

ともあれ板野さんの問題も解消されているのなら御の字だと、私は胸を撫《な》でおろした。

同じくその後、知り合いのつてをたどって美雪の話を聞くこともできた。

やはり美雪は亡くなっていた。それも今から八年も前に。

私と音信が絶えてから数年後。美雪は山形出身の男性と交際を始め、のちに結婚した。

結婚後、山形に住まいを移した美雪は、それからまもなく亡くなっているのだという。

彼女の死因について、私はあえてくわしいことは訊《き》かなかった。

〝山形〟という地名と、彼女が亡くなったという事実が分かっただけでもう十分だった。

思えば板野さんが持ちこんだ奇怪な話に始まり、古びたCDの発見や日暈《にちうん》の出現など、今回の件はなんだか全て、初めから流れができあがっていたかのような印象を思い抱く。

美雪の死の真相までを知ることが流れの終着であるならば、せめてこのことだけには抗《あらが》っておきたかった。知らなくていいことだって、この世にはあるのだ。

たとえどんな最期であっても、今が幸せであるなら、それでいい。

ようやく届いた念願の絵を眺めながら、にこにこ微笑む美雪の姿。

そんな幻想だけを私はこれから先もずっと、想像していたかった。

美雪の一件が無事に終わると、私の心と身体はさらに安定を取り戻し、笑顔も増えた。件の花嫁もすっかり鳴りをひそめ、しだいに怯《おび》えることもなくなっていった。

怪異と不思議の渦巻く混沌とした流れの中、気づくのがだいぶ遅れてしまったけれど、この夏、時を超えて再び美雪と再会できたことに、私は今でも感謝している。

笑おうよ

ほのかさんの旅立ちからひと月あまりが過ぎた、九月半ば。

利明さんは柚子香ちゃんと凜香ちゃんを連れて、地元の映画館に出かけた。

この日は『ガーディアンズ・オブ・ギャラクシー』の封切日だった。

柚子香ちゃんと凜香ちゃんが、在りし日のほのかさんに「絶対一緒に観にいこう」と約束していた、あの映画である。

「一緒に観にいく」という約束を、残された日村家の面々はみんなで守った。

私がほのかさんにひそかに頼まれて作った〝よすが〟を財布や鞄《かばん》の中へそっと忍ばせ、〝ほのかさん〟を映画館まで連れていってあげたのである。

そうして親子三人、座席に並んで座って上映開始を静かに待つ。

けれども利明さんは、子供たちに何を語ってあげればよいのか分からなかったという。

「お母さんも連れてきたから、みんなで一緒に観られるね」

笑いながらそう言ってあげるのがやっとで、あとは言葉がのどに詰まって駄目だった。

もうひと言でも何か言葉を発すれば、自分も子供たちもきっと泣いてしまうだろう。

それは妻も子たちも、不本意なことだろうと思った。

楽しい気持ちで映画を観るのが、きっと妻の供養にもなる——。

感じた利明さんは無言のまま、眼前のスクリーンをしばらく静かに見つめ続けた。

それからまもなく劇場の照明が落とされ、予告編を挟んで映画が始まった。

ところが上映開始早々、利明さんの心は動揺を来たし、ついには千々に乱れてしまう。

『ガーディアンズ・オブ・ギャラクシー』の冒頭は、幼い主人公の母親が長患いの果て、病院のベッドで息を引き取るシーンが描かれていた。

がんばろうとは思った。けれども、その光景はつい先月、ほのかさんを看取《みと》った時の自分たちの姿とどうしても重なり、目の奥がじわじわと熱くなってくる。

隣に並んで座る子供たちの様子を見ることさえできなかった。

きっと子供たちも、思いだしているに違いない。思いださないわけなどないのである。

今、隣を振り向いて頬に涙をこぼす子供たちの顔を見てしまったら、もうおしまいだ。

きっと自分も泣くだろう。

それも人目もはばからず、嗚咽《おえつ》をあげて取り乱してしまうと思う。

こみあげる涙を懸命にこらえながらスクリーンにまっすぐ視線を投じれば、今まさに尊い息を引き取らんとする若い母親の姿と、涙を流す幼い主人公の姿が映されていた。

映画と連動するかのように、つらくて苦しい記憶が脳裏にまざまざと蘇る。

八月初めの夜。病院のベッド。はあはあと全身を波立たせるように荒い息をはずませ、意識のないまま息を引き取ったほのかさんの姿。

けれども最期の最期。意識のないまま、自分とふたりの娘たちの手をぎゅっと握った、あの強くて優しい指の感触。手のひらの温もり。

思いだすまい、思いだすまいと努めても、頭が勝手にあの日の情景を繰り返した。

押し寄せる哀切と一緒に、気づけば熱い涙が堰《せき》を切ったように両の頬筋を流れていた。一度こぼれた涙は決して止まらず、視界が潤んで何も見えなくなっていく。

ほのか、ごめん。僕は弱い。僕はこんなに弱いんだ——。

子供の前で涙を堪《こら》えることもできない脆弱《ぜいじゃく》な自分をひどく恥じ、さらに涙がこぼれる。

僕は父親失格だ。ごめん。本当に、本当にごめん……。

熱くたぎった塩辛い涙に咽《むせ》びながら、ほとほと悲嘆に暮れかけていた、その時だった。

笑おうよ。

耳元ではっきりと、声が聞こえた。それは心の芯《しん》からほっとする、懐かしい声だった。

はっと思った直後、利明さんの両手をふたつの小さな手が、きゅっと握った。

振り向くと、隣に座っていた柚子香ちゃんと凛香ちゃんが、泣きながら微笑んでいた。

「お母さんがね、『笑おう』だって」

そう言って、洟《はな》をちょっとすすりながら柚子香ちゃんが力強くぅなずいた。

「おかあさん、『わらおう』って言った。だからあたし、わらうね。いっぱいわらう」

目に涙こそ浮かべていたが、凜香ちゃんも微笑みながら凜々《りり》しい顔でうなずいた。

どんどん大きくなるんだな。

子供というのは本当に、どこまでも純真でまっすぐで、そしてなんと強いものだろう。

「そうだね。みんなで笑おう。いっぱいいっぱい、笑おうか」

泣きながら子供たちに満面の笑みを返すと、胸のつらさが嘘のように晴れていった。

〝笑おうよ〟と、彼女は僕らに言ってくれた。

だから。そう、だから――。


笑いながら、泣きながら――。笑いながら、泣きながら――観た。


映画はその後、息もつかせぬ怒濤《どとう》の見せ場の連続となった。

主人公の地球人、ピーター・クイルを物語の中心に、彼の許《もと》に集まった種族も思想も異なる個性豊かな仲間たちが、やがて銀河系の存亡をかけた激闘に巻きこまれていく。

ヒロインの女戦士、ガモーラの華麗なアクションにはっと息を呑《の》み、殺された家族の復讐《ふくしゅう》を誓う戦士、ドラックスの豪快さにはわくわくと胸が高鳴った。

一行のムードメーカーとなる宇宙一凶暴なアライグマ、ロケットと、その相棒である樹木型ヒューマノイド、グルートの大活躍にはみんなで声をあげて大笑いした。

それは久しくなかった、心からの興奮と笑いだった。

笑いながら、泣きながら――。笑いながら、泣きながら――観た。

家族みんなで夢中になって観ているうちに、気づけば映画は大団円を迎えていた。

エンドクレジットが終わるまで、一家は興奮冷めやらぬまま、座席に座り続けていた。

やがて頭上に照明が灯《とも》り始め、劇場内がゆっくりと明るくなってゆく。

夢の時間の終わりである。

けれどもただひとつ、決して終わらない夢が一家の胸に優しく残った。

「みんな、一緒に観られたね。お母さんも喜んでくれてたね。喜んでくれたよね？」

両目を真っ赤に腫《は》らして微笑む柚子香ちゃんの顔を見て、利明さんは嗚咽をあげた。

「喜んでたよ。柚子香もそう思うでしょ？　みんなで一緒に観たんだよ。また来ようね。

お母さんも連れて、みんなで観たい映画、一緒に観よう」

ずっとずっと、みんなで観よう。

再び涙が溢《あふ》れて止まらなくなったが、利明さんは泣きながら微笑んだのだという。

「形見の御守り、本当にありがとうございました。そのうちみんなでお礼に行きますね。

ほのかもきっと郷内さんに逢《あ》いたがっているはずですから」

何度も何度も丁重に礼を述べながら、利明さんは電話を切った。

繰り返しになるが、私は本当に何もしていない。せいぜい御守りを作っただけである。奇跡を起こしたのは他ならぬ、ほのかさん自身なのだ。くれぐれも、誤解なきよう。

本当に家族思いで強い人だなと、改めて思う。

身を失ってさえもなお、死者の思いというのは時として、生者の思いを超越するほど素晴らしい奇跡を起こすことがある。

これまで仕事をしてきた中でも大小問わず、様々な奇跡をたびたび見聞きしてきたし、私個人の体験としても、先日までの美雪の件がそれを証明している。

たとえ夜半《よわ》の煙と成り果てぬれど、その想いは遺《のこ》された者のそばに脈々と残り続ける。

それを顕現せしめるのは遺された生者の強い願いか、あるいは死した者の想いなのか。

確たる答えは分からない。

けれども時として、こんな奇跡が起こりうる瞬間が、この今生には確実にある。

短く切ってしまったあの髪は、今頃元に戻っているかな。

大丈夫。きっと戻っているだろう。彼女は強い人だから。

たとえ形が変わったとしても、みんな末永く幸せに。

本当に、末永く幸せに。


これでまたひとつ、肩の荷が降りた。

そんな気がして、私の心は安んじた。

嗤う女　発

身も心も削《そ》がれるような思いで書きあげた『花嫁の家』がようやく書店に並び始めた、九月下旬のよく晴れた日のことだった。

午前の相談が終わった正午過ぎ。

仕事場で原稿を書いていると、玄関口で「こんにちは！」と叫ぶ女の声が聞こえた。

この日、午後の予約は入っていなかった。

普段世話になっている宅配便のドライバーが女性だったので、彼女の声かと判じる。挨拶《あいさつ》に続いて、ぱたぱたと玄関口へ向かう妻の足音が聞こえた。日頃、来客の応対は妻に全て任せている。私はそのまま構わず、PCの画面に向き直った。

ところが少しの間を置いて、妻が仕事場へ入ってきた。

「どうした？」と尋ねると、「お客さんが『会いたい』って言ってる」と妻が答える。

うちは相談客同士が無闇に鉢合せをしないようにするため、相談は予約制にしている。けれども稀《まれ》にこうして、事情を知らない新規の相談客がふいに訪ねてくることもあった。

そうした場合、予約が入っていなければなるべく相談に応じるようにしている。

「いいよ」と応《こた》えると、妻は再び玄関口へ引き返していった。

まもなく廊下を渡る足音が聞こえ、「失礼します」の声とともに仕事場の障子が開く。

中に入ってきたのは、長い黒髪を後頭部で丸く束ねた若い女性だった。毛髪と同じく、服装も黒のワンピース姿で、一見すると葬式帰りかと見まがうような装いである。

「初めまして。どうぞ、お座りになってください」

挨拶をしながら座卓の真向かいを指し示し、彼女に着席をうながす。

「正確には『初めまして』じゃ、ありませんけどね」

ゆったりとした所作で腰をおろしながら女はかすかに微笑み、さらに言葉を続けた。

「でも実際にお会いするのは初めてですね。……そういうわけで、初めまして」

――栗原朝子です。

頬にゆるく浮かんでいた笑みが、粘っこく慇懃《いんぎん》無礼な笑いに切り替わる。

とたんに私は、厭《いや》な胸騒ぎを覚え始める。

「うちが予約制だってこと、知らなかったかな？　今日はどういったご用件で？」

「ホームページを見て予約制なのは知ってましたけど、ごめん。勝手に来ちゃいました。だって予約しても、会ってくれなそうな気がしたから」

ふてぶてしい笑みを差し向けながら、朝子がねっとりとした声色でのたまう。

「で、今日は別に悩みの相談ってわけじゃないんですね。簡単に言うなら現状の報告と、これからの方針に関するお伺いという感じかな」

そこで朝子は少し言葉を切り、鼻先で「ふふっ」と小さな笑い声をあげた。

得意げに吐き連ねる言葉から大体察しはついたが、口にするのもおぞましいと思った。

「報告……。お伺い……。で、具体的にはどんなこと？」

だからあえて、本人の口から言わせてやろうと差し向けてやる。

「七月にわたし、自分の部屋で綺麗《きれい》な女の神さまが視《み》え始めたって話をしたでしょう？　運命的なものを感じるから、ぜひとも神さまとお話をしたいって相談しましたよね？」

朝子の言葉に「ああ」とだけうなずき、話を先に進めさせる。

「あの時、先生は何も協力してくれなかったけど、わたしはひとりでずーっと努力して、その方法を模索してきた。それでつい最近、ようやく話ができるようになったんです」

朝子の顔に浮かんだ笑みが、一際下卑たものに崩れて変わる。

「神さまはわたしにこうおっしゃいました。『悩める多くの人をお救いしなさい』って。わたしには特別な才覚があるし、わたしに足りない力は神さまが後押ししてくれるって、約束もしてくれました」

だからわたしも近々、拝み屋になることにしたんです――。

恍惚《こうこつ》としたまなざしを私に向けながら、朝子は語気を強めてそう言った。

別に驚きはしなかった。やはりな……と思っただけである。

何もかも、最前覚えた胸騒ぎのとおりだった。

要するにこの女は、最悪の選択を選んだというわけである。その宣言が何を意味して、何を失うことになるのか、まったく考えることもないままに。

「ただ、わたしには除霊や浄霊のくわしい作法とか、拝み屋の基本が全然分かりません。そしたら神さまがね、『ぜひとも郷内に教えを乞《こ》いなさい』っておっしゃったんですよ。『きっと力になってくれるだろう』って。だからお願いです。わたしに拝み屋の基礎をいろいろ教えてもらえませんか？」

「断る」

即座に私が言葉を返すと、虚を突かれた朝子は一瞬、ひどく胡乱《うろん》な顔をこしらえた。

「……え、いや待って。せっかく神さまが、先生を指名してくださっているんですよ？断るのは無礼だと思います。それにね、神さまは『このやりとりは郷内自身にとっても、大きな福音をもたらすだろう』っておっしゃっているんですよ？　だから」

「断る。帰ってくれないか？」

しどろもどろになり始めた朝子に向けて、再び率直な答えを投げ返す。

今までにもこういう人間はたくさんいた。神が、仏が、我が身に降りてきたと称して、私の許《もと》へ訪ねてくる有象無象の怪しい輩《やから》。

彼らの魂胆は誰もが同じものだった。図らずも今、朝子自身も同様の発言をしている。要するに私から拝み屋としての小手先の技術を盗み、そのうえであわよくば後ろ盾やお墨つきまで欲しているのである。

おそらく楽ができると思っているのだろう。

技術や後ろ盾が云々《うんぬん》という話ばかりでなく、拝み屋という生業《なりわい》そのものに対して。

実際にやってみればよく分かる。この仕事がどれほどつらく、理不尽なものであるか。そのうえ儲《もう》かりさえもしないものであるのか。だが、始めてからでは遅すぎるのだ。己の意思で一度貼ってしまったレッテルは、もう二度と剝《は》がすことはできない。

これが他の一般職なら、まだやり直しもしやすいだろう。だが、拝み屋だけは違う。

そもそも拝み屋とは世間に対して、決して胸を張れない仕事なのだ。

別にやましいことをしているからではない。神だの霊だの、先祖供養や加持祈禱《かじきとう》だの、客観的に立証しようのないあやふやなものを扱う生業であるがゆえの道理である。

そんな仕事を一度でも始めれば、世間はもう「普通の目」では見てくれなくなる。

その目がたとえ好意的なものであるにせよ、侮蔑《ぶべつ》や疑惑のこもったものであるにせよ、良くも悪しくも世間は「普通の目」では、二度と自分を見てくれなくなる。

なおも厄介なことに、拝み屋を辞めたとしてもその評価だけは決して変わりはしない。生業としての拝み屋を辞めても〝視える〟だの〝聞こえる〟だの〝感じる〟だのという異様な特質だけは、人々の記憶にいつまでも残り続けるからである。

私自身だってそれは、例外ではない。

誰かに感謝される一方、他の誰かに陰で嘲《あざけ》られ、白い目で見られる覚悟がないのなら、拝み屋になどなるべきではないのだ。憧《あこが》れるべきですらもない。

拝み屋などより他にもっと、堂々と自信を持って世間と向き合える仕事は無数にある。

その可能性を自ら潰《つぶ》そうとするこうした輩に、私は常々憤りに似た思いを覚えていた。

「どうしてですか？」

「断る」と言った私に朝子が食い下がったので、私の思いを包み隠さず伝えてやった。

すると朝子は露骨に顔色を曇らせ、ぶっきらぼうにこう言った。

「そうですか。分かりました。これではっきりしましたね。要するに嫉妬《しっと》なんでしょ？

わたしに神さまが降りてきてくださったから、くやしいんだ。そうなんでしょ？」

値踏みするような目つきで、朝子が私の顔を睨《ね》めつける。

「別にくやしくもないし、うらやましくもない。拝み屋をやりたければ勝手にやりな。

でも協力は一切しない。あんたの人生を狂わせるような作業に加担したくないからだ。

仕事だったら他にいくらでもある。『人々をお救いする』って言葉をよく考えてみろ。

農家が野菜や米を作ること、大工が家を建てること、店屋が仕入れた品を販売すること、
理容師が髪を挟むこと、医者が病気を治すこと。みんな同じだ。誰かの役に立っている。

どんな仕事も人を救うことにつながっている。もう一度よく考えてみろ。拝み屋だけが
『人々をお救いする』特別な仕事なんじゃない。他にも道はあるはずじゃないか？」

今ならまだ間に合う。考え直せるのなら、ぜひとも考え直してほしかった。

けれども私の小さな思いなど、〝神さま〟とやらの威光に当てられた朝子にとっては、
まるで無意味なものだった。

「理屈は分かりますけど、神さまはあくまでも〝拝み屋として〟わたしに人々を救えと
おっしゃっているんです。他の仕事なんか今さら就く気、ありませんので」

しだいにぎらぎらと目を血走らせ、語気を強めて牽制《けんせい》してくる朝子に私はぞっとする。その声色にはもう、六月半ばに初めて私に電話を寄こした時の面影はまったくなかった。〝神〟やら〝救済〟やらという言葉は、ここまで人を変えてしまうのかと改めて痛感し、私はひどく陰鬱《いんうつ》な気分になる。

「だったら別に反対はしない。話は済んだろう？　そろそろ帰ってくれないか」

もはや付き合いきれない。平行線しかたどれない話など、続ける気にもなれなかった。

「だからどうしてすぐにそんなこと言うのッ！　ちゃんと話を聞いてくださいよッ！」

急に朝子が憤激し、私に向かってぐっと身を乗りだした。

「神さまはね、郷内さんとわたしで『人々を救いなさい』っておっしゃってるんです！　それにね、一緒に仕事をすれば、お互いに得られるものも大きいっておっしゃってます。そういう言葉をろくに考えもしないで無視するって、拝み屋としてどうなんですか？」

「ろくに考えてもいないのはお前のほうだッ！」

だすまいだすまいと抑えていたが、私のほうも限界だった。

「神さまの言葉がどうしたって？　そんなものはこの俺に一切関係ない。巻きこむな！　大体なんだ？　お救いがどうだのと、上から目線で偉そうに！　お救いと言い切るなら、客から金はとらないでやるんだな？　無償で誰彼かまわず、みんな拝んでやるんだな？　どうなんだ！　答えてみろ！」

よろしくないとは思いつつ、それでも口から飛びだす怒号は一切加減ができなかった。

「お金は……わたしだって生活がありますから、お金は多少なりともいただきますよ？　でもそれは、あくまでも最低限の生活を維持するためのものです。それぐらいだったら別にいいじゃないですか……」

私の声に気圧《けお》されたらしく、萎《しお》れた声で朝子が返す。

「金額の多寡がどうのじゃない。客から一銭でも金を受け取れば、それは立派な商売だ。営利目的の経済活動だよ。生きた人間と金銭を相手にしていく以上、絶対の責任が伴う。『人々をお救いする』なんて綺麗事をほざく前に、仕事だという意識は持てないのか？　そんな浮ついた考えしか持てないんだったら、拝み屋なんかに憧れるんじゃない！」

「でも、わたしには神さまが――」

「それが本物の神だって証明もできないだろう！　お前は一体、誰と話をしている？」

「ほ、本物ですよ、本物です！」

己の〝神さま〟を侮辱されて腹が立ったらしい。朝子の声に再び怒気が戻る。

「本物だろうが偽物だろうが関係ない。とにかく俺は、そんなものには関わりたくない。さっさと帰ってくれないか？」

「ちゃんと話を聞けば分かります！　わたしが神さまのお言葉をお伝えしますから！」

「そんなものは必要ない。さっきも巻きこむなと言ったはずだろう！」

「お願いだから聞いてください！　聞けばきっと郷内さんも――」

「お前の神など、必要ないと言っている！」

「あはははは」

朝子の口から突として、乾いた奇妙な嗤《わら》い声がこぼれ出た。

「あはははははは」

私に面と向かっていた顔ががくりと項垂《うなだ》れ、下を向く。

「あははははははは」

続いて朝子の首が、いやいやをするように右へ左へ振り回される。

「あっはっはっはっはっ！」

しだいに首の動きが速くなる。

「あっはっはっはっはっはっ！」

ぶん、と風を切る音がはじけた直後、朝子の束ねた髪がばさりとほどけ、長い黒髪が彼女の顔の周囲でどろどろと盛大に振り乱された。

「あっはっはっはっはっはっはっ！」

首の動きが加速度的に速くなり、とうとう朝子の顔の輪郭さえも見えなくなった。

そこでようやく私ははっとなり、とたんにみるみる血の気が引いていく。

座卓の目の前で長い黒髪を振り乱し、狂ったような嗤い声を轟《とどろ》かせている栗原朝子。

その姿を私はこの仕事場の、この座卓の、まったく同じ位置で目撃したことがある。

六月半ばの深夜。朝子から初めて受けた電話中に突然垣間《かいま》見た、あの嗤う女の異体に
今の朝子の姿は瓜《うり》ふたつだった。

ああああああぁぁぁぁっはっはっはっはっはっはっはっはっはっああぁ！
ああああああああぁぁぁあぁぁあぁっはっはっはっはっはっはっはああぁ！

黒墨にどっぷりと浸した筆先のような髪を振り乱し、狂ったような高声で朝子が嗤う。
その声すらも、これまで私が聞き続けてきたあの嗤い声と、まったく同じものだった。
そんな先触れさえなければ、開き直った朝子の〝フリ〟だと受け取ることもできた。
けれどもこんな経過を踏まえたうえで、今さらそんなことを勘繰れる道理はなかった。
こいつの中に〝何か〟が入っているのである。
どんな目的があるにせよ、あるいはないにせよ、少なくとも看過できる状況ではない。
祭壇から魔祓《ばら》いに用いる銅剣を持ちだすと、朝子の傍らに移動して静かに剣を構える。
ああああああぁぁぁぁぁっはっはっはっはっはっはぁぁぁぁぁああああああああ！
狂い嗤う朝子は私の動きに構うこともなく、座卓の前で激しく首を振り続けている。
朝子の声に負けぬくらいに声を大きく張りあげ、一気呵成《いっきかせい》に魔祓いの呪文を唱える。
すかさず今度は朝子の背中の空に向かって、魔祓いの形に銅剣を振るう。
とたんに朝子の首が、ぴたりと動きを止める。同時に声も収まった。

「……あれ？　なんだろう……。何。何……？」

寸秒間を置き、のろのろと顔をあげた朝子は、心ここにあらずといった様子である。

「覚えてないのか？」と尋ねると、朝子は「覚えているけど、わたしじゃない」と返し、それからやおら身を震わせると、今度は静かな声ですすり泣きを始めた。

さめざめと泣く朝子をなだめながら、今日までに至る経緯を少しずつ尋ねていく。

件《くだん》の〝神さま〟に関しては、確かに七月頃から毎晩のように自分の前に現れていたと、朝子は答えた。やがて〝神さま〟にのめりこむうち、それと言葉を交わす術《すべ》も身につけ、しだいにますます傾倒していったことも彼女は認めた。

ただ、そこから先の記憶はひどく朧《おぼろ》で、よく思いだせないのだという。

「拝み屋になれ」「人々を救え」と〝神さま〟に言われた記憶は、頭の中に残っている。けれども果たしてその言葉に、自分自身がどれほど合意していたのかは思いだせない。

今日この日、私の仕事場を訪れた理由も、朝子自身はよく覚えていないとのことだった。

「……わたし、おかしくなってしまったんですか？」

「悪いものにとり憑《つ》かれていた。元は断ったはずだから、そう考えれば十分だと思う」

悄然《しょうぜん》とする朝子に私は、件の嗤う女に関する話をつまびらかに語り聞かせてやった。

果たして私の予想していたとおり、朝子自身は私との電話中にそんな女の嗤い声など、一度も聞いたためしがないのだという。

「……わたし、これからどうしたらいいんでしょう？」

未《いま》だ不安と混乱に恐れ慄《おのの》く朝子に対し、かける言葉はひとつしかなかった。

「前を向くことだと思う。それも現実に目を向けること。早く仕事を探して働きなさい。人に視《み》えないものを視続けるよりも、みんなが見える同じものをこれからは見ていこう。そうなればきっと何もかもうまくいくはずだよ。つらいだろうけど、がんばりなさい」

私の言葉に、朝子は再び声をあげてむせび泣いた。


「車の免許も取れるんだから、本当はなんでもできるんだろう？　もう逃げるなよ？」

帰りしな、門口に停めた車に乗りこむ朝子に向かって笑いかける。

「……お恥ずかしい限りです。今日はご迷惑をおかけしまして本当にすみませんでした。なんとかがんばってみようと思います」

少々バツの悪そうな色を浮かべながらも、朝子は健やかな笑顔を私に返して見せた。

車が門口を出発したのを見届け、私も踵《きびす》を返して仕事場に戻る。

これでまたひとつ、肩の荷が降りた。

『花嫁の家』に、ほのかさんの急逝に、美雪との邂逅《かいこう》。

この夏は様々な変事が度重なり、まるで多重債務者にでもなったような心境だったが、こうして一件一件、事が片づいていくたび、曇った心も少しずつ晴れやかになっていく。

悪くない気分だった。ようやく普段の日常が戻ってきたという実感も湧いてくる。

その日は珍しくゆったりとした気持ちで、私は深い眠りに落ちることができた。

結末への契約

その夜《よ》の午前一時過ぎ、寝室の枕元に置いた携帯電話が鳴った。

相手も確かめず、夢見心地のまま通話に応じた瞬間、眠気が一気に吹き飛んでしまう。

ああああああああああああはっはっはっはっはっあああああああ！

あああああぁぁぁぁぁぁぁはっはっはっはっぁぁぁぁぁぁあああああ！

あはああああっあっはっはっはっはっはっあああああああああああ！

電話の向こうであの嗤い声が、スピーカーを破るような勢いで高々と轟いていた。

ただし今回は数が違う。女の声がふたつに男らしき声がひとつ、合計三つの嗤い声が混じり合うようにして木霊《こだま》している。

「もしもし！　どうした？　大丈夫か！」

すかさず布団から飛び起き、仕事場へと向かう。

受話器を耳から剝《は》がしてディスプレイを検《あらた》めると、通話の相手は案の定、朝子だった。

現に三つの嗤い声のうち、ひとつは昼間聞いた朝子の声だったのですぐに分かった。

「先生、助けてください！　助けてくださあい！」

ところが朝子の嗤《わら》い声に混じって、当の朝子本人の悲痛な叫び声が聞こえてきた。

「なんだ？　今、何が起きている？　そこに誰かいるのか？」

頭が混乱する。急いで廊下を突っ切り、仕事場へ入った私の足は震えていた。

「今、自分の部屋にいます。聞こえます？　ドアの向こうで嗤ってる声」

「聞こえる。誰が嗤ってるんだ？」

「……わたしの、お父さんとお母さん。とっくに寝ていたはずなんですけど、寝室から急に嗤い声が聞こえたと思ったら廊下を走ってきて、今はわたしの部屋の前にいます」

べそべそとしゃくりあげながら、朝子が言う。

「ドアは開けてみたか？　ご両親がどういう状態なのか、それ以上は分からないか？」

「……無理、開けられない。だってドアの前に……わたしがいるんだもん！」

ああああぁぁぁぁぁぁぁぁはっはっはっはっはっぁぁぁぁぁぁあああああ！

確かに朝子の背後で聞こえてくるのは、朝子の声とまったく同じ嗤い声だった。

「昼間着ていったあの黒いワンピース！　あの恰好《かっこう》をして、わたしが嗤ってるんです！　ドアの前に立ってえ、首をぶんぶん振り回してえ！　助けてくださあああい！」

感極まったかのような凄《すさ》まじい大絶叫で、朝子が私に救いを訴える。

ああああああああああああああはっはっはっはっはっはっあああああああ！

あああああぁぁぁぁぁぁぁぁはっはっはっはっはっぁぁぁぁぁぁああああああ！

あはああああっあっはっはっはっはっはっあああああああああああああああ！


朝子の叫びに被《かぶ》さり、理性のたがが外れたような大嗤いはなおも高々と続いていた。

昼間、確かに祓ったはずなのに。

狼狽《ろうばい》しながら祭壇の前に座り、再度の魔祓いをすべく準備を始めた時だった。

なぜかふと、ぶらんまんじぇのことを思いだす。

ぶらんまんじぇも昔、このような嗤い声のはじける電話を最後に音信が途切れている。

当時の状況と今の状況は仔細《しさい》こそ違えど、大筋ではよく似ていた。

ぶらんまんじぇにとり憑いていたものとは、果たしてなんだったのだろう。

ぶらんまんじぇと朝子。ふたりに共通する点があるとすれば、それは一体なんなんだ。

そこで私ははっとなり、もしやと思って朝子に尋ねる。

「ひとつだけ質問がある。助かりたいんだったら、正直に答えろ。いいか？」

「答えます！　答えますッ！　なんです？　なんです？　なんなんですか？」

「お前、まだ逃げようとしてないか？」

とたんに朝子が黙りこむ。

「仕事、探す気ないんじゃないのか？　本当は何も変わる気、ないんじゃないのか？」

ああああああああああああはっはっはっはっああああああ！

あああああぁぁぁぁぁぁぁはっはっはっはっぁぁぁぁぁぁぁああああああ！

あはあああああっあっはっはっはっはっはっはっああああああああああああああ！

沈黙。電話口の向こうでは狂った嗤い声だけが、絶えることなく木霊している。

「どっちなんだ！　答えろ！」

「はいっ！　そうです！　そうですっ！　わたし、また逃げるつもりでした！」

涙声をはじけさせ、朝子が叫んだ。

やはりそうだったのかと思う。朝子の胸の内はよく分かった。

ただ、ここから先の判断は完全に出たとこ勝負である。成功する保証は何もなかった。

「いいか、よく聞け。まずは今日からすぐに働き口を探せ。守れるか？」

「はいっ！　かならず守りますう！」

「よし、じゃあ次。今までさんざんだらけた生活を送ってきたことを、心から反省しろ。目をつぶって手を合わせて、真っ当な人間になることを誓え！　できるか？」

「や、やりますうぅっ！　やりまっすうっ！　すっぐにやりまっすうっ！」

魂が半分抜けたかのような途切れ声で、朝子が絶叫する。

「よし分かった。俺もこっちで待機している。何か動きがあったら即座に対応するから、すぐに始めろ。ただしいいな、肝に銘じとけよ？　今度は絶対に嘘はつけないからな？　今、お前の目の前にいる〝お前自身〟は、嘘をついている限り、絶対に消えてくれない。そんなものを二度と視たくなかったら、今度こそ真剣になれ。できるか？」

「やりまっすうぅ！　や、や、やりまっすうぅ！」

キーのはずれた素《す》っ頓狂《とんきょう》な声で、再び朝子が絶叫する。

「早く始めたほうがいい。ちんたらしてると、もっと声が増えるかもしれないぞ」

「ややや、やりまっすう！　うあああああぁっ！　や、やりまっすうぅ！」

朝子の返事を確認し、通話を切る。

私の読みが正しければ、朝子にとり憑いているのは、他ならぬ朝子自身である。

怪を語れば、怪至る。あるいは長年にわたり、怠惰な生活を送り続けた負の代償。

思えば、ぶらんまんじぇもそうだったのだ。

職にも就かない自分を恥じることがなく、日がな酒を喰《く》らっては霊が視えると吹聴し、何か都合の悪いことが起きれば、それも霊のせいだと当てつける。

そうした嘘と怠惰の蓄積がやがて〝本物の怪異〟を生みだし、ぶらんまんじぇの身を滅ぼしたと仮定するなら、朝子もまさに今、まったく同じ局面に立たされているのだ。

私がどれだけ魔祓《ばら》いをおこなっても無意味と判じたゆえの、決断だった。

相手が強いとか弱いとかの問題なのではない。これは、そういう問題なのではない。

朝子の前で嗤う〝もうひとりの朝子〟は、私が祓っても意味のない相手なのだ。

朝子自身が己の意思と力で祓いおおせてこそ、ようやくそれは大きな意味を成し得る。

これはおそらく、そうした性質の怪異なのだと私は判じていた。

せめてもの助けになればと思い、祭壇に向かって朝子の安全祈願だけは拝んでやった。

ただしそれ以上の情けは厳禁である。

突き放すのではない、だが寄り添うのでもない。絶妙な距離をぎりぎりの加減で保つ。

やがてつつがなく祈願を終える。あとはおそらく朝子しだい。

座卓の前の座椅子に座り直し、私は朝子からの連絡を黙って待つことにした。


それから一時間ほどが過ぎた、午前二時半頃。朝子から再び着信が入った。

「……終わりました……ありがとうございます……」

朝子の声は未《いま》だに少し震えていたが、声音は落ち着きを取り戻しているようだった。

先ほどまで背後に木霊していたあの嗤い声も、今はまったく聞こえてこない。

私との通話を終えてすぐ、朝子は行動を起こしたのだという。

その場に正座をすると、自室のドアの前で嗤い狂う〝もうひとりの自分〟に向かって目を閉じ、合掌し、これまで己が浸り続けてきた怠惰な暮らしを心から詫《わ》びた。

何十回、何百回と心の中で謝罪の言葉を重ねていくうち、朝子の内では過去における厭《いや》な思い出や、恥ずべき記憶がまざまざと浮かびあがってきたという。

高校在学中、絶対働きたくないという一心から、まともな就職活動をしなかったこと。

高校卒業後、両親に何度も就職を勧められるも、幼稚な理屈を連ねて逃げ続けたこと。

それでもしつこく両親に迫られると、今度は「霊が視《み》える」と言ってごまかしたこと。

一日中部屋に引きこもり、何も得るものも生みだすこともないまま、ひたすらPCやテレビゲームに没頭し、貴重な年月をドブに捨てるがごとく生きてきたこと。

そんな記憶ばかりが次々と脳裏に浮かんでは消え、浮かんでは消えを繰り返していく。

この数年間で思いだされるのは、いずれもそうした顔から火の出るような記憶ばかりで、充実したり、楽しかったりした記憶はただのひとつさえも浮かんでこない。

とたんに虚《むな》しくなったのだという。悲しくなったのだともいう。

同時に小学生の頃、パティシエになりたいと無邪気に夢を見ていたことを思いだす。

あの頃は自分がなんにでもなれると思っていた。将来への希望に毎日が満ち溢《あふ》れていた。

一体いつからこうなってしまったのだろう。今の自分は、一体何をしているんだろう。

生き直したいと思った。このままでは本当に駄目になってしまうと、心から思った。

まさにその直後だったのだという。

目の前に響きわたる嗤い声が、ぴたりと一斉に止んだ。

目を開けて顔をあげると、ドアの前にいた〝もうひとりの自分〟はいなくなっていた。

すかさず立ちあがってドアを開けると、部屋の前にはパジャマ姿の両親が肩を並べて、呆然《ぼうぜん》とした表情で朝子の顔を見つめていた。

つい今の今まで娘の部屋の前に並び立ち、狂ったような嗤い声をあげていたことなど、ふたりはまるで知らない様子だったという。

けれども、無事でよかったと朝子は思った。両親の心配をするなど、朝子の胸中には久しく湧くことのなかった感情だった。

そのまま両親にすがりつくと、朝子は再び声をあげて泣いたのだという。

「くわしい事情は説明しませんでしたけど、これからひと眠りして目が覚めたらすぐ、ハローワークに行くって両親に約束しました」

朝子は言った。

「ご両親は喜んでた？」

「はい。喜んでたし、自分のペースでがんばれって言われました。……うれしかった」

朝子の声に偽りの色は感じられなかった。今度こそ大丈夫だろうと、私は判じる。

「わたし、がんばります。……だからもう、こんなことは起こりませんよね？」

「自分しだいだと思う。二度とこんな目に遭いたくなけりゃ、がんばるしかない」

おどおどと尋ねる朝子に酷かも知れぬとは思ったが、再発を防ぐためにも釘《くぎ》を刺す。

「そうですよね。早く仕事を見つけてがんばります。でももうひとつだけいいですか？　さっきまでわたしの部屋にいたのって、わたし自身ですよね？　わたしの本性というか、心の陰の暗い部分には、あんな怪物みたいな自分がいたってことですか……？」

再び言葉を震わせ、ためらいがちに朝子が問う。

「誰の心にも怪物はいる。何も特別なことじゃない。別に気に病まなくていいと思う。問題なのは、それが表に現れるか現れないかだ。これから始まる実社会との付き合いは、それを抑制し、克服するための訓練にもなるはずだよ。負けないで頑張ってほしい」

私が言葉を差し向けると朝子はひと言、神妙な声で「はい」とだけ応《こた》えた。

本当にひどい一日だったが、無事に収まって何よりだと、ようやく私は安堵《あんど》した。

それから数日後、朝子から電話が入った。

地元のケーキ屋に仕事が決まったという報告だった。

とりあえずアルバイト待遇ということだったが、がんばってみますと朝子は語った。

その声は受験に合格した学生のように生き生きとしていて、すこぶる耳に心地がよい。

「おめでとう。がんばれよ」と伝えると、朝子は明るい声で「はい！」と答えた。

その後も朝子は、ケーキ屋でのバイトを続けている。

思いどおりにならないこともたくさんあるが、仕事はとても楽しいと語っている。

将来は一人前のパティシエになるのが、目下のところの目標なのだという。

来たるべき災禍

あれやこれやと錯綜《さくそう》した用件が、一応の結末を迎えた頃。
気づけば季節は夏を大きく過ぎ、凜《りん》とした秋風が、ほのかに紅を差し始めた野山から
いつしか夏の名残の一片すらも吹き流していた。あんなにかまびすしく鳴き騒いでいた
蟬たちの声も、今や一鳴きたりとも聞こえてこない。
思えば四人の女性の存在とその顚末《てんまつ》が、肩身に重く圧《の》し掛かった夏だったと思う。
今生から他界へ旅立ち、大事な家族をそっと見守る存在となった、日村ほのかさん。
異界から舞い戻り、私の心身を蝕《むしば》みながら再び姿を消していった、白無垢《しろむく》姿の花嫁。
とうの昔にこの世を去り、死してもなお、一枚の絵を待ち侘《わ》び続けていた早瀬美雪。
そして、これまでの生きざまに区切りをつけ、新たな人生を歩み始めた、栗原朝子。
出会いから、その後の流れ、顚末さえもまるで異なる四人の女性たちとの関わりに、
私の夏はその大半を費やされ、ほとほと燃焼し尽くした感を受ける。
形は違えど、振り返ればどの女性も笑っていた。いずれも印象深い笑みばかりだった。
形は違えど、みな在るべき形に収まってくれればいい。あるいは戻ってくれればいい。
そんな淡い願いを最後に、私の長くて苦しい夏は悉皆《しっかい》終わった。

――ここで話が終わるなら、物語としては至極申し分ないと思う。

小洒落《こじゃれ》た飾り文句のひとつもつけて、綺麗《きれい》に幕を引くこともできる。

だが、人生は物語ではない。常に現在進行形で事象と結果が糸のごとく紡ぎあげられ、死ぬまで編み続けられていく、果ての見えない一本のか細き線に過ぎないのである。

延々と紡がれていく糸の動きを途中で止めることなどできないし、仕上がりの麗しい部分だけを切り取って、不要な部分を捨て去ることも不可能である。

人生の一幕一幕にどれだけ大きな喜怒哀楽が生じても、どんな奇跡が起きたとしても、時間を紡ぎ続ける糸の動きは決して止《とど》まることがない。いつか天命が訪れるその日まで、どこまでも粛々と続いていくだけのものである。

生きるとは、人生とは、おそらくそういうものだと私は思う。

就職に然《しか》り、結婚に然り、我が子の誕生に然り、あらゆる目標の達成に然り。

人が幸福や充足を感じうる一幕は、あまねく人生のうちの限られた一コマに過ぎない。

それらにどれほどの喜びを感じ得たとしても、その場に留《とど》まることは決して許されない。

喜びを感じた先には、すぐにその続きが、明日という名の糸の紡ぎが待っている。

幸福や充足を感じた瞬間が、結末なのではない。結末は天命が潰《つい》えた先にのみ訪れる。

だから生きている限り、人生にハッピーエンドが訪れることなど絶対にないのだ。

二〇一四年十月半ば。私は再び陰鬱《いんうつ》な気分に陥っていた。

ある晩、こんな夢を見たからである。

夢の中で私は、カーテンの閉ざされた薄暗い部屋の中央に、ひとりで寝そべっている。

室内を取り囲む四方の壁際には、大小様々なサイズの水槽がスチール製の棚に並べられ、上下二段に等間隔で収まっている。

しかし、水槽の中に魚は一匹もいない。

水槽内には茶色く淀《よど》んだ汚水や、濃緑色の藍藻《らんそう》に爛《ただ》れた生臭い水が張られ、魚の姿は一匹たりとも見当たらない。また、水を抜かれて空になった水槽もたくさんあった。

部屋の様子も水槽と同じく、ひどく汚れて散らかり、廃墟《はいきょ》のような様相になっている。

床一面に散乱する熱帯魚関係の雑誌や飼育器具、バケツやひびの入ったプラケース。うっすらと埃《ほこり》の積もったそれらの間を、細長い蜘蛛《くも》の糸が線を描いて幾重にも連なり、まるでワイヤートラップのように部屋中の床一面に張り巡らされている。

私はここが誰の部屋なのか、知っている。

かつての面影はまるでなく、その光景は今の私の心のように荒れすさんでいるけれど、それでも部屋の間取りや水槽などの品々から、ここが誰の部屋なのかはすぐに分かった。

はるか昔、中学時代に私が訪れ続けていた部屋である。

いや、見続けていたというべきか。今の状況とまったく同じことである。

ここは現実には存在しない――夢の中の部屋なのだから。

同時に、この部屋の主の顔と名前も思いだす。

とたんに私は、胃の腑《ふ》に氷嚢《ひょうのう》を詰めこまれたような心地になる。

この荒れ果てた部屋の主。それは私自身にとって何よりも恐ろしく、私の生命さえも脅かしかねない、極めて危険な存在なのだ。

どうしてこんなところへ迷いこんでしまったのだろう。

一刻も早く逃げださねばと私は狼狽《ろうばい》し、急いで床から起きあがろうとする。

ところが周囲は、足の踏み場もないほどに堆《うずたか》く隆起して荒れ散らかるゴミの山である。しかもゴミの間には、蜘蛛の糸が縦横無尽に張り巡らされている。

これらの一本にでも身が触れたら、何か悪いことが起きるのではないか。

警報が鳴るかもしれないし、天井から針のついた分厚い板が降ってくるかもしれない。あるいは巨大な刃のついた振り子が、私の身体を真っ二つに引き裂くかもしれない。

なんの根拠もないくせにそんな直感を激しく覚え、私はその場を一歩も動けなくなる。

そうこうするうち、部屋のドアが音もなくゆっくりと開き始めたことに私は気がつく。

部屋の向こうは、のっぺりとした黒一色の濃い闇である。

けれども、ドアの縁に引っかかる細長く白い物体だけは、はっきりと目に見えた。

生白い色みを湛《たた》えた人間の指。それもおそらく、うら若き少女のか細い指なのである。

背後の闇の中では、小さな体躯《たいく》に六十センチほどはあろうかという異様に長い黒髪が、さらさらと右へ左へ揺らめいているのも見てとれる。

やっぱりお前の部屋なんだ――。
その全容を見るより先に、私の心の襞《ひだ》は恐怖の虚《うつ》ろの渦中で激しくざわめき始める。
ドアの縁から肩が見え、胴が見え、腰が見え、脚が見え、ついには顔も露《あら》わとなる。
身体を傾げ、するりと滑るようにして部屋の中に入ってきたのは、やはり少女だった。
胸元にシャガールの『青いサーカス』がプリントされた、白いTシャツ。
花柄模様のロングスカート。
スカートの裾《すそ》から覗《のぞ》く生白い脚には、三つ折りに畳んだ白いソックスを履いている。
顔を見ずともそれが誰なのか、私はもう知っている。
少女の脚が堆いゴミの山を軽々と踏み越え、まっすぐ私へと向かって近づいてくる。
それが接近して来るにしたがい、私の心臓の鼓動はドラムロールのごとく加速しだす。
あまりの激しい動悸《どうき》に耐え兼ね、のど元からはあはあと荒い吐息もこぼれ始める。
逃げだしたかった。それも、今すぐこの場を逃げだしたかった。
けれども私は動けない。その場を数ミリたりとも動くことができない。
周囲に張り巡らされた蜘蛛の糸が何かの罠《わな》だと、私は未《いま》だに疑念を抱いているから。
そんな恐ろしい糸たちのわずかな隙間を伝い、少女は器用な足どりで近づいてくる。
身の内で恐怖が臨界を超え、絶望へと転化していくのが、ありありと感じられる。
やがて少女の白いつま先が、私の眼前でぴたりと止まる。
恐る恐る頭上を見あげたとたん、私の口から獣じみた咆哮《ほうこう》が放たれる。

異様に髪の長い少女が私を見おろし、大きな目を剝《む》き、嗤《わら》っていたからである。
ああ、やはりお前も嗤うのか――。
絶望したところで、私は全身汗みずくになって目を覚ました。
夢の中で今でもはっきりと覚えているのは、この一幕だけである。
目覚めれば夢の中の光景は曖昧模糊《あいまいもこ》としたものとなり、朝日を瞳《ひとみ》に浴びていくうちに
その仔細《しさい》や前後はもろもろと、炎に捲《ま》かれた紙きれのように崩れていく。
だが、たとえ仔細は失っても、その恐怖と焦りは微塵《みじん》も色褪《いろあ》せることはなかった。
だからそう遠からぬ先、我が身に何かとてつもなく悪いことが起こるのではないのか。
そんな予感を激しく覚え、私はそわそわと落ち着かない気分になっていた。
否。それは予感というよりも、ほとんど確信に近いものだった。
なぜならば、もうすぐ冬が来るからである。
日村ほのか。早瀬美雪。栗原朝子。そして名前も知れぬ、異界の花嫁。
四人の女性を巡る夏が終わり、これから枯れゆく秋を経て、やがて長い冬が到来する。
冬は私がいちばん嫌いな季節だ。
見あげる空は絶えず鈍色《にびいろ》にくすぶり、野山を彩り続けた数多《あまた》の生命は色みと力を失い、
人の暮らしや心さえも冷たく芯《しん》まで凍えさせる、陰気で物憂い死の季節だから。

そんな冬が、もうすぐ来る。

真冬の冷気に世間が凍《い》てつくさなか、おそらく〝五人目〟の女も現れるだろう。

あいつは決まって冬になると、現れるから。

生者でも死者でもない、得体の知れない女。この世の者でもあの世の者でもない少女。天使のような顔をした、忌むべき存在の化け物。

誰の心にも怪物はいる――。

先月、朝子に向けて語ったひと言は、我ながら言い得て妙だと改めて思う。

そう、誰の心にも怪物はいる。

私の場合、中学二年生の麗しき少女の姿を模した怪物が、それに該当する。


名を桐島《きりしま》加《か》奈《な》江《え》という。


私の心が生んだ、怪物。あるいは、私の心に寄生した得体の知れない化け物である。

私が中学二年生の頃、私の夢と記憶を蝕《むしば》み続けたあの少女は、今では私の夢から離れ、この現世のどこかを今日もさまよい歩いている。当時と寸分違《たが》わぬ姿のままで。

そんな化け物がもうすぐきっと、私の前に現れる。

生きている限り、ハッピーエンドなど絶対にない。来たるべき災禍はかならず訪れる。冬への備えを始めねば――。生き抜くため、私は再び渦中へ呑《の》まれる準備を開始した。

本書は書き下ろしです。

拝《おが》み屋《や》怪談《かいだん》　禁忌《きんき》を書《か》く
郷内心瞳《ごうないしんどう》

角川ホラー文庫　19884

平成28年7月25日　初版発行
令和6年12月5日　11版発行

発行者——山下直久
発　行——株式会社KADOKAWA
〒102-8177　東京都千代田区富士見2-13-3
電話 0570-002-301（ナビダイヤル）
印刷所——株式会社KADOKAWA
製本所——株式会社KADOKAWA
装幀者——田島照久

●お問い合わせ
https://www.kadokawa.co.jp/（「お問い合わせ」へお進みください）
※内容によっては、お答えできない場合があります。
※サポートは日本国内のみとさせていただきます。
※Japanese text only

ISBN978-4-04-104465-0 C0193
JASRAC 出 1606294-411

角川文庫発刊に際して

角川源義

第二次世界大戦の敗北は、軍事力の敗北であった以上に、私たちの若い文化力の敗退であった。私たちの文化が戦争に対して如何に無力であり、単なるあだ花に過ぎなかったかを、私たちは身を以て体験し痛感した。西洋近代文化の摂取にとって、明治以後八十年の歳月は決して短かすぎたとは言えない。にもかかわらず、近代文化の伝統を確立し、自由な批判と柔軟な良識に富む文化層として自らを形成することに私たちは失敗して来た。そしてこれは、各層への文化の普及滲透を任務とする出版人の責任でもあった。

一九四五年以来、私たちは再び振出しに戻り、第一歩から踏み出すことを余儀なくされた。これは大きな不幸ではあるが、反面、これまでの混沌・未熟・歪曲の中にあった我が国の文化に秩序と確たる基礎を齎らすためには絶好の機会でもある。角川書店は、このような祖国の文化的危機にあたり、微力をも顧みず再建の礎石たるべき抱負と決意とをもって出発したが、ここに創立以来の念願を果すべく角川文庫を発刊する。これまで刊行されたあらゆる全集叢書文庫類の長所と短所とを検討し、古今東西の不朽の典籍を、良心的編集のもとに、廉価に、そして書架にふさわしい美本として、多くのひとびとに提供しようとする。しかし私たちは徒らに百科全書的な知識のジレッタントを作ることを目的とせず、あくまで祖国の文化に秩序と再建への道を示し、この文庫を角川書店の栄ある事業として、今後永久に継続発展せしめ、学芸と教養との殿堂として大成せんことを期したい。多くの読書子の愛情ある忠言と支持とによって、この希望と抱負とを完遂せしめられんことを願う。

一九四九年五月三日

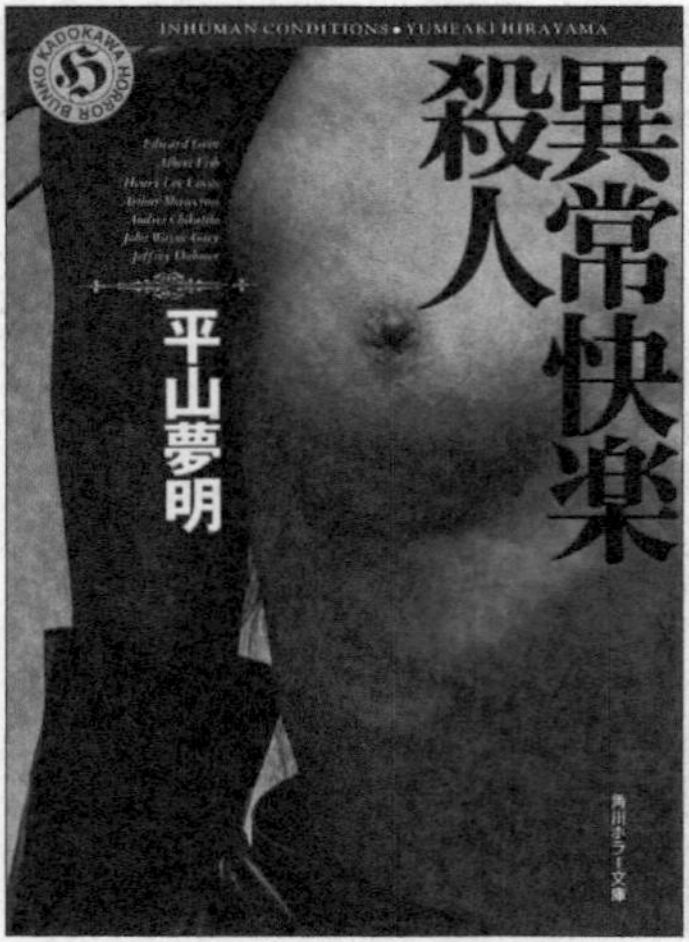

異常快楽殺人

平山夢明

大量殺人鬼７人の生涯。衝撃作！

昼はピエロに扮装して子供達を喜ばせながら、夜は少年を次々に襲う青年実業家。殺した中年女性の人体を弄び、厳しかった母への愛憎を募らせる男。抑えがたい欲望のままに360人を殺し、厳戒棟の中で神に祈り続ける死刑囚……。永遠に満たされない欲望に飲み込まれてしまった男たち。実在の大量殺人鬼７人の究極の心の闇を暴き、その姿を通して人間の精神に刻み込まれた禁断の領域を探った、衝撃のノンフィクション！

角川ホラー文庫

ISBN 978-4-04-348601-4

女たちの怪談百物語

東　雅夫監修
幽編集部編

史上初!!　参加者全員が女性作家！

５月某日。本郷の古い旅館、月明かりさえ届かぬ地下室。女性作家10名が集い、夜を徹して怪談を語り合う。風が通るはずのない密室で、ろうそくの火が揺れる。誰もいない廊下から、誰かが覗く気配がする。まるで誘蛾灯に虫が吸い寄せられるように、怪談に誘われて集うあやしの気配。心底恐ろしい百物語怪談会99話を完全再現。その夜、妖しげな現象が10名の作家、会主、見届人の目前で繰り広げられた……。

角川ホラー文庫
ISBN 978-4-04-101192-8